收获·科幻故事空间站丛书

幻境工程师

郝景芳 江波 等 著

上海科学技术文献出版社
Shanghai Scientific and Technological Literature Press

图书在版编目（CIP）数据

幻境工程师：中短篇科幻小说集 / 郝景芳等著. —上海：上海科学技术文献出版社，2017
（收获·科幻故事空间站丛书. 第一辑）
ISBN 978-7-5439-7455-5

Ⅰ.①幻… Ⅱ.①郝… Ⅲ.①科学幻想小说—小说集—中国—当代 Ⅳ.①I247.7

中国版本图书馆 CIP 数据核字（2017）第 129335 号

责任编辑：张　树　王倍倍
助理编辑：杨怡君
封面设计：李沫霖
美术编辑：徐　利

丛书名：收获·科幻故事空间站丛书
书　名：幻境工程师
郝景芳　江　波　等　著
出版发行：上海科学技术文献出版社
地　　址：上海市长乐路 746 号
邮政编码：200040
经　　销：全国新华书店
印　　刷：常熟市文化印刷有限公司
开　　本：889×1194　1/32
印　　张：10.75
字　　数：216 000
版　　次：2017 年 7 月第 1 版　2017 年 7 月第 1 次印刷
书　　号：ISBN 978-7-5439-7455-5
定　　价：23.00 元
http://www.sstlp.com

部分作者、作品简介——

郝景芳：2002 年荣获全国中学生第四届新概念作文大赛一等奖。2016 年 8 月，小说《北京折叠》获得第 74 届雨果奖。这是继刘慈欣的《三体》之后我国作家第二次获得该奖项。《阿房宫》借科幻元素，讲述了一个人生 loser 在经过奇遇后领悟人生真谛的故事。

王侃瑜：第六届全球华语科幻星云奖最佳科幻迷奖银奖和最佳新秀奖银奖。《月见潮》描写身处赫林、比喆两颗敌对星球的年轻学者戴安与尤伽，因为共同的追求走到一起，却又遭人嫉恨，利用紧张的时局将其拆散。当分隔银河两岸的恋人今生不再有相见的可能，压抑的情感却有如潮汐涨落一般从未停歇。

单桐兴：2020 年，人类进入极昼世界。女人在光中得到进化，男人在光中蒸发致死。为了抵抗极昼世界并寻找到破解的办法，人类展开了各种疯狂的计划与实验。当太阳与人类的关系变为又爱又恨时，我们该如何面对这既是死神又是天使的日光？当男人和女人面临人类的生存困境时，我们该如何进行选择？当科学遭遇神迹、信仰遭遇破碎，我们该如何遵从内心的声音？极昼世界的到来，究竟是好还是坏？

幻境工程师

皇帝的风帆　郝景芳　｜　001

告别太阳的那一天　江波　｜　031

月见潮　王侃瑜　｜　041

幻境工程师　孟嘉杰　｜　073

极昼　单桐兴　｜　087

梦境改造车间　石囡　｜　133

磁极星　半月王子夜　｜　149

控制　胡刚刚　｜　187

数学家的情人　陈东旭　｜　199

记忆整理师　孙宁蔓　｜　231

梦端　瞒憨　｜　239

北方　王雨程　｜　277

游泳池　韩松　｜　291

亲爱的盖伊　姜来　｜　295

消失的玫瑰园　水湄伊人　｜　305

一枕南柯　米玉雯　｜　319

皇帝的风帆　　　　　　　　　　　　　　　　郝景芳

　　这颗小星球处在星系的边缘，距星系中心很远，纬度大约45°，不高也不低，附近的区域很空旷。它半径不大，重力不强，气体不少，太阳不暴躁，是个平静安详的小地方。它距离其他星球都很远，所以一直安全、孤立、原生态、信息闭塞。

　　请想象一下它的样子：无边的漆黑中，一颗绿色的小球，裹在一层白白的云雾里。

（上）

　　这颗小星球上有二十个国家，宇心国是最大的一个。它的国土面积达到星球表面土地的十九分之一，比其他任何国度都大了一圈，因此国王很自豪，亲自修改了国名，并在每一本小学教科书的扉页上题写了辉煌灿烂的一行字：我们是最大的国家，我们是宇宙的中心。宇心国的所有小孩子从小就知道，宇宙变化多端，是为了庆祝我们国家的伟大。

　　宇心国的国王是个热爱星空的人，因而在他的国度里，天文学家比哪国都多。他们考究万年历史，证明宇心国自古就掌握宇宙的真理。他们撰写当下的历史，歌颂宇心国现在依然掌握宇宙的真理。他们还预言未来的历史，宣称宇心国能永远掌握宇宙的真理。其实他们证明的只是宇心国在某个时间比其他十九个国家掌握更多的宇宙知识，但由于他们不讨论真理的绝对性和相对性，便把这相对的超过理解为永恒。国王很高兴，他接连下令派发了三十艘飞船到太空里，排成一列，挂起巨幅风帆，绕着星球旋转，以扬国威。风帆又大又结实，金光灿灿，气势恢宏，上面印着一整套国王陛下的写真，有在草丛里打兔子，也有在黄土场上打棒球，雄姿英发，引人景仰。宇心国的诗人和小说家都热爱天文，他们都说自己从宇宙中领悟了人生的真谛，受星光照耀，如梦如幻，因此能写洋洋洒洒万语千言。宇心国的小孩子更是热爱天文，他们都梦想自己有一天能登上国王的飞船，踏上征服宇宙的旅途。

只有宇心国的普通百姓不热爱天文，他们时常纳闷，天文和日常生活有啥关系？将来有啥用？他们觉得自己才疏学浅，不懂这么宏伟的事情，因此虽纳闷却不问，只说自己也热爱天文，国王英明神武，国运蒸蒸日上。

宇生和飞天从襁褓中相识，两人今年十八，做兄弟已经做了十七年。他俩从小同班，现在都是宇心国第五高等学院天文专业三年级的学生。

宇生小时候名叫土生，在三岁那年，国王修改国名，于是父亲便响应国家宏旨，给他改名叫作宇生。这个名字给他带来很多困扰，无论走到哪里，重名都是无限，和飞天一起并列全国十大常见姓名之首。宇生的班上就有三个宇生，四个飞天。

宇生和飞天从小机灵跳脱、不服管教、勇敢冲动、向往冒险，两个人都希望发掘被人遗落的宝藏，寻找世人忘却的路途，想当大起大落的大人物，不想做小本小利的小买卖。他们的爹娘都是小生意人，淳朴老实，与世无争，默默奋斗，相互扶持。

自从上了第五高等学院，宇生和飞天就难得回家。偶尔回来，家里便像过节一样，喜气洋洋，给他们做各种好吃的，接风洗尘。宇生娘和飞天娘总是乐得合不拢嘴，忙前忙后，拉着他俩问长问短。他们去的是国家最光荣的学校最神秘的专业，邻里街坊早就投来钦羡的眼光。

"天儿，你倒是说说，你们学的在生活里到底有啥用？平时说的怪神秘的。"

飞天娘好奇又虔诚地问。宇生和飞天在热腾腾的香气中狼吞虎咽，飞天娘顾不上给自己夹菜，只是爱怜地看着他俩。

"没啥用。"飞天说。"真的。"

宇生笑了，也附和着点点头。

"瞎说。"宇生娘说，"你俩小孩子懂啥。"

宇生和飞天更笑了。自从他们外出上学，家里就慢慢形成了这样一种气氛：他们的娘觉得他们还是小孩子，阅历浅，不懂就乱说，而他们觉得他们的娘太迷信权威，听不懂的东西也瞎信。

宇生娘和飞天娘没有理解他俩的意思。在宇心国，天文一向是很有用的，自古就很有用。国王是宇宙的国王，命运也是宇宙的命运。粮食歉收了，河流发水了，货币贬值了，战争失败了，都可以问星星。天文学家们最重要的任务就是把天上的观测对应到地上。宇生他们要学的课程非常多，包括占卜、释梦、符号阐释、色彩、命理、几何构型学等等等等，还有一点点物理和化学，用各种手段和方法理解天象奇观与国运兴隆的关系。这是涉及千秋万载国计民生的大事，意义非凡，理论艰深，一般老百姓没机会听也听不懂。宇生娘和飞天娘并不怀疑这些学问，她们想问的只是这些宏伟的理论怎样操作到实际。但恰好宇生和飞天不是很乖的学生，他们常常觉得很多理论大而穿凿，牵强附会，听起来预言所有人的命运，但实际应用却问题百出。以他俩叛逆的性子，一点点小怀疑就带来整体的大否定。因此他们常对人说，哄人的，别太认真了。

在外人看起来，宇心国实在有趣得紧。它一方面最飘渺，一方面又最实际。什么是实际没有人定义，但宇心国的人们自动将它作为事情的标准。

国王觉得天文好，因为天文有用；宇生和飞天觉得天文不好，因为他们发现，以为有用的东西其实没用；宇生和飞天的娘觉得天文好，因为她们相信，即使现在没用，将来准有用。

就这样，天文被塞到各个角落，在有用与无用之间，变幻了身影。很少有人真的关心星空实际的模样。一层白白的云雾就像虚空里的摇篮,让绿色的小球安睡其中,悠然自得。

宇生和飞天没告诉他们的娘,他们决定偷偷退学。

这一年宇心国经济大为动荡。先是粮食产量大跌,再是度度鸟肉价格大涨。度度鸟是这颗星球上人们的主要食物,人们的生活顿时变得困难起来,民间怨声四起,不安潜伏。面对此种忧患,国王寝食难安,连称天象不祥,召集数百天文学家,重金悬赏良方对策。

天文学家们难得遇到此种历史机遇,觉得使命重大,责任深远,便连夜查阅天象奇观,连同各种古今资料,融会贯通,从多层次多角度阐述近来事件所呈现的深远内涵。学者争相向国王进献治国良方,各执一词,唇枪舌剑。

宇心国的学者自古分为南北两派,北派主张管制,南派主张减少管制,北派称自己明理,南派称自己逍遥。这两派学术传统均已悠久,著述均已丰富,人才代代相传,优势时常逆转。面对这场难得的历史考验,两派自然均不示弱,各种天象都被拿来分析,阐释常常分成截然相反的两种。

宇生和飞天的老师,皇时空博士,是南派的主力之一。他精通古人图腾符号与现代炼金学,特别擅长将看似无关的图像联系在一起。他分配给班上每组学生一个题目,给宇生和飞天的题目是"寻找星系中心亮度与度度鸟肉价格的相关性",他说这题目意义重大,要他俩好好做,做好了前途无限。"

宇生和飞天面面相觑,几乎是笑着接下了这个题目。微言大义一向不是他们所长,他们心里觉得这相关性如果能找到那就是见鬼了。

可是没想到,他们真的找到了。

宇生和飞天先查找了经济动荡的最初事件,又搜索了同时期的宇宙射线观测,发现在这几次事件之前,都有特别凶猛的大气极联簇射,就像空气中一场场粒子的雪崩,且每一次簇射的来源都指向星系中心。

"老师,这段时间星系中心亮度变化不多……"

"重新查!"

"确实变化不多……"

"不是叫你们重新查吗?"

"但我们发现奇异事件和从星系中心来的宇宙射线有相关……"

"啊?快给我看看!"

皇时空博士博学多闻,有勇有谋,眉头一皱略经沉吟,便道出了合理的断言。他说这是宇宙对我们的警告,之前有太多人自以为是,对世间指手画脚,破坏了人世与上天的自然对应,因此星空显灵,向我们昭示自大的后果。他说他要向国王陛下慷慨陈词,发扬自由逍遥,以让人世重获宇宙的安宁。

博士说做就做,将灾变与粒子射线的相关性总结成图表,命名为皇—宇—飞定律，装进口袋，整装待发，匆匆动身，前往皇宫大舞台。他不准备研究粒子射线的来源，也不准备调查粒子的分布与影响。他说那些太花时间，他可没那么悠闲，他需要赶紧为人间除去祸患。

宇生和飞天看着老师的背影，心思百转。他们此时有很多选择。他们可以跟着老师为学派奋斗，也可以埋头坐下来把这定律的深层原因找出来，还可以什么都不做等着赢取大奖。但他们哪一条都没选。他们想，既然鸟肉紧缺是受了宇宙射线攻击，那么在事故发生时，星球的侧面和背面理应免遭影响。

于是，他们决定去邻国进口度度鸟肉回国倒卖。

"娘，我和飞天可能要出一趟远门。"

宇生娘正收拾碗筷，听到这话站直了身子。

"去哪儿呀？"

"去南边做个考察。"

"啥时走？"

"明儿就走。"

"咋这么急呢？"宇生娘忧心忡忡地捋了捋头发。

"学校的任务。"宇生囫囵着撒谎。

"出门在外，小心点。近来不太平，常有人财迷心窍，趁乱发财。你俩小孩不懂事，别贪便宜，当心让人骗了。"

宇生不答，和飞天相互看了一眼，闭着嘴笑了。

宇生娘想了想又说："带本星图，选吉祥时辰走，别忘了。"

飞天娘一边帮宇生娘擦桌子，一边絮絮叨叨地说："对，选个吉祥时辰。出远门，多看看星图没坏处。多和别人照应着点，遇着什么事慢慢来，别跟别人抢。老话说，星挪一分，人挪一寸。"

宇生和飞天笑着点点头，没往心里去。两个人一夜睡得很美，第二天一早便收拾行囊，挥别家人，摇摆着上路了。

皇时空博士的学说发表后，激起了千般反应。南派以为自己胜券在握，却没想到北派看到皇—宇—飞定律之后，不但没有屈服，反而理直气壮地说，这宇宙射线既然是神迹，就是暗示了人间德行的方向，因此不但不应减少管理教化，还应当加强国王领导，主动引领世间贴近宇宙结构。

这一下，争吵变成一团杂乱。两派都相信自己述说的才是真理，因而便觉得对方是另有目的。学理之辩上升为道德之疑，北派说南派为一己私利，南派说北派为一己荣誉。双方越闹越厉害，矛盾渐渐升级。

这时候的民众并不知晓这些。他们接触不到这些高级的宫廷学者。只有一些大众学者向百姓发表演说，告诉百姓经济变化与宇宙射线相关，并且大胆推出风云预测。当是时，星图的价格连番上涨，许多人搬动屋里的家具，按照最新的版本码放。另一些人像赌马一样买断某种货品，期待下一次宇宙线降临后该物短缺，可以哄抬物价，大捞一笔。

没人关心宇宙射线的来源。

宇生和飞天在国境处来往连连，事业蒸蒸日上。他们不知道老师那边发生的状况，只是自信满满，低买高卖，意气风发，得意扬扬。

一天下午，当他俩刚做了一笔大生意，正蹲在街角数钱，忽然冲上来一群官兵，粗暴蛮横，不由分说，将他们三下五除二扭了起来。

"抓起来抓起来！就是这两个！抓起来！"

一个带头的小官员飞扬跋扈地大声喊着。

宇生和飞天大声喊叫起来，拳打脚踢，试图挣脱官兵束缚，但官兵的数量有他们十倍，蜂拥着抱紧他俩的手脚，用绳子将他们捆了个结实。

"还敢抵抗！罪加一等！"小官员摇头晃脑地戳着他们脑袋，"祸乱乡野，扰乱民生，影响经济，发布歪理邪说！"

宇生还想顽抗，但官兵连连捶打他们的胸口。宇生和飞天"啊啊"地叫喊着，小官员大手一挥，"拉上车去！"官兵便连推带搡地将他俩塞进车里。车马卷起尘嚣，喧哗而去。街上挤满了好奇的人们，度度鸟们瞪大了眼睛看着。

当晚，宇生和飞天被扔进了大牢。他们只是心底憋气，抱怨小官员蛮横，却不知道这是学派斗争渐渐升级的结果。南派和北派近来打得不可开交，北派正愁无处发火，刚好发现他俩所为，便稍加示意，手到擒来，出气示威，简单又畅快。

隔天，报纸上的头版头条惹人眼目："天文高材生退学卖鸟肉"，"皇—宇—飞定律发现者大捞国难财"……

"生哥，你放心。我不会有事的。"

审判前一晚，宇生和飞天在牢房里掷硬币。他们觉得两个人都牺牲太憋屈了，决定将主要罪责推到一个人身上，另一个人争取混到出去，十年报仇。两个人捶着胸脯，说来生还做兄弟，将硬币抛到半空，像一颗星星飞快旋转。反面。飞天顶罪。

第二天，经过两个人持之不懈的努力，宇生被判服苦役，飞天被扔进重犯牢房，等待进一步审讯。

（中）

宇生被扔上了太空，一个人驻守在光荣船队，船队在宇心国上方华美地漂流。

他的工作是保持清洁，保持三十面巨人风帆的灿烂清洁。风帆印着国王的肖像，展开在漆黑的夜幕，拥抱着无尽的太空。他能做的只有三件事：翻动小屏幕，打开外舱清扫器，在睡房里上下蹬跳。星海茫茫，船舱寂静。离群索居，百无聊赖。

宇生每天面对寂寞，看不到尽头。光荣船队只需要一个清洁员，有两个人就可以娱乐、打架、搞阴谋诡计，起不到寂寞杀人的惩戒作用。只有下一个苦行犯才能换他下去，而他知道这希望纯凭运气。他无聊得很，见不到任何人，也见不到任何怪物，连垃圾都见不到。他翻来覆去地摆弄操纵杆，听木头发出吱吱呀呀的呻吟。小屏幕上显示出舱外的红色防护袋，左一下右一下，在黑暗的背景中，像一只困顿的水母。他没什么要做的，袋子总是空空如也。船舱四壁嵌着三十几个大大小小的屏幕，列在舷窗两侧，监测各种辐射和风帆的微小变化。

舷窗外总是星光灿烂，宇生常常趴在窗口，俯瞰地面。

飞天，他在心里说，你小子死了没，怎么还不赶紧显灵来陪陪你兄弟呢。

一天夜里，宇生正沉沉地睡着，一阵嘀嘀的叫嚷突然把他闹醒了。恍惚中他以为是闹钟，伸手胡乱拍打，好一会儿才发觉，发声的是墙上的小屏幕。他翻身爬下床，手忙脚乱地奔到舷窗前。五个波段的电磁信号同时超出探测上限，探测器发出尖细的声声预警。

好亮啊，太亮啦，我们的眼睛被晃啦，探测器们像撒娇的孩子一样此起彼伏地叫唤。宇生采取了最简单粗暴的家长态度，啪啪几下将监视屏都关上，舱内瞬间静了。

他想回床再睡，可是不知为什么，心里有些毛躁的不安。他取出数据记录看了看，看不出所以然，只得打开外舱清扫器，习惯性地挥动操纵杆。他说不清为什么这么做，只是只有这件事做得熟，比较让他安心。他没期待什么，但出乎他意料的是，小绿灯亮了，一行小字提示，防护袋抓满东西，需要倾倒。他愣了，即使再不敏感，也知道这不寻常。他连忙按动指令，让收集舱把这一袋东西安全筛查，送进屋来。

袋子里是许多金属质地的小圆片，每个有拳头那么大，一侧标明号码，另一侧密密麻麻地印着繁密的小字和图画。

在七十天之后，宇生将知道这些小圆片的来历和目的。但在当时他想不了那么多，只是一阵兴奋，知道自己终于有事做了。

他第一次由衷地感谢地面上的天文学：他们国家最杰出的学问就是符号破译，每艘船上都有一台强大的符号分析机，平时用来分析星象与国王健康的关系,附加功能为语言破译。宇生将拾到的圆片依次塞入破译机,一天又一天,从光荣三号,到光荣四号,再到光荣五号。

这一下,宇生终于不寂寞了。他一天天阅读,沉浸在故事中,被破碎而遥远的历史打动,心潮澎湃,悠然入迷。他态度直爽,性子单纯,没把他读到的故事当作寓言。他并不知道,一切文字都是交流,一切交流都有意图的传导。

就在宇生读到第二十二片的时候,通讯器突然响了起来,飞天的笑脸出现在角落的小屏幕里。

"宇生,宇生,在吗?"

宇生一下子跳了起来,又惊又喜地冲到屏幕前。

"飞天?!"

"生哥!是我。"

"你小子还活着!"

"什么话!哪那么容易就死?"

"咋逃出来的?"

"风水轮流转!你不知道,皇老师可厉害呢。他找出北派的暗中阴谋,上报国王,国王大怒,下令查案,不但把我们都放了,还给我封了个星空小剑客呢!"

"爽啊！"宇生觉得全身上下毛孔都张开了，"这回可爽了。"

"说起来也好笑，大牢里那两个看守是墙头草，前几天给我喂猪粮，后来看我扬眉吐气了，两人自己捧着猪粮大嚼特嚼，求我饶命……"

宇生笑着，忽然想起来："怎么没人把我放回去？"

飞天想了想："估计是还没找到替死鬼。没事，生哥，你放心，过几天保证接你下来。我争取把抓咱俩那小官送上去，看他还敢不敢作威作福！"

听到这话，不知为什么，宇生忽然觉得有点担心。

"别急。看意思局势还不稳，先照顾自己。我没事。"

飞天打了个响指，笑着说放心吧，就迅速从屏幕里消失了，像一颗彗星划过天空。宇生没来得及问他娘的情况，也没来得及告诉他小圆片的事情。他看着重归平静的小屏幕，兴奋之余，略有一丝茫然。

宇生的预感是对的。此时地上的形势并不像飞天说的这么简单。皇时空博士是在翻来覆去的变化之后才取得了暂时的优势。他和同伴们小心翼翼地上书，指责北派在暗中耍花样，是野心想要吞国。好容易才说动国王，罚了北派，赏了南派。

这些细节宇生可不知道。他听飞天讲地上的新闻，只有结果，没有缘由。天上静如止水，他感觉不到地面的纷繁，每天躺在小屋里，一个人读传奇。时间仿佛不流动，窗外是恒久的宁静星河。

圆片的破译艰难却有趣。宇生没有搜集到所有圆片，尽管来来回回打捞了好几次，但最终只捡到一万多片，还有许多是重复的，不能算数。据编号推测，完整的一套至少应有几万。因此，他的阅读是一种想象，像一幅不齐全的拼图，需要用零星残片，在头脑中搭造完整的地图。圆片的语言很复杂，破译机工作得很慢。间歇跳过大量词语，没有译出。修辞完全不经斟酌，只有最粗糙的意思流淌出来。

女人生坏掉的孩。男人死掉。更热。人不懂。秘密遗忘。人减少。

圆片讲述了整一个行星系统十万多年的历史，从繁衍生息到种族迁徙，大起落，无悲喜。那颗星距离星系中心比较近，好像是跟着自己的太阳慢慢向星系中心运行。过程中不停有灾祸发生，气温越来越热，但不知为何，星球上的气候研究却被废弃，似乎有一道跨越星空的壁垒被热风燃烧。

宇生躺在床上，双脚翘到桌子上，一边看，一边遐想，时而拍击床板拍得手掌生疼，时而双脚一跺磕得脚趾刺痛。他从小喜欢看传奇，而这是第一次接触到真正的传奇。远在万万万万里之外的历史激动了他的情怀。他仿佛也跑到了星系中心，大展拳脚，与星海为邻，看皇宫灰飞烟灭。他身在船舱，生活在别处。

突然有一天，一张小圆片将他拉回了现实。

那张小圆片上画着一幅星系的全景。这幅画宇生是认得的，尽管宇心国天文繁乱，但观测却并无偏差。小圆片上的图景比他平时所见更复杂，中心是一个大黑点，向外有螺旋状曲线，尽头是两道绚烂的弧形，如同两弯巨大的浪潮，边缘处光华翻涌。画旁有一行小字，简洁，却清楚：

黑洞活，亮度增，须防御。多日后，粒子潮。谨记。

宇生一下子愣住了，如一阵小风袭过全身。亮度增，他想，不说我倒忘了。他跑到舷窗旁，打开关闭了五十多天的亮度监测器，船舱里顿时响起一片尖利的嗡鸣。

粒子潮。须防御。

圆片上的小字像洪钟一样敲击他的太阳穴，他只觉得血管突突地跳。

当天晚上，当飞天的笑脸出现在小屏幕里，宇生像抓住救命稻草一样将一切告诉了飞天。

"天儿,你听着,我有件大事要跟你说。"

"啥事?"

"一个大危险。你回去一定告诉大家,粒子潮就要来了。粒子射线可能比以前多好多。"

"对,皇老师也是这么说。他说要是北派……"

"不是,不是什么南派北派,是因为黑洞。"

"啥?"

"黑洞。你别问我这是啥。我也不知道是啥。哎,跟你解释不清……你就答应我,一刻都别耽搁,赶紧回去报告,就说危险了危险了。"

"行。不过你咋知道?"

"前几天,我不是跟你说我捡到一袋子小圆片吗?……"

宇生简明扼要地把一切讲给飞天听,飞天都拿笔记下了。宇生再三叮咛,飞天连连说没问题。宇生的心这才算落回到肚子里。当天晚上,他还睡了个好觉。

接下来几天,事情的发展让宇生大为焦躁。他没想到的是,他的警告递交上去便如石沉大海,久久无人理会。

"天儿,这是咋回事?报告你交了吗?"

"交了。早交了。转天一大早我就交了。"

"那皇老师说啥了?"

"他说他给国王递上去了,还没消息呢。"

"为啥没消息呢?……"

宇生百思不得其解。飞天也说不清所以然。他俩都是一腔热血的好少年,以为皇宫就和小时候小伙伴的土战场一样,一个人喊一声危险,所有人就都趴下。

他们不清楚,国王这些天收到了太多次各种各样的预警。南北两派都借用灾祸来指责对手,天象大凶、星图不吉的预言不绝于耳,所有人都借星象自辩。再多一份神秘预言也只是多一篇文档,很快就淹没在浩瀚的上书的海洋中。人们不知道,危险是不能多喊的,喊多了就没有人听了。

正当宇生坐立不安焦急等待的时候,飞天却突然失去了踪影。

整整十天,飞天再也没有讯号传来。对宇生来说,这无异于雪上加霜。他本就对险情惶惶不安,现在则更是全无头绪。他尝试向地面发送消息,可光荣船队没有通讯站,不能发送,只能接收。他一遍遍刷新通讯器,可是所有屏幕都保持寂静,就像是恼人的姑娘,你越守候,她越不理你。

宇生不知道,此时的地面形势发生了又一次逆转。正当飞天洋洋得意地写下"今日天侠去又来"之类的歪诗时,大殿里却是煞有介事、严肃认真,北派举出一张大大的星图,说南派的理论让天下更乱了,有宇宙为证。星图从大厅一直铺到台阶下面。然后飞天就又被捕了。

宇生和外界隔绝了。他听不到讯息,也看不到变化,听不到星系深处的激情喷涌,也看不到地上翻烧饼似的你来我往。他一个人闷在船舱里,闷在星球旁、白云外、被人遗忘的寂静的船舱里。他被空旷的黑暗包裹,夹在远与近之间,远方听不见他,近处的人不听他,远方光芒万丈,近处激战正酣,远方是无边无际的星的海洋,近处是安然沉睡的球形的孤岛。他看着脚下的大地,一层白云把他隔开。他什么都看不清楚,就像国王仰头看风帆,看到的只是自己的想象。绿色的大地越来越远,不知不觉中,他成了一个离世之人。

困顿中,宇生只得埋头看资料。从小到大,他还从来没像这两天这样耐心学习。他把所有相关圆片翻来覆去地看了好几遍,看得懂的看不懂的都装进心里,边猜边领会。宇心国的天文还不知道黑洞存在,对星系中心的理解也有误会,粒子知识更是浮于表面,但宇生却在这匮乏之下,顽强地将圆片所讲理出了大概,借助圆片清晰的示意图,将大潮汹涌的过程看了个八九不离十。圆片说,黑洞猛烈抛射之前可能有一系列小型预射,因此某星球一旦探测到过量粒子射线,便应及时全面防护。对粒子潮的危险,圆片说得不清楚,只是给出了一系列判断标准和计算公式。宇生不会算,但他猜想,若之前的粒子射线能让鸟变成病鸟,那么威力更大的定可以让人变成病人。按照时间推算，从发现亮度激增开始，大致会有百余天延迟，现在七八十天已过，整颗星球还毫无防备。

看着看着，宇生的消遣之心荡然无存。让他感到寒意的已经不是险境本身，而是人们对险境的无知无觉。就像一个人摇晃着走出一座歌舞升平的城，突然发现四野排满军队，在无声中剑拔弩张。

宇生仍然每天刷新通讯器。飞天，他在心里说，你小子哪儿去了，咋还不来信呢。

他不知道，天上一日，人间几重。

又过了十多天，当飞天再次出现在画面里，宇生就像从一场大梦里转醒过来。

"生哥，生哥！你在吗？"

飞天的笑容一如既往地欢快明朗。

"飞天！"宇生百感交集地叫起来，"你小子可来啦！这些天跑哪儿去啦？"

"说来话长，生哥，你兄弟我这回可是九死一生，差点见不着你了。你不知道，北派使了阴谋诡计，不但又把我们几个抓了进去，还指使人把我们学院都砸了呢。你说说，这是不是奇耻大辱？简直是欺人太甚，无法无天！"

"那你怎么脱险的？"

"实话说，我也不知道。"飞天嘿嘿地笑着，"关了不到一个月就放出来了。据说是皇老师英明，在大殿上据理力争。听人说……"

"天儿，"宇生打断他，"别的我都不想管，你没事就好。你知不知道之前预警的事怎么样了？"

听了这话，飞天忽然有点犹豫，态度也沉了下去，默然好一会儿才开口。

"生哥，这事可能有点复杂……我听皇老师说，他把危险又汇报上去了，不过他说，这是北派胡作非为，惹恼上苍，才降灾祸于人间。圆片就是星空给我派的天启，若想避祸，必须去除恶霸，斩杀贼党，还人间清静。"

"胡说！"宇生急了，"圆片上说得清楚，对粒子潮必须用贵重金属打造防护房，杀人管什么用？"

"可北派那帮人就是该杀！"飞天脱口而出。

宇生一下子说不出话了。他明白飞天的心情。学院被砸，在牢狱中感受到种种不公，出来后必定想讨回公道。可现在说的是避祸，不是杀人，是用贵金属就能做到的事情，不需要兵器。

飞天想了想又说："皇老师说了，人祸大于天灾。他问你小圆片上还说什么了，能不能再找些证据支持他。这回是取胜的好机会。"

宇生忽然有些茫然。飞天在屏幕里的样子还是一如往昔，鼻子扁扁的，笑起来嘴张得很大，十八岁的额头光光亮亮，一脸单纯。他看见自己在屏幕上的倒影，头发乱蓬蓬，长长的遮住眼睛，下巴很瘦，活像个八十岁的老爷子。

这一次,飞天没弄清楚地上的情形。实际情况是,南派并不容易取胜。两派正是斗到平衡,打到不可开交,都说要为了真理,兵戈相见。国王不知怎生是好,左支右绌、两面为难。两派都不肯先说和解,就像悬崖上的拔河,谁也不敢大度地松手。

当天晚上,宇生陷入艰苦的犹疑。他不知道自己的下一份陈述该怎么写。如果还只是刻板地说危险危险,那么可能永远无人重视。可若照飞天暗示的,写一些理念斗争的话,不仅于事无助,而且会让他觉得无比别扭。他想过什么都不说不写了,但又觉得不妥,好像欠了所有人的账似的。他第一次发觉如此难办,比所有考试所有论文都难办。

他靠在床板上,手撑着下巴久久思量,不饿不渴也睡不着觉。

不知道过了多久,他忽然抬起头,凝视着舷窗外,心里有了主意。窗外是沧海般的群星闪烁,光荣船队摆成一只巨大的扇面,一边是光芒四射的星系中心,一边是白茫茫气体环绕的蓝绿色的星球。

第二天,宇生让飞天递交了一份报告,在报告中对国王说,他发现星系中心近来光芒闪耀,他用占卜破译,发现这是千载难逢的吉兆,是宇宙智慧对宇心国的倾临,是国王陛下的神恩浩荡,如果能借此机会将船队排列起来,用风帆迎向光芒所在,让国王神像沐浴宇宙神光照耀,则定然能仙福永享,寿与天齐,吉祥如意,国威大振,内无裂隙,外无侵扰。此乃天之神器是也。

他绞尽脑汁,把从小到大在课堂上学到的词汇全都用上了。

一天后,他听说,国王大喜,当即批准,即刻实行,朝野上下一致称颂。

这是宇生最后的主意了。他知道,国王的风帆是金箔所做,每一张有坚实的厚度。只要算好方位,尽可能让风帆覆盖整颗星球的立体角度,就能阻止许多粒子。更多的努力他已经做不到了。如果这依然不能阻挡,那就任谁也无能为力了。

粒子潮真正降临的那天,宇生一个人站在光荣三十号的船舱里,就像一个临战的将军,指挥着孤身一人的军队。在他身前,船队排得整齐,二十九艘扬帆的大船组成向前的先锋。宇生觉得很开心,因为他终于成了传奇的主角。虽然遗憾这传奇没有观众,但他一时也顾不得那许多。他终于发现了被人遗落的宝藏,找到了世人忘却的路途,当上大起大落的大人物,已经足够在心里满足了。他想象自己扬帆起航,驾着神的车马,迎向星海中心的太阳。巨大的风帆如风如翼,列成金光闪耀的一排,像沉默赴死的盾手,用身体挡住来自远方的箭。

宇生直到这个时候才明白小圆片的故事。圆片上讲述的是一个走向毁灭的星球。他们一点点靠近星系中心,直到离得太近,被引力控制,无法挣脱。他们来不及逃离,因为他们发现得太晚,而他们发现得太晚，是因为他们一直沾沾自喜地使用黑洞能量相互攻击，离得越近，战斗得越猛。他们同样陷入拉锯，眼中只有对手。直到一切已注定无法改变，毁灭来临。他们在临终前用全部能量发射出记忆碎片，就是希望能被其他星球收到，将记忆永存。

  当被看到，已过万年，一切皆为废墟。
  光亮残忍，讯息微薄，记载曾经存在。

宇生俯瞰着脚下的大陆、山河、云彩，俯瞰绿地上覆盖着流动的白。他知道没有人看得到他，也没有人了解他做的事，但他不在乎。他在心里相信，在此刻，他才是这些风帆的主人。尽管风帆上画着国王的肖像，但他才是这些风帆真正的皇帝。

（下）

在光荣船队住了整整两百三十二天之后，宇生光荣地卸任了。他被当作小英雄一样接回了地面。他的献计大获成功，自从船队排好，国王受神光沐浴，便感觉神清气爽，精神大振，之后亲自参与朝野辩论，宣讲和睦，稳定了斗争。就像伸出一只大手，将悬崖上的绳子拉了回来。这一下治理稳定了。国王高兴极了，恩慈大发，决定封宇生为宇宙小侠士。

勋章授予在皇宫举行，由国王亲自颁发。大殿里铺着绘有星系全景的华丽丝绒地毯，金星闪烁，学者臣僚站成密密麻麻的两大方阵。宇生走上朝堂，四面均是艳羡的眼光。

"亲爱的小侠士，你还有什么想说的吗？"国王问。

"亲爱的陛下，没有了。"宇生说。

大殿里响起窃窃私语，因为所有人都以为宇生会借此机会发言议论一番。

"宇生，"皇时空老师在一旁小声催促他，"你说呀，你不是说有一个宇宙大发现吗，赶快说说啊。你一说，北派的说法就破产了。"

"老师，我真没什么想说的了。"宇生说。

亲爱的老师，他心里想，如果我说了，您的说法也破产了。

"宇生，"飞天也在一旁小声说，"别怕。想说啥就说吧。"

他没说话，直直地看着飞天。

天儿，他心里想，我赌一赌，我猜你能明白我。

他笑了笑，大踏步上前，对国王拱手说："陛下，我唯一的请求就是免去一切赏赐和职务，早日回家。"

朝堂上一片惊愕。宇生的封赏全国难得，谁都以为宇生会借此步步高升。

宇生现在什么也不怕了，凭着少年一股固执的韧劲，谁也不理，沉默着昂着头告别所有人而去。他只觉得自己还没有从天上下来，眼前的一切都十分遥远，宏伟的柱子、花纹地面、幔帐帷幕都十分遥远。他想不到太多大道理，只是凭直觉认定，现在还不是把故事讲出来的时候。他在天上最大的发现就是：所有句子都能变模样，所有星象都能被当作打斗的筹码，所有争辩都能在走失之后搅动起他们所经历的、牢里牢外的仇。他虽然目光还不远，但他觉得此刻他应当沉默。

"生哥！等我一下！"

当宇生走到高高的台阶底下，飞天从身后高声叫着奔来。

宇生暗自笑了，回过身来。

"生哥，你太不够意思了。不叫我就走，还是兄弟吗？"

宇生知道他赌赢了。他捶捶飞天胸脯，就像小时候，就像当初在大牢里。

如果宇心国有一个好的史官，他会记下历史上独特的一幕：两个跳跳蹦蹦的少年,在夕阳下追跑着甩动帽子跑出庄严宏伟的皇宫。可惜宇心国没有。这一幕永远地失落了。

宇生后来悄悄写了书,将圆片上所有读到的故事写了下来,期待在一个没那么多褊狭、少一些急躁、学理之争只是学理之争的时间拿出来给大家看。可是他一直没等到。宇心国换了许多朝代、许多治国之君,可是南北两派却一直留了下来。宇生的书被子孙传了很多代,始终无人能解。

不过此是后话,暂且不表。

在宇生经历的这场论战中,南北两派并不是完全没有道理。南派说北派的管理教化不是射线的理由,北派说南派的自由逍遥也不是。他们的相互指责都是对的,但他们都忘了,真理除了可以在南或在北,还可以在另一个方向,在头顶上方。

当宇生最终回到家,他离开家已经两百六十五天了。他风尘仆仆地出现在家门口,头发蓬乱,满脸土灰,笑起来牙齿洁白。宇生娘从屋里奔出来,眼泪夺眶而出。

"生儿啊,你可回来啦。你不知道,这些日子娘有多担心。"

"我回来了,娘,我哪儿也不去了。"

"累了吧?坐下坐下。快让娘看看。洗个澡。我去给你弄吃的。"

宇生说不用,但娘不听他的,奔到厨房里,忙活起来。宇生看着小小的水池，看着生了青苔的水缸，看着娘切肉洗菜忙碌的身影，整个人踏实下来。所有人都盼他说话做事，只有娘只盼他回来。

"娘，我知道星系深处有另外的种族。"

"啥？"娘抬起头，"啥种族？"

"我也不知道。我猜的。"

宇生确实不知道，他只看见了他们消亡前的余光。

"在哪儿呀？"娘一边切菜一边问。

"远处，很远，比京城远多了。"

宇生估计过，以他们的速度，几十万年也许能飞过去。

"那跟咱们有啥联系？"

"有啊。他们一打仗，我们经济就增长。"

宇生回来后查看了档案，发现圆片上记载的很多战争爆发确实被观测到了，但因为是奇异亮源，被人们解释为吉星高照，经济增长的好兆头。

"哟。真的假的？"娘站直了身子，在围裙上擦擦手，"我得赶紧告诉飞天娘一声。这些天买卖不好做，飞天娘急得直掉眼泪。我给了她三盆高高兰都不管用，原来是这么回事。得赶紧告诉她一声，叫她买一本星表来。"

宇生看着娘，心里有一种微妙的激动。厨房的烟尘环绕在他头顶，饭菜香钻入心里。他仰起头，天空一片白茫茫，望不到天外。他知道这个星球上所有人都不了解真相，从娘到国王没有分别。但只有娘不狂妄、不攻击。他从前常笑娘无知，却没注意娘是用仅有的所知去关照。他忽然感到一种坚实的暖意。厨房缭绕的烟和头顶苍茫的云融合在一起。他知道他做对了。他保护了娘，还有和娘一样的人们。

这就是这颗小星球的故事。它处在星系的边缘，附近的区域很空旷，半径不人，重力不强，是个平静安详的小地方。它一直平静安详，而且还将继续平静安详下去。

告别太阳的那一天

江 波

终于到了告别太阳的那一天。

无边量子号仍旧被无边无际的尘埃云包围，星光暗淡，太阳也不见踪影，然而船长告诉我，今天就是告别太阳的日子。一个虫洞会打开，无边量子号将跨向另一个时空。

这该是件被人期盼已久的事，我却有几分怀疑。

"快点开始准备吧，穿上你最好的衣服，我们要进行天空作业。"船长这么吩咐我。这个要求很奇怪，因为船上的每个乘员，都只有两套衣服而已。一套干净，一套脏点，和最好的衣服似乎不沾边。

然而我没有争辩，只是点点头，然后走出了船长舱。

阿强在外边等我。

"他和你说了？"阿强问。

我点点头。

阿强是我最好的朋友，我在火星基地认识了他。从火星上的好望角深空探测基地出发，无边量子号就成了我们的家，两年半的旅途，我们经过了木星、土星、海王星，每一次造访行星的时刻，我们都是搭档。这一次我们要再次搭档了。

"太好了！"阿强挥了挥胳膊，"早就憋坏了，终于又可以出舱了。"

"但是这里什么都没有，根本就没有什么天体，更没有虫洞。"我说出了自己的怀疑，"而且，你不觉得船长很怪吗？本来他下个命令就可以了，但是他却把我们一个个找进船长舱，而交代的话又都一样……"

"你想多了!"阿强不以为然地打断我,他伸手搭住我的肩膀,"现在,我们去做准备吧,这一次,一定要得第一!"

我点点头。得第一是阿强的口头禅,或者说是他的强迫症。事实上,自从我们搭档以来,从来没有得过第一,最好的一次成绩,不过是排在二十开外。然而,阿强得第一的信念从来没有动摇过。

阿强伸出了拳头,我同样伸出拳头。两个拳头碰在一起,随即分开,拳头张开,变作手掌,再次拍在一起,啪地一声,清脆响亮。

这是我们的战前动员。

这一次的出舱行动果然和往常不一样。船坞甲板上人挨着人,至少有上百人,也许全部学员都被船长派遣了出来。

透过巨大的舷窗可以看见外边的世界,船头上时不时有辉光闪过,那是原子收集装置捕获气体分子的痕迹。稀疏的氢气云是个危险的所在,如果没有护盾保护,宇宙尘埃会腐蚀航天服。这儿根本不适合太空行走。

太阳呢?根本看不见太阳的任何踪迹。在火星上,太阳是天空中赤色的球体,就像十厘米的距离上的一元硬币;到了冥王星轨道,太阳仍旧是最明亮的天体,虽然看上去并不比星星更大,至少也是最明亮的一颗;到了这儿,深入一团气体云中,太阳根本不可见。在这里告别太阳,感觉很奇怪。

船长的广播响了起来。

"同学们,你们都是勇敢的探险者,一路上完成了各种艰巨任务,我为你们感到骄傲。今天,我们将进行最后一项任务,完成之后,你们将从学院毕业,代表人类踏上深空之旅。"

通讯频道暂时被锁定,没有办法说话,学员们彼此间交流着眼神。我和阿强相互看了一眼,阿强向我一笑,竖起大拇指。

"这一次,指挥部并不指定特定任务。你们每两人一组,可以拥有一艘小型探索飞船,随意探索周围的空间,在任何情况下,都可以中止探索,回到无边量子号上。"

"现在,可以开始了。"

船长讲完话。他居然一句也没有提到告别太阳的事,我正有些意外,耳机里响起了阿强的声音,"快,木头,我们不能落后啊!"

动作快的学员已经开着探索飞船出发了。

我和阿强坐进了一九七八号探索船里。

阿强熟练地操作飞船从发射舱脱离。

我们的飞船飞快地超越了一艘又一艘飞船,每次超越,阿强都会兴奋地大喊一声。

"这样飞不远。"我提醒他。

"没关系,只要能拿到第一就好。"

不过一个小时,我们的飞船就超越了最后一个目标。其实也并没有什么目标,因为所有的飞船都没有方向,大家只是随意地飞行。至少在我们的这个方向上,我们是距离无边量子号最远的一组。

"接下来该怎么办?"阿强问。他终于意识到其实并没有什么目标可以实现。

"这真是一次奇怪的探索行动。"他又说,"没有目标,我们距离母舰也挺远了。"

我点点头。

"你倒是出个主意啊!"阿强有些急了。

"我们回去吧。"我说道。既然这里没有任何东西,那么就回去看看船长怎么说。

阿强没有回答我的提议。他发出一声惊呼,"无边量子号,无边量子号爆炸了!"他的话语中带着些磕巴,显然受到了极大的惊吓。

我迅速扭头望去,果然,黑色天宇中,一团巨大的火焰正在燃烧。那正是无边量子号曾经的所在。无边量子号的信号指示也随之消失。

这怎么可能!我的心头猛然一抽。告别太阳,这是否就是船长的隐喻?他知道无边量子号会出事?

别的学员显然也注意到了这点,有几艘探索船掉头向着曾经是无边量子号的方位飞去。

"我们飞回去看看。"阿强说着就想掉头。

如果无边量子号真的爆炸了,飞回去也没什么用。

"不如关闭引擎,让飞船自己飞。"我提出建议。

"为什么?"

"我们需要时间检查一下装备,无边量子号已经爆炸了,我们的船飞回去也没什么帮助。"

"但是它万一还在呢?"阿强反问。

"那样它就会找到我们。"我平静地回答。

阿强沉默了片刻,放开了手中的操纵杆,"听你的,我先去检查一下氧气供应。天知道他们到底有没有给我们足够的氧气。"

说着,他已经起身,向着后舱移动。

一九七八号探索船凭着惯性在尘埃云中穿梭。其他探索船采用了各种各样的轨道,其中大多数,都徘徊在无边量子号燃起的熊熊火焰旁,焦急地等待消息。无论如何呼叫,通讯频道始终保持静默,没有一丝回应。那只有一种可能,就是无边量子号真的毁了。

惯性飞行中,我和阿强一起检查了探索船的装备。船上有紧急冬眠舱,可以让人保持在假死状态二十四小时,而氧气的存量,其实只够两个人使用十六个小时,另外还有一件宇航服,氧气配置充分,大概可以呼吸六个小时,还有简易的移动控制装置。

检查完这些,我和阿强都沉默下来。

最多四十个小时,如果不能回到母舰,我们就死了。

无边量子号已经毁灭了,那么就算加上假死冬眠,我们活不过四十小时。

阿强苦笑一下,"一个人冬眠,另一个人的氧气用量可以多维持些时候。"

其实那也没什么差别。在这个远离人类文明的所在，多活几个小时也不过是多一些绝望的时刻。

"你去冬眠吧，"阿强说，"我来把飞船开回去，至少距离无边量子号近些。"

"还是你冬眠吧。"我回答，"你的个头比我大，氧气消耗比我大，我在这里，时间可以维持长久一些。你说呢？"

阿强一愣，随即回答，"好，就这么定了。"虽然每一次他都像是那个拿主意的人，但是他从来都对我言听计从。他相信我，就像我相信他。在学院里，虽然我们不是最优秀的，却是最默契的搭档。

然而就算是最默契，剩下的也不过是四十个小时而已。

阿强进入了冬眠。系统启动的时刻，他看着我，说："如果醒不过来，我就提前道别了。"

"不管是不是能获救，我都会让你醒过来。"我回答。

他咧嘴一笑，挥了挥手。他以为这是诀别。

我也挥了挥手。我知道这是诀别，只不过那离开的人是我。

阿强没有接受过冬眠的培训，他不知道所谓的二十四小时假死状态，其实并不是说二十四小时后不苏醒，冬眠的人就永远不能醒过来。二十四小时内，人体内的氧气可以提供消耗，而超出二十四小时，只要氧气的供应不断绝，冬眠就可以一直维持下去，一年，十年，甚至一百年。只需要一个呼救装置和正确的轨道，阿强就能得到生还的机会。

我飞快地在控制电脑上计算轨迹，寻找让探索船环绕无边量子号残迹的可能性。

最后我放弃了，这没有任何可能。如果不加控制，一旦探索船燃料耗尽，只会距离无边量子号越来越远。

但是设计一条轨迹指向火星，这是可能的。只需要正确的加速方向，以及在正确的位置利用行星引力加速。这是一道标准的学院考题，答案是八十九年后，探索船可以进入火星轨道，并且在轨道上徘徊两年，如果还没有得到救援，飞船就会坠毁在火星上。坠毁是最糟糕的结局，也许算是魂归故土。但是火星基地的人不会迟钝到对一个不明飞行物不闻不问两年之久。他们会行动的，把阿强救下来。

我长长舒了一口气。

该轮到我行动了。为了让阿强维持冬眠到火星，必须将剩下的氧气都留给他。

那件太空服，则是留给我。

该出舱了。从飞出舱门的那一刻起，我的生命将只剩下六个小时，为了断绝临死挣扎重回舱内的可能，我打算将宇航服的动力装置打到最大，远远离开飞船，飘向尘埃云深处。

我看了看冬眠舱中的阿强，伸出拳头在舱盖上轻轻碰了碰。

永别了，阿强。换一个搭档，也许你就能得第一了。

舱门打开，我飞了出去。这将是我最后一次太空行走。

然而，眼前的情形让我吃惊。无边量子号仍旧在那里！

一时间我懵了。

宇航服内的耳机重新响了起来,"李子牧,请回到飞船内。测试结束,请回到飞船内等待结果。"

这是一场测试?我不敢相信自己的耳朵。

母舰还在,我还能活下去。这简直太好了!

不知不觉间,我发现自己竟然在哭。

三十个小时后,所有飞船的测试都结束了。

这是一次全盲的虚拟测试,我们所见的爆炸,不过是投射在舱内的虚拟增强现实。船上的器具也经过精心设计,包括只容一人的冬眠舱和仅仅维持六小时的宇航服。甚至连两人的组合也经过精心设计,只有一个人知道冬眠舱可以维持很久,而另一个只知道冬眠舱可以让人假死二十四小时。然而,进入冬眠舱的人是无法为自己设置氧气供给的,因为假死初期,过量的氧会让人中毒,再也醒不过来。

一百一十二艘探索船,七十五艘发生了争执,甚至打斗,不得不中止测试。

二十三艘船上,冬眠的只管冬眠,醒着的人也并没有去设法拯救他。

还有十三艘船上,什么也没有发生,两个人一起静静地等死。

只有我和阿强的船上,发生了一些不一样的事。

在船长室里,我又见到船长。

"星际旅行是高度危险的事,不仅需要专业,更需要勇于牺牲的精神,恭喜你通过了测试。"船长说。

"但是这有什么意义吗?"我问。

"当然,我告诉过你,今天是告别太阳之日。"

我不明白,于是看着船长,等着下文。

"你将作为支援舰队的船员前往开普勒星球,投入第二地球的建设。我们会在无边量子号和无畏先驱号之间架设量子传输舱,除了必要的装备之外,只能允许两名学员被传输过去。我要向你致敬,你将是人类的先驱者。"

我用了十多秒钟消化这个消息,半晌后问,"那另一名学员是谁?阿强吗?"

"另一学员由你来提名,如果你提名丁子强,那也没有问题。"

那么阿强将和我继续搭档。

一切都变得明晰起来,多年的学院生活将迎来终结,我们将如愿以偿,踏上星辰大海的征途。

"你还有两个小时的准备时间,就当是放假。两个小时后,我们会在甲板上列队欢送你们。"

我向船长敬了一个礼,退了出来。

两个小时的时间,哪里也去不了。

无边量子号启动了尘埃吸收,这被当作场景设计的尘埃云快速消散,星空显露出来。

我很快在浩瀚的星海中找到了太阳,它就像一枚发亮的大头针钉在天幕上。地球和火星太过于渺小,根本就看不见。向太阳告别,那是星海间漫游的人们唯一能够做到的事吧。

无边量子号在星海间闪闪发光。

"木头!"阿强的喊声从背后传来。

我露出微笑。

月见潮

王侃瑜

月无镇的夜晚并不如人们想象般漆黑无光,见不到月亮,漫天繁星成了夜幕的主角。据说在晴朗无云的夏夜,若望向西面天空,运气好时能看到太阳,那颗最初给予人类光与热的太阳。丈夫去世前,总爱摆弄他那架天文望远镜寻找太阳,戴安却不感兴趣,她对天上的一切都不感兴趣。

退休以后,她的生活愈发清寂。门铃响起的刹那她愣了一下,上次听到门铃仿佛是很久以前,打开门,她发现只是个包裹。包裹很轻,外包装在长途颠簸中染上污渍,发件人信息模糊不清。会是谁寄来的?戴安没有头绪。她拆开包裹,数层塑料膜中躺着一枚印花信封,还有一个牛皮纸小包。抽出信笺时,几缕羽兰暗香逸散而出,是上好的香墨,经久不衰。

安,

　　这些年来你过得好吗?我挺好。他离世后,抚恤金还算丰厚,作为遗孀,我的特权也得以保留。不错的婚姻买卖。

　　尽管不想承认,可我们都老了啊,我不知道还能有几天,有些话想当面跟你讲。

　　回向月面一趟吧,我的公馆在月见城近郊,不太好找,随信附上地图。

　　不必回信。等你来,若开车来正好能赶上葵江大潮。希望我也能赶上。

爱你的琳

P.S. 小包里的东西，你还记得吗？

戴安揉了揉太阳穴，是艾琳，她的语气一点没变。同寝三年，戴安从未见任何人拒绝过艾琳的请求。她循折痕展开牛皮纸，内里露出一个白色小盒，不知为何，她心跳得厉害。打开盒盖后，一丛灰绿跃入视线，是历藻。她平复呼吸，移到水池边，往盒子里注满水，历藻慢慢舒展，褪去灰色而转为墨绿。她小心取出历藻在桌上摊平，关上灯，看它浮起荧光，那荧光并非连续，而是每隔一段平均分布，在黑暗的屋里与窗外的星光呼应，仿佛传达着某种信号。那段尘封已久的往事重又浮上心头，好像阳光下的细尘，她闭上眼不想看到，再睁眼它们却仍在眼前舞蹈。她记得，从开始到结束，她从未忘却。

* * *

"大新闻大新闻！这次赫林潮汐大会上有一篇比喆论文！"艾琳大叫着冲进寝室。

戴安半躺在床上，一动没动，"你什么时候关心起学术来了？这还真是个大新闻。"

艾琳拽起戴安，"那当然，这次潮汐大会规模空前，学校安排了各种晚宴和社交活动，身为赫林第一大学的首席公关，我怎么能不关心？"

"让你来当首席公关，我校的学术水平恐怕会被人质疑死吧。"戴安的目光没有离开手中的资料，"一定是哪个无聊的比喆人远程空投一篇论文，作为反面教材来挨批。"

"是来参会的真人！第二天上午第三位发言人，比喆科学院能源研究所研究员，议程上写得清清楚楚。"艾琳抢过戴安手里的资料，塞去一份仍散发着油墨味的大会手册。

"研究能源的跑我们会上来干嘛？"这次潮汐大会由戴安所在的天体物理系与水文研究所联合举办，据说吸引了整颗赫林星上的相关学者。

艾琳凑近戴安，神秘兮兮地在她耳边吐出三个字："潮汐能。"

"潮汐能？用潮汐做能源？但这怎么可能……"戴安读过提及古地球潮汐能的文献，可殖民星上的条件与地球截然不同。赫林与比喆相互绕行，没有相对位移，引起潮汐的引力源就只有恒星，可恒星的影响并没多大。

"怎么不可能？"艾琳反问道，"你以为这次会议真的只是为了研究潮汐本身啊？没有利益可图的话，系主任才不会出这份力呢。比喆水多，自然比我们先发现潮汐能的开发前景。"

"说得也是，葵江的潮差虽然不大，潮量却相当可观。如果把潮汐能利用起来，说不定能源短缺问题就能找到新出口，赫林发展也就没那么多限制……"

"你怎么又认真了,这么工作狂小心嫁不出去。"艾琳打断戴安。

戴安摆弄着挂在脖子上的实验室钥匙,"谁要嫁啊,我乐得以实验室为家。哪像你成天让师兄帮忙做实验写论文,当心毕不了业。"

"毕业论文中期检查不是还有一阵嘛,要努力也得先把潮汐大会开完呀。"艾琳推了推戴安,"你说,这个比喆人是不是很勇敢?单枪匹马来到赫林。这几年局势紧张,能来的人必定很厉害,他也不怕有个万一……"

"万一爱上赫林姑娘回不去?又在幻想你那些比喆偶像剧啦,省省吧,说不定来的是个秃顶大叔,让我看看你的大叔叫什么名字。"戴安翻开艾琳方才塞到她手上的大会手册,翻到议程那页,找到比喆科学院能源研究所研究员,后面跟的名字却让她大吃一惊。

"怎么啦?比喆人的名字把你帅傻了?"艾琳伸手在戴安面前晃晃,又拽过手册,"尤伽,这名字好像很耳熟……"

戴安咬了咬嘴唇,"那个写信给我的比喆人。"

"我想起来了!那个害你被系主任大骂一顿的家伙,他是来找打的吗?等我把系里男生都叫上,好好教训他一顿。"艾琳往上卷了卷袖子。

戴安摇摇头,"他说的……确实有道理,是我的模型还不完备。"

"可直接把信寄到系里也太过分了吧?"

"论文里只留了我的学校系别,没有私人地址。想找我也只能寄到系里了……他恐怕不知道赫林的信件抽查制度吧。"

艾琳搂住戴安的肩,"别怕,他要是敢对你怎么样,我替你找人出头!"

"谢啦,有艾琳女神的圣斗士保护,我谁都不怕。"戴安努力往上牵了牵嘴角,最终还是垂下去。

赫林首届潮汐大会的第一天下午,戴安最后一位演讲,做完报告后她正准备离开,却见一位陌生男子走来。他上身穿着宽大的印花T恤,几乎垂到膝盖,下身的裤子却仅到脚踝,这搭配实在怪异,和艾琳看的那些比喆偶像剧服装倒有些相似。戴安暗自皱眉,片刻后意识到他是谁。

"我没收到你的回信,就想亲自来看看是不是已经说服了你。没想到你还有错得更离谱的,'论伴星天平动①对主星潮汐的影响',"男子走到戴安面前,"研究本身倒是精彩,不过比喆可不是什么伴星,比喆与赫林是不折不扣的双行星②啊。"

"这里是赫林……况且,比喆的质量与体积较赫林而言都小了不少吧。"戴安抱起双臂,她没猜错,这位就是与她在信中争论许久的比喆研究员,没想到他这么年轻。

---

① 天平动,从A天体环绕的B天体上观察所见到的,真实或视觉上非常缓慢的振荡。天文学家们长久以来都只用在月球相对于地球的视运动,并且选择一个点来平衡与对比晃动的尺度,但这些振荡亦适用于其他行星,甚至太阳。

② 双行星,如果两颗相互绕行的行星系统重心不在两者任何一个的内部,则该系统是一个双行星系统。

"相对差距没那么大,再说两星的共同质心不在赫林内部,当然也不在比喆,而是落在自由空间中的一点,完全符合双行星的定义。"比喆人把双手插进口袋。

戴安耸耸肩,"随你咯。"她不想和一个比喆人争论两星关系,尤其是在这里。

男子笑了,伸出右手,"初次见面,我是尤伽,比喆科学院搞能源的。想必你猜到了吧。"

戴安没有伸手,"客套就不必了。我希望你不是来找我麻烦的。"

"找你麻烦?还真的是。"尤伽咧开嘴角,"说实话,读你的论文、和你通信,我都以为戴安是个男人,没想到竟是位美丽姑娘,这麻烦我就更不得不找了。"

戴安心里咔哒一声,她向来讨厌别人拿性别说事儿,什么女人不适合科研,天体物理是男人的领域。她和艾琳是所里仅有的两名女生,艾琳或许享受着男生们竞相献上的殷勤,戴安可不觉得这是什么好事,她一概拒绝实验和研究过程中来自异性同学的"帮助",系里男生也识趣地对她敬而远之。"抱歉让你失望了,我只是个女人,对科研略懂皮毛,就不耽误你的时间了。"说完,她欲转身离开。

艾琳的身影横插入戴安和尤伽之间,"我猜猜,这位就是比喆先生?"

"这位小姐,我正与戴安小姐说话呢,可否请您行个方便?"尤伽伸出右手,掌心向上滑向一旁。

沉默。戴安无法想象此刻挡在她面前的艾琳的表情，从没有人敢怠慢她，从没有人敢拒绝她。

片刻之后，艾琳挺了挺胸，"戴安小姐并不想跟你讲话，该走的人是你吧。"

"哦？这恐怕得戴安小姐亲自抉择。"尤伽歪下头，视线绕过艾琳看向戴安。

戴安勾过艾琳的手臂，"我们走，不用和他多说。"

经过尤伽身边时，艾琳哼出一个响亮的鼻音。

拐过两个街角后，戴安停下回头看了看，"没跟上来，你先走吧。你不是还要去参加会议晚宴吗？"

"那你怎么办？"艾琳也回头望了望。

"我没事啊，去图书馆看几篇文献就回寝睡觉。那比喆人还能吃了我不成？倒是晚宴上如果少了艾琳女神，那群男人恐怕会把房顶都掀了。"戴安理了理艾琳被风吹乱的刘海。

"那好吧，你一个人要当心。"

"放心，快去陪你的圣斗士们。"

"是他们排队陪我才对吧。"艾琳扬起头，骄傲的笑容重又回到脸上。

"那当然。晚上见咯。"

"晚上见。"

等艾琳走远，戴安才叹口气继续往图书馆方向前进。刚与尤伽开始通信的日子其实算得上愉快，他们之间的讨论完全围绕学术问题，不论其他，她确实从他那里得到了些启发。如果不是最后那封信被系主任抽查到的话……那天，系主任的脸是猪肝色的，把信甩到桌上告诫她不要听比喆人的瞎话。她本已根据尤伽建议做了调整的模型也被要求改回原样，几个月来的努力都白费了。戴安知道尤伽提的建议更加合理，可面对怒气冲冲的系主任，她说不出口。

"呼，你的保镖终于走了。"前方巷子里蹿出一个人影，恰是尤伽。

戴安转身欲绕开，却被几步堵到面前，"我又不会把你吃掉，躲什么呢？真怕我找你麻烦？"

"我一界女流之辈，恐怕不值得你找麻烦。"戴安没有看他。

"这是什么话，在比喆可没有性别歧视。我最欣赏的同辈学者竟是一位美丽小姐，我高兴还来不及呢，不枉我特意准备了见面礼。"尤伽从口袋里掏出一个白色小盒递给戴安。

她狐疑接过来打开，盒子里躺着一团灰绿色植物，蜷缩在盒子一角，似已干枯。"这是……"

"历藻，比喆独一无二的特产。你在论文后记里提过对比喆生物的好奇吧，希望你能喜欢，"尤伽露出灿烂笑容，"对了，我来之前想，如果戴安是个秃顶大叔的话，我还是把它带回去比较好，省得给他错误暗示。"

"谢谢……"赫林与比喆虽相互绕行,星表生态却完全不同,小时候在杂志边栏读到的比喆风物对戴安来说就像童话般不可思议。这叫历藻的小东西虽不起眼,却是比喆来的,戴安心底暖暖的。

"为了把这小家伙带来赫林,真是费了我不少功夫。不知能否换得戴安小姐陪我逛逛赫林?我还有些学术问题想请教你。"尤伽微微低头欠身,目光却锁定戴安的双眼。

第一回有异性对戴安用"请教"一词,她一阵心悸,脸颊热度上升,慌忙转身避开他的目光。既然他这次能来赫林开会,那与邻星学者进行学术交流应该不会惹恼系主任吧?戴安横下心,"走,带你去吃赫林美食,边吃边聊。"

月见城位于赫林向月面,是整颗星球的政治、文化和经济中心。戴安虽非本地人,在赫林第一大学的求学生涯早已让她摸透了这座城,知道哪里才有地道又便宜的餐馆。

尤伽举起酒杯敬戴安,"谢谢你的款待,赫林美食果然名不虚传,这酒也是,香味和烈度都恰到好处。"

戴安同他碰杯,一口饮尽杯中液体,忍不住得意起来,"五年的葵露酒,只有向月面的月葵才酿得出这种味道,在比喆喝不到吧?"

尤伽放下酒杯,"比喆能零星见到月葵的地方只有月陆岛,可岛上也聚集了比喆的大半人口,挤得透不过气,给观赏性植物留下的空间少得可怜。"

"你们有那么多小岛，一人一个都还嫌多吧？"课本上关于比喆的第一课就是那为海洋环绕的群岛地形，与以陆地为主的赫林截然不同。

尤伽摇摇头，"尽是些不适合住人的岛屿。"

"那还吸引了那么多游客？贵星高速发展的旅游业可是让赫林官方压力不小啊。"

"呵，"尤伽笑了，"游客不会长久停留啊，来比喆租个小岛，享受无人打扰的假期，假期结束后就离开，什么都不用担心。比喆人的日常可不是这样。"

"那你们的日常是……天天捕鱼？"离开赫林抵达比喆的初代移民正是通过渔业存活并发家，戴安脱口而出的玩笑话逗乐了她自己。

尤伽笑得更欢了，"不错，戴安小姐有机会一定要来比喆尝尝新鲜水产，我亲自下海打捞。"

"也许吧，可惜比喆欢迎全联盟的游客，单单不对赫林开放个人旅游。"戴安耸耸肩。

"作为访问学者来，"尤伽敛起笑容，"我帮你打通比喆那头。"

"啊？"尤伽突转的话锋让戴安紧张起来。

"我是说，你的研究很有潜力，比喆科学院一定欢迎你来交流。"尤伽又恢复了方才的轻松语气。

戴安悬起的心落下，自嘲道："赫林可没那么容易放人，即便是女人。"

尤伽哼了一声，"我们星球上可没性别歧视，能力就是能力，与男女无关。再说，你的论文质量确实很高，逻辑缜密细致，只不过——缺了点野心。"

"什么？"前半句话让戴安听得舒心，后半句却让她一愣，她从没听过这种评价。

尤伽双手交握搁上桌子，身体前倾，凝视戴安的双眼说道："你的论文在理论方面完美无缺，却没涉及实际应用。赫林与比喆互相潮汐锁定①，能够影响潮汐的就只有行星天平动和相对恒星的位置，算出两者叠加的引力效应就能预测潮汐。"

"那又如何？"戴安脑中隐约飘过一丝可能性，却抓不出那个想法。

尤伽凑得更近了，压低声音说："我正在设计一套存储潮汐能的新方案，如果能准确预测潮汐，能量利用率将大大提高。这不是我明天要演讲的论文主题，却是我这次来赫林的主要目的，我想与你合作。"

戴安心里拉起警戒线，却克制不住对尤伽方案的好奇，"我为什么要跟你合作？我连你的真实研究是什么都不知道。"

---

① 潮汐锁定，潮汐锁定的天体绕自身的轴旋转一圈要花上绕着同伴公转一圈相同的时间。这种同步自转导致一个半球固定不变的朝向伙伴。通常，在给定的任何时间里，只有卫星会被所环绕的更大天体潮汐锁定，但是如果两个天体的物理性质和质量的差异都不大时，各自都会被对方潮汐锁定，这种情况就像冥王星与卡戎。

"有什么安静的地方适合讲话么？"尤伽起身往外走。

戴安也站起来，在她意识到自己的身体在干什么前，已加快脚步超过了尤伽，说："去学校植物园吧。"

第二天，尤伽上台发言时，艾琳撇撇嘴对戴安说，"瞧这家伙，学术水平一定不怎么样，白白长了一张比喆偶像剧男主角的脸。"

戴安随意嗯了一声，陷进前一晚的回忆。尤伽的方案前景无限，在羽兰的清幽暗香和清朗月色中描绘出一番双星共同发展的美好未来。戴安此前从未遇到过在学术上同她如此合拍的人，不，不光是学术上，还有其他方方面面，他们一整晚的交流碰撞出朵朵火花，让戴安诧异于自己的思维竟可如此活跃。回寝后，她一夜无眠。

雷鸣般的掌声将戴安拉回当下，身旁的艾琳有些发愣，紧紧抿着嘴。

尤伽走到近前，朝艾琳领首，艾琳转开头，他面向戴安说："我的演讲如何？今晚还能请你赏光作陪么？"

慌乱中，戴安点了点头。直到尤伽走远，她才听到艾琳冷冰冰的声音，"原来你们冰释前嫌了啊。"

戴安对上艾琳冰冷的目光，不知为何，一阵心虚，"昨晚恰好遇上就聊了聊论文，我发现他其实没有恶意……"她舔舔干燥的嘴唇，"今晚你有空吗？一起陪客人逛逛赫林吧，你可比我有经验多了。"

"那可得看对方有多少诚意了。"艾琳挑起眉毛。

戴安摇了摇艾琳的手臂,"你就当陪我嘛,省得我一个人占弱势。"

艾琳眼中的冰融化,"好吧,看在你的面子上。"

戴安松了口气,紧紧按住包里那盒历藻,挤出一丝虚弱的笑。

＊　　＊　　＊

戴安爬上椅子,从橱顶搬下多年不用的行李箱,隐隐作痛的腰背肌肉提醒她身体已不如当年,幸好她的林鹿依旧保养良好,岁月反倒给暗红色车身镀上一层光泽。戴安发动引擎,向她生活了三十标准年的月无镇告别。

从月无镇往外的路算不得堵,林鹿一路往东,通行无阻。天色转黑,戴安不禁瞥向东方天际,满天星星,不见月亮,她笑自己心急,抵达向月面前不可能看见比喆。林鹿驶进最近的旅馆停车场,戴安进店开房。电视新闻正播报这一年赴赫林旅游的游客总数又一次创下新高,继比喆的度假海岛之后,赫林的文化遗产成为外星系游客新的最爱,两星政要正为加强深入合作进行磋商。在看不见比喆的月无镇住了那么久,戴安几乎忘了两星恢复建交已有两年。

"太太,请收好您的证件和房间钥匙。"

戴安接过掌柜递来的东西,正想离开柜台,一对年轻男女推门而入,向掌柜询问房间。戴安缓下了脚步。

"抱歉,今晚已经没有大床房了,双床标间可以吗?"掌柜从记录本上抬起视线。

女孩嘟起嘴,甩开男孩牵着她的手,"我早让你订房间了,你偏说不用。"

"不是还有房嘛。"男孩抬手拭去额头沁出的汗珠。

"双床!两张床!"女孩毫不顾忌旁人,高声抱怨起来,"陪你来背月面这种破地方也就算了,还要分床睡,我们还能在一起几天?"

"我只是想在离开前和你一起走遍赫林……"男孩伸手欲抚女孩肩膀,却被躲开。

"那就别走,留下来。"女孩的话音柔和下来。

"留下来……你父母能同意我们在一起吗?他们要是发现我们已经……"男孩的声音低下去,随后又扬起,"放心,一旦我在比喆站稳脚跟,马上接你过去!"

女孩别过脸去,"谁知道你会不会变心,那么危险的工作,谁知道你会不会出什么事……"说着,她淌下泪来。

男孩慌忙上前抱住她,又松开一只手去擦她的泪,"别哭啊,只是探索开发新的小岛而已,我会小心的,怎么可能抛下你一个人呢?他们都说比喆社会自由开放,机会多,来钱快,为了我们的未来,我必须冒这个险。只要再等几年,不,也许用不了那么久,我们马上会团聚的。别哭了,好不好?"

女孩不说话,反倒哭得更厉害了。

戴安松开手,把留有她体温的钥匙还给掌柜,"这间大床房给他们吧,替我换个标间。"

女孩抽着鼻子,和男孩一起连声向她道谢。

等那对年轻情侣走远,掌柜小声对戴安说,"太太您人真好。现在的年轻人,真是不知分寸,父母不同意就私奔,没结婚就睡到一起,尽是比喆传来的歪风邪气。要我说,赫林根本就不该跟比喆签什么双边协定,开放贸易开放旅游开放工作,什么都开放了,老祖宗的规矩却忘了。"

看着女孩依偎男孩的背影,戴安叹了口气,没有说话。至少,如今分居两星的情侣不会连一面都见不着。

* * *

为期五天的潮汐大会结束后,戴安、艾琳与尤伽之间的隔阂彻底消除,艾琳甚至放弃大会组织的社交活动,转而与戴安和尤伽一道单独行动。其他参会者给这脱离大部队的三人组合起了个名字——双星环月,两位星星般闪耀的赫林姑娘环绕月球来客。

听说这个名号时,艾琳大笑不止,拍着尤伽的背说,"哈,真有意思,我们俩是恒星,你是行星,地位可不一样。"

"在古地球,月亮被视作是比星星重要得多的天体。"戴安转开视线,艾琳不再敌视尤伽,她当然高兴,只是这些天来她数次想找机会单独同尤伽进一步商量合作研究事宜,艾琳总是在场,而且每当与尤伽说话时,艾琳总是凑得特别近。也许只是错觉,艾琳对谁都那么热情,戴安在心底安慰自己。

尤伽退开一步,走到戴安身旁,说:"好啦好啦,我当然是你俩的陪衬。"戴安轻舒一口气。

艾琳却又跟上来,一手搭在尤伽的肩上,一手挽住戴安手臂,"那么伴星先生,接下来你陪我们去哪儿呢?双子女神庙的祭典还是中央广场市集?或者去看月葵展吧,比喆上绝对没有那么多种月葵。"

戴安拽了拽艾琳的胳膊,"你不要命啦?没听系主任今天说毕业论文中期检查提前了吗?这次大会正好把专家们聚到一起,检查小组里不是慈眉善目的学校老师啦,都是些严得要命的学科带头人,被抓到不合格说不定连毕业都难。你的论文根本没怎么动吧,还不抓紧开工?"

艾琳一拍脑袋,"对哦,我怎么忘了这茬。尤伽,你帮帮我好吗?我的选题还有很多没想明白的地方,可以给我讲讲吗?"

"我很想帮你,可实在抱歉,我和你的研究领域不一样,似乎帮不上忙。况且,我明天要启程回比喆,今晚得收拾行李,恐怕不能为二位效劳了。"尤伽再次从艾琳身旁退开,往戴安的方向挪了挪。

"什么,你明天就走?"戴安不禁从艾琳手中挣脱臂膀。

"是,赫林政府只允许我待这么久。"尤伽嘴角浮起苦笑。

艾琳一愣神,上前一步,双手捧起尤伽的右手,"这就走了?你还会来看我们吗？不，你马上就会忘记我们的。"她甩下尤伽的手，却又留一手与他指尖相连，背转过身，抬起另一只手轻揉眼眶。

趁艾琳不注意，尤伽从裤子口袋里摸出一张纸条塞给戴安，戴安一愣，迅速抓紧握在手里。

"怎么可能忘记你们呢？我发誓，只要我的研究项目能得到贵星政府的准许，我一定尽快回来。潮汐能的开放前景很好，我们会马上再见。"尤伽举起艾琳的手，凑到唇边，片刻犹豫后，轻触一下。戴安的心如被针刺般难受。

艾琳回身拥抱尤伽，"噢，千万要信守诺言！我们会等你的，青春短暂，别让我们等太久。"

"那当然。"越过艾琳的肩头，尤伽朝戴安眨了下眼，视线落到戴安手上，随后探询般看着她。

戴安咬了咬嘴唇，点下头，脖子上的实验室钥匙轻轻撞击她的胸口。

月亮的清辉洒进房间，戴安睁眼躺在床上，静静数着艾琳的呼吸，直到她的呼吸声缓慢平稳，戴安才轻轻下床。来到走廊上，她发现忘带了尤伽叮嘱的历藻。转身推门发出的吱呀声在静谧的夜里被无限放大，床上的艾琳翻了个身，戴安屏住呼吸，停在原地，见她不再有别的反应，才小心翼翼进屋从包里摸出历藻，揣进怀里离开。

尤伽在纸条上约她到植物园见面，让她带上历藻，瞒着艾琳。四下无人的夜晚,他要和她谈论合作吗?又或者是别的什么?戴安心底涌上几分紧张和兴奋,可一想到他明天就要离开,伤感又立刻占据主导。

赫林第一大学的植物园坐落在一片小山坡上,从那里可以俯瞰整个校园,还有远处的葵江。靠近入口的羽兰花圃正对一架赫林藤秋千,夏天藤上开满粉蓝色小花。不在实验室或图书馆的时候,戴安最喜欢坐在秋千上看书,一高一低的摇荡能帮她理清思路,解决难题,几天前的晚上,戴安与尤伽正是坐在这秋千上聊了整晚。山坡顶上有一块平坦地面,再往前是断崖,崖边筑起石造的围栏,近围栏处有一片月葵田,中央的空地可供一人躺下,看书累了,戴安总爱躺在那里望天发呆。可今晚,她的领地被别人占领。

"在这里看比喆的感觉真奇怪。"尤伽的声音从低处飘来,听起来有些飘渺。

戴安走到他身旁坐下,双臂环膝,"从比喆上看赫林是什么感觉?"

"又大又圆的月亮。"

"哈,"戴安忍不住笑出声,"从这里看比喆也一样啊。"

"不一样,赫林更大些。而且……"尤伽停顿了一会儿,"反正就是不一样。"

"你说,比喆上这时候也有人看着赫林吗?"戴安问出口才意识到这问题有点蠢。

"不会,这个时候,比喆向月面是白天。"尤伽的声音有点干涩。

是啊,赫林夜晚月圆的时候,恰是比喆向月面的正午,惟有黄昏或凌晨前后,两颗星球上的向月面中点才有可能同时看到半轮月亮。戴安诧异于自己竟忘了如此基本的专业知识。

"带历藻了吗?"尤伽单手撑地,支起身子。

"嗯。"戴安递出怀里的历藻。

尤伽接过去,说,"知道它为什么叫历藻吗?"

戴安摇头。

"因为它能纪年。"尤伽摸出一瓶水,往盒里注满,"它看起来干枯了,加点水就能复活。"

借着月光,戴安盯着盒子里的历藻,起初好像没什么变化,渐渐地,整个盒子被舒展的历藻填满,再接着,月光下的历藻泛起另一种荧光。戴安不禁惊叹出声。

尤伽用两指轻轻捏起历藻,展开,使其成一直线垂直坠向地面。戴安这才发现,那荧光是每间隔一段才有的,每一段间隔几乎都一样长。

"生物学上的未解之谜,起初人们以为这是海水中某种物质的周期性变化引起的,可它被捞出海水养进纯净水后仍在生长,仍像过去一样每隔一段发出荧光,每两段荧光细胞之间的生长周期间隔一年。"

戴安接过静静散发荧光的历藻仔细端详,纤细的藻叶触得她指尖发痒,"好神奇啊,星球的周期性运动影响着星球上的一切,赫林与比喆的运动完全同步,孕育出的生命却如此不同。"

尤伽轻笑出声,"有没有人告诉你,你认真的样子很可爱。"

"啊?"戴安脸颊烧起来,幸好月亮的冷光遮掩了她脸上的红。

尤伽站起来,伸出一只手给戴安,她犹豫了一下,抓住他的手也站起来。

他走到崖边,倚上石栏,"听,葵江的潮。"

戴安跟过去,远处的葵江在月光下好似一条玉带,承载碎光,蜿蜒起伏,低沉的涛声越过沁凉的夜,钻进戴安耳中的只余隐约隆隆。

"跟我合作吧,把潮汐研究透彻。如果能充分利用潮汐能,无论对赫林还是比喆来说都有巨大的好处。"尤伽的声音仿佛很远。

"你在比喆不是一样能做吗?"

"赫林的水体更简单,更适合先期研究,在赫林把原理搞清楚再应用到比喆会容易得多,而且,"尤伽转身看向戴安,"赫林有你。"

她的脸更红了,"要将赫林的研究成果应用到比喆,意味着得全部重新推导一遍,所耗的时间……"

"不管要多久,有你和我在一起就够了。"

"在一起?"尤伽的话击响了戴安的心鼓。

"不光是研究上的合作,还有生活上的。不,不只是合作,相依相伴,相互扶持,相爱走过一生。"尤伽眼里盈满月光,"第一次读到你的论文时,我就相信自己和作者一定能成为挚友。发现作者是一位姑娘时,我知道,我和你可以不仅仅成为挚友,那晚的交流更加深了我的想法。"

戴安心里的鼓越敲越响,"可你明天就要走了……"

尤伽轻叹口气,"我必须先回比喆,说服他们跟赫林合作研究。不过我会回来,来找你。"

戴安轻轻点头,"你要去多久?"

月光在尤伽眼中摇晃,"不知道,也许很快,也许很久。如果短时间内回不来,我会写信给你。等我。"

"可是艾琳……"戴安想到挚友眼中的泪水,心下难受。

"我不在乎,你该知道,我在乎的只有你。"

尤伽眼中的月光向她涌来,她跌进清凉的怀抱,好像溺水般呼吸困难,在她窒息之前,两片温暖的嘴唇贴上她的唇,她小心翼翼地张开嘴,试探着品尝这甘美。片刻后,她放松下来,改用唇舌探索他。羽兰和月葵的花香交糅,妖娆迷蒙。她在这香气中重新活过来,好像此前她从未真正活过。

* * *

车驶过东月界线后不远,戴安把林鹿停进路边的加油站。天色已近黄昏,她想在这儿等等,等黑夜降临,等月亮升起。加油站有一家迷你茶厅,戴安要了一杯羽兰茶,坐进面向东方的露天茶座。天色渐暗,呈现出一片近乎透明的紫色,好像刚从花蕾中抽出的羽兰花瓣。

夕阳最后的光与热笼上戴安裸露在外的后颈，好似一层薄薄的轻纱，蹭得她发痒。比喆的轮廓在东方天幕隐约浮现，一轮圆满的环，在愈发暗沉的紫色中愈加明显。浅紫沉淀为绛紫，又过渡成蓝紫，最终化作深蓝，乳白色的月盘嵌于其上，散发出温和的柔光。戴安抿一口茶，袋装茶入口不够顺滑，好在羽兰的幽香没有打折。在月下，她整个人变得清亮起来。三十标准年不见，比喆还是一样可爱。

"太太，请问我可以坐这儿吗？"

头戴窄檐帽的中年男人半弓着身子看向戴安。她点点头。

男人坐下，摘下帽子搁到桌上，"月色真好。"

"是啊，尤其是久别重逢的时候。"戴安回味着羽兰茶的清香。

"从背月面来？"

"对。"

"那儿没剩什么人了吧？签了双边协定以后，赫林一大半人口都跑来向月面了。"男人的语气并不怎么高兴。

"哦？那向月面应该很热闹咯？"戴安忆起月见城的市集和祭典，她在月无镇的这些年再没见过那番热闹景象。

男人叹口气，"都从向月面搭船去比喆啦。离航空港近的月见城还算好，其他城市都空荡荡的。我这一路见多了准备去比喆工作的年轻人，都说月亮上机会多，就这么背井离乡去给外星人打工。"

"比喆上的人都是从赫林过去的，算不得外星人吧。"戴安微微蹙眉。

男人哼一声,"当年去比喆开荒的还不是些失败者,在赫林混不下去才背井离乡,这么多代过去了,他们靠那些小岛致富了,哪儿还有人记得赫林?翅膀硬了就不认亲娘,从他们闹独立起,就成了不折不扣的外星人。照我说,就该继续不跟他们往来,直到比喆人认错。"

戴安避开话题,"开放之后,赫林也多了不少其他星系的游客吧。"

"那些外星系佬,只会在月见城对着月亮傻笑,一进双子女神庙就大呼小叫。"男人抓起帽子给自己扇风。

戴安没有答话,男人口中的外星系佬,有一大半与赫林人比喆人同根同源,古地球的血脉散布在联盟星域的各个角落。

片刻寂静后,男人重又开口,"太太,那车是你的吧?"

他指的是停车场上那一抹暗红,戴安嗯了一声。

"三十标准年前月见城产的林鹿?保养得真不错。"男人咽了口口水。

"谢谢。那可是我最疼爱的孩子。"戴安远远望着爱车,这种车型早就停产了,如今的车子都采用流线型设计,有棱有角的古董林鹿反倒别具风韵。

"太太,我想,"男人顿了顿,"我是说,你有没有考虑过卖车?"

原来是看中了她的车,戴安反问道,"你会把自己疼了三十年的孩子卖掉吗?"

"我可以出高价。我收藏古董车……"男人急忙接口。

戴安摇摇头,"对不起,我还要开着它去向月面看潮呢。"

"看潮?"男人一脸惊讶,"照这车的速度,你抵达向月面差不多正好是大潮,你一个人去看潮?这太危险了,你都这么大……"

戴安打断他,"按照联盟标准,我才56岁,没那么老吧。何况,我还要赶去见一个老朋友。抱歉,我得上路了。"

她朝男人欠了欠身,把他的对不起抛在身后,回到爱车旁。坐进驾驶座前,她又望了一眼天空,月亮不那么圆了,圆盘右侧缺了一小块。她知道,如果留在原地,随着夜渐深,月亮的缺口也会越来越大,直到黎明前夕,只剩左侧的一弯残月,最终消失在明天的第一缕阳光之中。

* * *

戴安从床上被叫醒时,艾琳不在房间。迷迷糊糊中,她听到来人说些什么"间谍"、"泄密"、"比喆",她还没弄明白就被请去"配合调查"。她在赫林安全局的调查室里坐了一整天,重复了一遍又一遍这五天来所有的细节,口干舌燥,嘴唇表皮几乎磨出水泡。当然,她略去了与尤伽私下交流的内容。

"实验室的钥匙呢?"这天快结束时,紧绷着脸的调查员突然问起。

钥匙?戴安摸了摸脖子,一直挂在脖子上的项链不见了,她试探性地问:"被你们收走了?"

调查员摇头,"不在接受检查物品清单里,你进来时就没带在身上。"

说了一整天话,戴安的头有些疼,她按压隐隐作痛的神经,"那就是掉在寝室里什么地方了。"

"没有,我们彻底搜查了你的寝室,那里没有钥匙,不过我们发现了比喆历藻。"调查员的语气同他的衬衫领口一样冷硬。

他们搜查了她的寝室?戴安的头更疼了,"你们有什么资格侵犯我的隐私……"

"比喆活体动植物被严禁带入赫林,你为什么会有历藻?"

"那只是朋友给我的礼物……带来时是干燥的,已经死去的……"

"哪个朋友?"调查员声音冷峻。

"尤伽,来参加会议的比喆能源研究所研究员,他只是……"

调查员打断了戴安,"他只是为了接近你获取赫林机密。"

"不是的!"戴安叫道,这个念头却钻进她心里,笼上一层不安。

"再把你这五天来通敌的细节重复一遍。"调查员并不理会。

"我没有通敌……"戴安的辩驳在调查员的瞪视下显得苍白无力,她舔了舔干裂的嘴唇,又讲起一遍来:"大会第一天,我最后一个演讲……"

审讯调查持续了六天。第七天,戴安被放出来,终于见到艾琳。

"安!"艾琳搂住她,轻抚她的背,"对不起,我没想到会这样……如果我早点发现就好了……都过去了,没事的……"

"到底怎么回事?"戴安在艾琳的怀中不知所措。

艾琳声音哽咽,"尤伽他……我到实验室时发现那里一片狼藉,资料都被翻动过了……我应该先去找你商量的……我太害怕了,数据不见了,所有人这几年的努力都……我报了警……"

戴安心底渐凉,"这和尤伽有什么关系?和安全局又有什么关系?"

"对不起,安,我知道这很难接受……"艾琳加重了手里的力道,"尤伽他……是比喆的间谍……"

"这不可能!"戴安推开艾琳。

"他们在尤伽下榻的酒店找到了你的实验室钥匙……"艾琳垂着头说。

戴安体内所有的力气被一下抽尽,心头的火焰也彻底熄灭。

尤伽被指控盗取赫林机密,比喆否认赫林的无理指控,赫林却坚称比喆在赫林领土进行间谍活动,本就不怎么样的两星关系再度陷入僵局。赫林决定无限期中断与比喆的所有往来,尤伽则被终身禁止再次踏上赫林。赫林当局对于潮汐能的关注在萌芽期被彻底扼杀。

戴安把自己关在寝室过了很久,最终递交了休学申请。她用所有的积蓄买下一辆林鹿,只身离开月见城。启程那天,艾琳来送她,她憔悴了很多，戴安没说什么，只是答应到月无镇后给她写信。

　　这一去便是三十标准年，戴安再也没有见过艾琳，只是从信中得知她嫁给了赫林安全局负责调查尤伽一案的组长，组长后来一路晋升至局长，艾琳也从大学寝室一路搬到山上的公馆，成为月见城有名的局长夫人。戴安自己则与背月面出生的一位普通教师结婚，说不上有多少爱情，却是默契的生活伙伴。

*　　*　　*

　　山路太窄，戴安不得不把车停在山脚，一路拾级而上。月见城多月葵，近郊更是这种植物的天下。正值月葵花季，夕阳的余晖给满山的花镀上一层暗金。

　　戴安走得很慢，抵达艾琳的公馆时，仍气喘吁吁。她摁响门铃，来应门的是管家，她报上姓名，被迎入屋内。坐在客厅等候时，管家递上一杯羽兰茶，暗香钻进戴安的鼻子，仔细闻却又遍寻不着，茶水入口顺滑若无物，香味却萦绕舌尖，是珍贵的隐羽兰。喝完茶后，戴安被引向后院。艾琳家的后院没有墙，从这里可以一眼望见满坡月葵，还有山下的葵江。她在后院里独自坐到天黑，半轮月亮在她头顶正上方的天空显形，艾琳还是没有来。当戴安心底隐隐觉得不安时，管家出现，点亮后院的灯，交给她一个盒子，一封信，还有一壶葵露酒。

她拆开信,是艾琳的笔迹。

安:

你终于来了。

对不起,我没能等到你,没法当面对你说抱歉了。

尤伽不是间谍。

实验室是我弄乱的,数据也是我销毁的,你脖子上的钥匙是我取下后丢在尤伽下榻的酒店里的。亲爱的,你回来后睡得可真熟。

那晚你第一次出门我就醒了,悄悄跟踪你一点都不难,你甚至都没往身后看一眼。我恨他,恨他的目光永远只停留在你身上却不看我一眼。我也恨你,恨你背着我与他偷偷幽会。我想让你们再也无法相见。

年轻时的我啊,想要什么会得不到呢?我若得不到,别人也休想得到。那时真是幼稚,后来我才知道,人这一辈子不可能想要什么就有什么。

本来我可以撒个小谎,让你相信他背叛了你,反正他也要走了,你们不知何时才能再见。可我想起潮汐大会后的论文中期检查,想起系主任所说的严苛的校外检查小组,他们绝不会留情的。你也知道我的实验都是系里男生帮着做的,论文都是借鉴师兄的成果,我担心过不了检查,担心毕不了业,担心就此留下污名。这似乎是上天赐给我的机会，比喆间谍接近赫林女学生进入实验室，窃取机密后销毁资料，天衣无缝是不是？

事情的发展出乎我的意料，我没想到这会成为两星彻底交恶的导火索，我本来只想他被限制入境。我很害怕，害怕会有人发现真相，害怕我会被抓起来甚至处死。你把自己关在寝室的那段日子，都不知道我是怎么过的，我每天都被噩梦吓醒，在担惊受怕中度过白天。秘密好像一柄利剑悬在我的头顶，可我不能说，说出来我的一生就完了。

后来我才想明白，两星断绝往来并不是因为我。赫林政府早就想要一个理由了，比喆大概也一样，这桩间谍案并没有被彻底清查，不然我那拙劣的手段怎么可能不被发现？我只是恰巧给赫林当局奉上了他们想要的导火索。当然，这是我当上局长夫人以后才明白的道理。

想通以后，我不再觉得愧对赫林或比喆，让两星外交和能源短缺都见鬼去吧。我对不起的人只有你和尤伽。

说出来后舒服多了，反正我是将死之人，也不怕什么了。

你会原谅我吧？会代表尤伽原谅我吧？

不用回答。我知道你会的。

爱你的琳

又及，盒子里是这些年来他寄给你的东西，绕道由联盟商船运来，可还是被赫林安全局扣下了。凭借局长夫人的身份，我在它们接受审查后将其领了出来。对不起，作为当年不自觉被敌方间谍利用的嫌疑人，你的所有外星来件都被扣下了，却也只有他寄来的这些，全在这里。

纷繁芜杂的情绪在戴安心里同时奏响，一时分不出高低。艾琳，我的好艾琳。我可以恨你吗？我可以不原谅你吗？

戴安为自己倒一杯葵露酒，辛辣的液体顺喉咙下滑，一路烧进食道，烧进胃里。在这强烈刺激下，她反倒平静下来，好像心底积压多年的大石被砸碎，又被酒冲刷出体内。她终于释怀，尤伽没有骗她，从来就没有。烧灼的感觉化作清凉，她抬头看月亮，比喆在夜空中的位置没有变，形状却从半圆变胖了几分。尤伽，你还好吗？

她打开盒子查看，《比喆生物图鉴》，群岛风物日历，三两种她在赫林从未见过的贝壳，她叫不上名字的植物标本，还有满满的信。

她从第一封信读起，一直到最后一封。他的困惑，他的彷徨，他的思念，他的执着，在每一字每一笔中灼灼燃烧。尤伽在比喆的日子并不好过，被邻星诬为间谍，却压根没有带回任何情报。比喆当局对他进行盘问后一无所获，便放他回去继续研究。可自此以后，没人再理会尤伽关于同赫林合作研究潮汐能的提案，他自己的课题也陷入瓶颈无法突破。头顶的赫林成了他唯一的慰藉，他从未离开过月陆岛。每逢黄昏和凌晨，他总是站在比喆向月面的中心点，望着天空中赫林的方向，听潮汐拍打海岸，想象戴安也在赫林望向他。就这样日复一日,年复一年。

读完所有的信,戴安脸上凉凉的。为什么,为什么她不信任他,为什么她要怀疑他,为什么她不听他的话在向月面等他。信在三年前断了,赫林与比喆签订双边协定的前一年。尤伽怎么了?戴安不敢猜测,却又不得不想。她心中似乎有最可怕的答案,却不敢确证。她在盒子底部重新摸索,摸到一张叠成小块的报纸,徐徐展开,她从最大的新闻标题读起,最终在角落里看到她寻找的消息——尤伽的讣告。戴安的心彻底凉了。

她靠上椅背,手中的报纸飘落在地。天空中的圆月亮得刺眼,她忍不住闭上眼。黑暗之中,视觉之外的其他感官变得敏锐。她听到葵江的海浪声,闻到月葵花瓣上清醇的夜露,她感到凉风拂面,风干的泪痕紧绷在皮肤上。她静下心,重新思考过往。再睁眼时,她想通了。其实她内心深处早就猜到了结局,早在她打开盒子之前,早在她收到艾琳的包裹动身离开月无镇之前,甚至早在三十标准年前的那个夜晚,她早就知道他们不会再见。只是这些年来,她一直拒绝接受这个结局。也许,她当年离开向月面并非出于愤恨或绝望,而只是想要逃避,逃避她不得不面对的事实。可即便她躲在背月面,比喆仍在空中,睁开眼,注定的结局仍在眼前。与尤伽相爱本就只是一场梦的涟漪,无论有没有艾琳,赫林的她和比喆的他在那个年代都绝不可能在一起。就像赫林与比喆相互绕行,一星的偶然的天平动在另一星引起大潮,片刻后重又回到原来的稳定状态,影响消退后潮水仍旧按照每日的固定节奏涨落。她不怪艾琳,她怎能怪她。戴安在尤伽的真切感情中做了三十年的梦,这已足够。

戴安捡起地上的报纸,重新叠好放回盒子。

月光下,葵江潮涌翻滚,泛起粼粼波光。

戴安突然想起三十年前的场景。那一夜,绵长的亲吻之后,她与尤伽并排躺在月葵田边,她的头枕着他的臂膀。

"在比喆,我们有个传说,"尤伽的声音有些恍惚,"每一千年会有一次极大潮,比喆与赫林的潮都会升到极高,两颗星球的水体会在空中相接。那时,比喆的小伙子就能划着舟一路往上,去见他在赫林的爱人。"

"骗人,你们哪儿来这种原始时代的传说啊,真空中怎么泛舟?再说,赫林人到比喆总共才没几百年。"

"你又认真了,真可爱,"尤伽揉了揉她的头发,"说真的,即便我的肉身过不来,我的灵魂、我的思念也会在大潮时一路从比喆飘来赫林见你。"

戴安笑了,"那涨潮时我就在赫林的水边等着,从水里把你捞出来。"

他凝视她的眼里月光泛滥,她跌落进去,两人再次拥吻。

三十年后的此刻,戴安掬一杯葵露酒,高举起来敬天上的月亮,随后一口喝下。葵江水涨得更高了,隆隆的潮声灌进她的耳朵。微醺中,比喆似乎晃了一下,她揉了揉眼,仿佛看见一个影子向她飘来。

幻境工程师　　　　　　　　　　　　　　　　　　　孟嘉杰

一

在我17岁生日那晚之前，我一直以为我邻居家住了一对贼。

——我们只有在凌晨子夜才能见到他们的身影，而他们的扮相永远是经典的全黑，这不免让人想入非非。

18岁是我们家族所有人的分水岭，我们的人生都可以被高度概括为"那场决战之前"和"那场决战之后"。

我的父亲是一名钢琴家，我的祖父也是一名钢琴家，我的曾祖父还是一名钢琴家，似乎毫无疑问，我也应该是一名钢琴家。

我们家族每一代钢琴家都将在成年之后，和另一个家族的钢琴家对决，而这事关家族荣耀。

当我吹灭蛋糕上的17根蜡烛之后，我知道自己离这一天也不远了。

在蜡烛吹灭的片刻黑暗里，宴会上的亲戚朋友都暂停了交谈，把这片刻的沉默献给我许个愿。

此刻，我只希望他们永远保持安静。

整个家族的期望都压在我身上，我的父亲、祖父、曾祖父都在比试中取得胜利。从我记事起的每一次的家庭聚餐，都是以"你要加油成为你父亲那样的钢琴家"开始，以"你以后要超过你爷爷哦"结束。

但是很不幸的是,我一点都不喜欢弹钢琴,黑白琴键快要铸成围墙将我困在其中。

送走了满桌的宾客后,我父亲站到了我身后,轻轻地拍了我的肩,递了一个信封给我。

"你们的比试将提前到下一周。"

"为什么?"

"对方要求的,反正你也准备得差不多了。你肯定没问题的吧,对吧?"

二

我从小就顺着我父母的安排,包括弹钢琴,既然他们已经答应了人家,我也无从拒绝。

只是那晚的时间过得好慢,我兜兜转转了很久才躺到了床上。

我伸手去关床头的灯,只是按键还未按下,房间已经全暗了。

不只是房间,房间涌起一阵暗流,金属手柄的房门消失了,窗外的月光也逐渐淡去,风声也逐渐停息。

我极力睁大眼睛,几乎感受不到任何光亮,但我本能地觉得有什么东西盘旋在我的上空。我从枕头下面拿出手电筒,径直照向头顶,在微弱的光线中我依稀看到一张人脸,紧接着黑暗中传来一声尖叫,整个房间又恢复光亮。

一个人赫然挂在我房间的天花板上,着一身全黑,脸也被用黑布蒙上,不过依然能感觉到他如身后悬索一般紧绷的表情。

看装束就知道这人是谁,在我刚想要发出声音的时候,他迅速跳了下来捂住我的嘴,但是很奇怪,他的身上闻不到一点气味。

他膝盖处的裤子早已磨破,露出深色的瘀青,一如他家门口石阶上的藓,我看准了狠狠地捶了下去,他疼得吃不消了,便松开了手。

"——嘘,你别出声,我不是贼。我是一个……幻境工程师。"

三

在那晚之前,我还从未听说过有这么一个职业。

他报给我了一个号码,当晚我去翻《职业指南》,居然还真的在他说的某两页的夹缝里找到了,职业编号也如出一辙。

我这才知道我的世界里有这么一种职业。

幻境工程师专门负责制造出一个幻境来,这个地方可大可小,只要是任何人类想象得到的东西都能被造出来,而进入幻境的人,他们的记忆将被幻境工程师改写。幻境工程师只能蒙面工作,当被别人注意到自己的存在时,自己便不能将他人拖入自己的幻境之中。若是自己在幻境之中被人看清了自己的脸,那么整个幻境将会崩塌。

他背过我默默讲完这些,我心里只觉得毛毛的。

夜里依然宁静,我们刚刚的动作并未打扰到我父母,微弱的风穿过房间,让人稍稍放松一些。我挪动身子,听到他叹了一口气。

"怎么了?"

"我真的挺羡慕你……出生在这样一个家庭里……"

他侧过身子,整张脸只露出一双眼睛,毫无目的地在黑暗里打转,我突然觉得他的样子有点熟悉,仿佛不久前才见过。

"我的父亲是一名幻境工程师,我的祖父也是一名幻境工程师,而我的梦想……"

"……该不会是成为一名钢琴家吧?"

我看到他绝望地点了点头。

四

那位幻境工程师不告诉我他叫什么，只让我叫他张三。

张三与我的命运还有颇多相似之处，比如说还有一周，他即将参加一场对决，同另外一个幻境工程师世家展开决斗。

不是普通人之间的拳打脚踢，而是两个幻境工程师世家之间的比试，两户人家将各派出自己的代表，互相抽签决定谁来制作幻境，而幻境若在规定时间内被破解便算失败。

那天晚上张三便是想要先练练手，没想到被我打断。

那个夜晚，我用5个小时揣测自己和父母的亲缘关系，3个小时审视了自己的命运长河，总之一宿没睡，然后在第二天清早被父母以"你在想什么为什么还不去练琴"骂了一通，我不断回想父母教训我时表情之痛心疾首，反复安慰自己一定是他们亲生的，但仍不放过"自己被护士抱错"了这种念头，直到我在琴房弹出第一个音。

我完全不会弹琴了。

我像一台崭新的机器人，还没来得及输入代码，就被赶上工作一线。我望着黑压压的五线谱，居然都有密集恐惧症之感。钢琴仿佛被通了电，这让我无从下手。

我父母的态度也让人紧张，平常若是看到我在琴房里偷懒必定要拿尺子揍我，今天反而奉上一张张笑脸，劝我别紧张。

我怎么敢告诉他们我已经完全不会弹琴。

一定是紧张。

一定是紧张。

我现在只能寄希望于对手水平不佳。

我在网上很轻松就找到了对方弹琴的视频，每个视频里他都戴着面具，一开始我对这种哗众取宠行为嗤之以鼻，直到他真的开始弹琴，每一个音符都被他赋予了强大的生命力，他的水平绝对要高于原来的我。

我的父亲、祖父、曾祖父都在他们那一代的比试中获胜，我不能让家庭荣誉毁在我的手里。

这一天在琴房过得格外缓慢，太阳变成了一颗快要融化的糖，黏在了远处的地平线上，我的思绪也要被他黏住。

我要去找张三。

我要让他帮我制造一个幻境，这样我一定能赢。

五

一入夜我便去敲了张三家的门。

三声敲门声之后,门开了一条小缝,张三朝外张望了一下,看着周围没人,便把我拉进了屋。

"我知道你找我要干什么。"

没等我开口他就率先发话,"不可能的,我比赛的时间和你是同一天。"

心瞬间就凉了一半。

"不过,你可以自己试一试。"

"我自己,怎么可能?"

"据说有天赋的幻境工程师不需要人教便能制造幻境。"

"这怎么可能……"

我还没来得及说完,张三就塞了一本书到我手里。

那么厚重的一本书,每一页只写了相同的一句话。

——"请集中你的注意力,然后用尽全力创造一个你想象的情境来,并更改幻境中所有人物的记忆。"

我指着这行字,回过头看向张三:"这样真的就可以?"

"嗯,你去试试看。记住构造幻境之前千万不要让别人发现你,在幻境里千万不要露脸。"

我在屋子里随便找了块毛巾把脸遮上，躲到张三身后，集中自己全部的精力。

地面上的黑影逐渐浮动，光亮消失，世界开始快速下坠，再一次睁开眼的时候，已经来到了一座音乐厅。

"到时候你可以在演出开始前先躲到后台，然后在演出开始后将所有人都拖入到幻境之中，你可以操控你创作出的幻境里的所有东西，包括声音、光线、画面甚至时间等等。"

我摘下脸上的毛巾，幻境瞬间坍塌。我们又回到了原处。

"你为什么要帮助我？"

张三避开我的目光，答道："我希望你赢啊。"

六

比赛当天,我早早到了现场,躲到了后台一间化妆室,并给自己也准备了一副面具。

观众很快停止入场。一个黑影从舞台背后的一个角落里缓慢升起,紧接着黑影不断扩大,整座剧场顷刻间落入黑暗之中,在瞬间又恢复了光亮,没有人知道到底发生了什么。

我仿佛早就熟悉制作幻境,按照常理第一次制造那么大那么多人的幻境理应很费力,自己反倒非常轻松,反而自己弹琴的机能全都遗失了,让人愈发感到不安。

而且当我制作完幻境之后,我能感觉到冥冥之中有一股力量在和我对抗。

按照之前抽签的顺序是他先弹奏。他依旧戴着面具上场,我在后台能看着他的背影,依旧笃定。

等他开始弹奏第一个乐章时,一切都按照我的计划展开。

——舞台下所有的观众都只能听到我修改后的琴声,而台上的他却浑然不觉,继续沉醉在自己的演奏里。

然而一切都不如我想象的那般顺利。

我能感受到有人在拖慢整个幻境的时间。

整个幻境的时间理应由我来掌控,但是我能清楚地感觉到时间流逝在不断减慢，我努力加快时间。然而我每加快一点，时间又会被调慢。

有一股力量在和我对抗。

而我不能集中全部精力去应付他，我还需要控制观众听到的琴声。

这应该是世界上最漫长的5分钟。

当我坐到钢琴前时，我能明显感觉到这股力量的加强，追光打在我身上，晃得我有些出神，我望了眼底下的观众，密密麻麻来了不少人，仿佛一片砍倒后的树桩，这让我总有一种熟悉的感觉。

不存在的琴声慢慢传递到观众席上，似乎并没有人察觉这其中的异样。只是那股和我对抗的力量不断加强，我的注意力被不断分散，幻境的南部也因此出现了异动。

我的神经仿佛被一只冰冷的手捏住，无止境的头痛攀上我的脑海。

巨大的撕裂感让我难以安坐在琴凳上，在疼痛之中我从椅子上摔落，整个面具从脸上滑落。

整个幻境瞬间崩塌。

观众完全不清楚到底发生了什么，吵闹声尖叫声此起彼伏，现场完全乱成一团。

然而我却能清晰地感觉到，时间的流动依旧在放缓，只是这次我完全无力阻止。

我看到自己的对手逃入了人群之中。在不断放缓的时间之下，他的所有动作变成了一组组慢镜头，我终于想起他像谁了。

霎时间脑海里又传来阵阵疼痛。此刻，更深的记忆轰然袭来。

这是一场比赛，但是无关琴技。

我要找到张三，我要摘下他的面具。

七

那个钢琴家就是张三。

这个世界本身就是他制作出来的幻境,因此他才能控制时间。

我就是他所说的敌对的那个梦境制造师,我本来就不会弹琴,之前那些记忆都是他瞎编的,而这个幻境才是最大的比赛。

我们正是那两个敌对家族的幻境制造师,现在他的幻境已经被我识破,他想要拖延时间取得最后的胜利。

我冲向人群,越是向内靠近遇到的阻力亦就越大,而与此同时他在不断增加我们之间的地理距离。

突然间,所有人群全都消失,张三直接站在我面前。

"摘掉它吧,这样你就赢了。"

我嘴巴不由自主地张开,下意识地向后退了一步。

"没关系的,来吧。"

随着一声异响,一只面具掉在了地上,整个幻境轰然倒塌。

我又回到了之前的那个音乐厅,只不过不再位于幻境,而是现实中我和张三两家对决的那个地方。

尾声

我最终赢得了这场比赛,捍卫了我们家族的荣誉。

是张三故意让我赢的。

他在比赛中三番两次给我暗示,让我找回记忆,都是为了我能获胜。

他对幻境工程师毫无兴趣,他学习制造幻境只是为了顺从他父母的心愿。他真正感兴趣的,还真的就是钢琴。

比赛结束后,他的父亲在一片唏嘘中走向了他,默默地叹了口气,便带着他消失在人群之中。

我们的家人都不清楚比赛里到底发生了什么,张三在被他父亲带走之前朝我笑了一下。

而自此以后,我再也没听到过张三的消息,只是听说他转行不再干这个了。

而再一次相遇,那要等到很久以后,我在广场上看到他的演奏会。

不知道他有没有看见我。

极昼

单桐兴

1

距离 2020 年 1 月 1 日只剩下一个月，距离"极昼理论"的公布已经过去了 35 个月。在这不到三年的时间里，人类经历了前所未有的灾难。金融崩溃，政治混乱，社会动荡。

但人类的治愈能力是无限的。你走在马路上，除了听到一天五次的红色高温预警之外，很少再能看到男人。数千年形成的社会分工，居然用三年时间就完成了一次彻头彻尾的调整。在这最后一个月里，我知道很多都在祈祷我的理论出错，极昼元年不会到来。但作为一名学者，我会把事实看得比命运还要重要。所以在这三年里，我除了不停研究破解极昼世界的办法之外，还不断补充我的极昼理论。但谁也不会忘记，我如同投掷原子弹般将理论抛向世人的那一幕：男性会在太阳光中蒸发致死。

毫无疑问我在前面加了时间年限，但我忽视了以讹传讹的威力。那一天的股市已经不能用黑色来形容，事故发生的死亡率居于二战结束以来之首。恐惧在每一个人中间传递，非洲某国还发生了大规模的武装政变。我害怕得不敢再发声，不曾想到高速发展的科技背后，人类的无知同样等比增长。三天后，各国政府统一发声：科学家推算出，2020 年，极昼世界开始，太阳光中将包含一种神秘射线，会将男性蒸发致死。

2020年被称为极昼元年。谁也不知道,人类能在极昼世界里走多远。

社会发生了翻天覆地的变化,但我的感触多来自于新闻。政府统一发声后,来自世界各地的科研精英很快汇聚到一起。我们被安置在一个具备抗核打击能力的掩体之下,开启了代号"共工"的计划。我们该如何对付来自上天的怒火。

我被任命为项目的总负责人。每天的工作就是在不同肤色、不同种族、不同团队之间来回转一圈,听取他们的科研成果汇报。"第21000号实验。""21000号实验失败,实验对象存活时间:七分钟。"这是我每天听到的最多的话,它们像国歌一样被重复朗诵。在这35个月里,我们很快发现雄性老鼠和男人一样,都将承受来自太阳的惩罚。可老鼠,本就生活在暗无天日的阴影之中。

但人类不可以,准确地说是男人不可以。女人,则在光中进化。

各项数据显示,随着极昼世界的到来,女性在智力、体力、生理方面都有了显著的提升。各行各业,包括政府机构的领导层里,女性面孔越来越多;女人在重体力职业上开始崭露头角,她们的身体如同植被般可以进行光合作用,释放出无尽的能量;起初还有人提出质疑,女人能否接手日光下的世界。直到女性在传统大球项目上完胜男性,质疑声从此消失。

更为有趣的是,女性的生育周期大幅度缩短,平均以五个月为限。且男女出生率为1:10。"重男轻女"、"生男生女一样好"的时代过去了,迎来的是女权主义完全迸发的时代。我打开电视,看到LGBT的女权领袖大声要求"平权与合法化"之外,她甚至希望把科学研究的重心放到如何让男人去生孩子。

"现在,该轮到我们为这个世界流血流汗了。"这句标语无处不在。

这便是我完整的极昼理论。在过去的35个月里,我算是给世界带来了一点希望。当太阳如同无影灯一般高悬在人们的头上时,谁能想到它竟分成了两个光区。就像二战时纳粹为捕杀犹太人,专门开发出一套测量其颧骨、鼻梁的体系标准,太阳光中的神秘射线能够精确检测出人的性别。有一阵子,变性手术极为流行。人们天真地以为,这样便能躲过搜捕。事实证明,在科学尚未勘探的领域,人的身体里潜藏着一种神秘代码。这是太阳光识别人的唯一方式,仅从生理上做出改变,徒劳无用。

生活在这个时代的人,从出生开始,就注定了与太阳的关系是敌还是友。

正因为人类与太阳的关系如同恋人般,时而亲密,时而又互相伤害,我们的许多计划都胎死腹中。比如"穹顶计划",想要制造出一面遮天盖地的保护罩;抑或"逐日计划",妄图使用导弹的威力来毁灭太阳或者将其驱逐。这简直是痴人说梦,激进的末世主义者在灾难来临之前,险些挑起了两性战争。

最后,人类选择了相对温和的方案:连通地面上每幢大楼的防空洞，开设有轨电车，在地下建立了一套网格状的交通格局；将城市按照区域进行划分，每个区域在地面上都会有一个中转站，提供休息或者改变路线，从而让男人得以进入地面上的其他建筑。当然，中转站是完全隔离了太阳光，外形就像是一个切尔诺贝利核电站。

女人曾提出，为什么不干脆在地下建立一座城市？让男人全部生活在地下，从而彻底杜绝悲剧的发生。地面也无需建造粗犷、沉默、方头方脑的碉堡式建筑。在这三年里，女性在科研理论上作出了巨大突破。人类完全实现了汽车电动化，磁悬浮列车的广泛运用，制造出更高飞行速度的超音速客机。所以在地下建立一座城市并非谵语，而是从实用性出发最为保险的方案。

女人喜欢的建筑是透明、轻盈的千面之镜，如同《冰雪奇缘》里的魔幻宫殿。她们让光在镜面上无数次反射交织，犹如在空间里制作出一幅看不见的抽象画。所以女人打心底里不欢迎男人进入属于她们的建筑。因为每一次到来，大楼就像穿上维多利亚时期的紧身胸衣般，拉下每一扇窗帘。

但男人，生来就是永不妥协，即使丢掉生命也要保护尊严的物种。我们决不会放弃地面的世界，我们也决不像老鼠那样苟且地活着。

"女人之所以还会爱上男人，是因为男人总能激发女人的母性。你们的行为总是那么孩子气。"

"难道不是为了繁衍后代吗？"

"你们真以为，我们会在乎人类的命运？"

我们俩都笑了，吴双的犀利一如往常。她是我的女助手，年轻漂亮。第一次见我时她又紧张又喜悦，居然向我提出了合照的要求，就像是见到了大明星。如今三年快过去了，我感到自己一点点在虚弱，她一点点在变强。直到现在，她用一种类似凌驾于我之上的口吻反问我，让我找不到措辞去反驳。此刻她开着车，行驶在回家的路上。我将后座窗户加装的遮盖推上去，凑近望了望窗外布满阳光的世界。

"周教授——"

"还有一个月呢。"

"已经辐射很大了。"

"没事，就当是照几次 X 光。"

我顿了顿继续说："去海边。"

吴双不再劝我，猛地掉转车头前往海边。她对我向来言听计从，这点在三年前跟现在都没有改变，也许未来亦是。当然，不是因为我激发了她的母爱，我的年龄足够当吴双的父亲。她和许多少女一样，在年轻的时候愿意爱一个人而不顾一切，下多么大多么不可实现的决心。

我曾以为那个人是我。

和芸离婚后，我尽情享受着跟吴双在一起的日子。和自己的助手在一起，这向来不是什么难以启齿的事情。更何况我们都没有羁绊，没有道德跟法律可以指摘的地方。倒是吴双，对于代替芸成为家里的女主人而感到一丝不安。她们曾一起逛街,一起购物,一起在我的身边进行科学研究,如胶似漆得像一对姐妹。吴双也目睹了我与芸发生的无数次激烈争吵,并坚定地站在我这一边。

如果这是吴双从一开始便计划好的,不得不说她足够出师了。更令我吃惊的是,她和芸的关系并没有降到冰点,不少关于芸的消息都是从她那里听来的。那时我还抱着痴心妄想,抱有男人埋藏于潜意识里的霸道。据说面对男女出生比率的严重不平衡,甚至有人提议,是否需要回到"一夫多妻"的社会制度当中,来保证人类物种不会慢性灭绝。这样的提议立马被否决,女人早就不再是男人的附属品了。

我曾拿这件事向吴双开玩笑,不料她却一本正经地表示,不介意和别的女人共享我。毕竟,"说不定哪一天我也会喜欢上女人呢"。

此刻我们在海边,太阳最炫目、最热烈、最没有遮挡的地方。我躺在沙滩椅上,享受太阳侵蚀我每一寸皮肤下面的细胞。而换上泳装的吴双,融入不停拍打岸边的海浪里。说真的,她应该上岸来看看女人们向我投来的吃惊目光。仿佛这里是女性的裸体沙滩,禁止男性进入。

我管不了这么多。干脆起身,用一个标准的入水姿势投入大海的怀抱。48岁的年纪,我用大量的运动来抵御新陈代谢的放缓和臃肿身材的来袭。这也是我敢去海边,敢赤裸上身与太阳搏斗的原因。

我慢慢游向吴双,谁知她发现后竟然调皮地远离我,招呼我前去追逐她。就像我之前说的,女性在体能方面已经和男人一样甚至优于男人。我费了好大的力才抓住吴双的手,并借力一把将她搂在怀里。我感到身体昏昏沉沉,水深已经触不到底。如果此时放弃一切徒劳抵抗的话——吴双未等我这个念头形成,便连拖带拽地把我拉上岸,嘴里不停嚷嚷着饥饿的话。

我们重又躺回沙滩椅,直挺挺地朝天躺着。吴双不知从哪里捡来一个活着的贝壳,娇小地放在手心,看它随同潮汐的频率一张一合。我告诉吴双,之所以贝壳张合的频率跟海水的涨潮落潮相同,是因为早在几十亿年前,它们的祖先便生活在这片海域里。在它们的基因里,早就与大海融为一体。

"那么人类呢?"

我仰头望着天空,感到极大的刺眼。记得小时候学古文,曾有一句形容小孩异能的话:"能张目对日。"如今这已不算什么稀奇事了,当然也只有女人可以。我必须戴上太阳镜,紧紧闭着眼睛。但依然能感觉到,日光在我的眼皮上涂抹了厚厚的清凉油,又热又烫。吴双会在一旁为我描述太阳的长相,如同给盲人介绍对象,使用足够我幻想的字眼。但今天似乎不同往常,她语气急促地说道:

"周染,我们还是快走吧。太阳,像是在发怒。"

吴双很少直呼我的名字,她喜欢"教授长教授短"地喊我,觉得那样非常雅口。上一次叫我周染,是一年前安慰我跟芸离婚的时候,是我事业跟生活都彻底跌入低谷的时候,一声"周染"让我感觉自己年轻了二十岁。所以我信,我信这个女孩儿会给我带来好运。

我们飞快收拾东西,上车离开海边。

事实证明,这也是我记忆里最后一次去海边。

当我到家后,全世界所有的信息传递设备都在奔走相告一件事:极昼世界提前开始了。

2

我关闭所有的通讯设备，把自己锁在房间里。告诉吴双，任何人我都不见。

闭上眼睛之后，时间的流逝不再以分秒计算，而是像摘除体内的器官，整体整体地被掏空。我想到了我的小时候，要是考试没拿满分就会感到害怕，不敢回家。曾经引以为傲的事物毫无防备地从我心头溜走，那份感受无异于走进世界末日。长大后，我才明白这样的担忧太过于较真。然而我却不可遏制地一直病态地活着，小心翼翼地行走于世间，生怕引以为傲的事物从心头溜走。

2017年我提出了极昼理论，其实早在三年前，我和芸就观测到了太阳的异变。只不过出于我的谨慎，我们又花费了三年的时间进行验证。那时候我就已经开始自责了，如果早点告知世人的话，人类便有更多的时间来进行应对。芸反复安慰我，肯定我，鼓励我。是我拯救了世人，我并没有做错。

然而今天我还是错了，太阳逃出我的运算推演，像一个野蛮人般烧杀抢掠。今天，会有许多人因我而死。上层很快会派来专人把我接走，质问我"为什么会提前进入极昼世界"。我必然张张嘴说不出话，只感到自己的渺小。

然而，并没有人前来光顾我。吴双敲了敲门，在门口告诉我，我被开除了。

准确地说,是研究所里全部的男人都被开除了。

"那现在谁负责计划?"

"芸。"

一年前,我和芸就研究方向产生了巨大分歧。我认为我们总会找到太阳异变的原因,从而制造出抗体,让男人不再畏惧阳光。但芸却坚持,我们不仅战胜不了极昼,相反它将变得更加可怕,唯一能做的便是逃亡。

逃亡?逃到哪里?北极吗?极昼世界开始后,那里将变成永夜。

最后一次激烈的争吵结束后,她像出走埃及的摩西一般离开了我。

我望着芸离去的背影,突然感到困惑,究竟谁才是被太阳遗弃的子民。芸向日益强大的女权组织提出申请,立刻成立了由芸为主导的研究机构。她们的计划被称之为"女娲计划",旨在让人类更长久地幸存下来。重启协和,制造更高飞行速度的超音速客机,便是芸的主意。与此同时我经历了上万次的失败,实验中的小白鼠一次次被日光蒸发杀死,依旧毫无所获。

在如此悲伤的境遇里,芸向我提出了离婚的要求。你可能还不太清楚,在人类进入极昼世界的倒计时后,一条具备报复性的法律出台:离婚变成只有女人可以提出的要求,且男人不得拒绝。所以我望着那一纸文书,询问芸是否只为了嘲笑我,她却说道:

"其实我从来就没有爱过你。"

芸将所有的设备和研究资料都搬到了地面上,千面之镜的宫殿里。令人哭笑不得的是,芸不仅没有开除吴双,还让吴双成为了她的助手。

这确实是芸能做出来的事,对我无声的嘲笑。吴双问过我,如果我不愿意她可以辞职,放弃为之热爱的工作。我当然没有这么做,因为我再清楚不过,没有人会再相信我的话。我也想看看芸离开我之后还能走多远,我和她自离婚后便再也没有见过面,芸就这样一步步蚕食着我心头引以为傲的事物。

提前到来的极昼世界,杀死了这个世界上 3% 的人。

政府为我变更住所,抹去了我过往的一切。昔日的救世主,在预言破灭的那一刻,转瞬成为了罪人。也许是考虑到我还有用,也许是有人为我求了情。政府把我从众矢之的的枪口下引开,带到无人问津的阴暗角落里。

整整一年我都没有出门,在房间内喝酒,写满整墙壁的演算公式。我想要发疯,我想要吴双讨厌我。但她却默默忍受着一切,按时为我做饭,洗衣服,带来我内心极为渴望知道的研究进展。光,已经可以被逐步分解,并在注入小白鼠的身体后,产生不同寻常的化学效应。到了这里吴双便不再往下讲,因为她的权限还不足以知道最核心的机密。

也许这是芸刻意安排的。她知道吴双会把这些事情告诉我,她希望我知道这些事情。但她一定不知道我现在这个样子：浑身毛发疯长，脸脏兮兮的，身材在小麦发酵的浸泡里膨胀。除非，正在为我做饭的女人是一个双面间谍。

我已经有一年没有碰过吴双了。起初我们还会躺在同一张床上，但很快我就提出分床睡，因为我发现我已经无法勃起。这实在残忍，太阳用戏谑的口吻摧毁了男人的最后一道防线。由于男人在极昼世界里大面积地出现这样一种状况，伟哥广告得以登堂入室，不再需要遮遮掩掩。

我知道这不过是徒劳。在这一年里，我除了想破脑袋如何制造出对抗极昼世界的抗体之外，还试用了所有治疗阳痿的药物。那些五花八门的宣传册上图文并茂，像是凭空盛开的金色花朵，让人垂涎不已。但对我而言都毫无用处，有几次我以为快成功了，最后的结局还是像炎炎夏日的路面上被烤熟的黑色蚯蚓尸体。即使是这样吴双仍没有放弃，她咬着耳朵告诉我，黑市里有一种粉末被炒到了高价，据说对治疗阳痿特别起作用，问我需不需要让她买一些回来。

如果哪一天我真的需要，也必定是我亲自前往。

我要走出家门，把心头引以为傲的事物给找回来。吴双告诉我，明天所有的中转站都将作为礼堂，纪念一年前在清洗中丧生的人。

那一天，被人们称作"清洗日"。

我混在人群里头。这一年里，男性已经极大程度地接受了世界的设定。我们最终，还是无可奈何地开始建立起地下城市。而曾经设想的中转站,反倒变成男人跟女人约会,或是各种互助会团体的活动场所。据我所知的就有很多,比如有一个团体全是寡妇,有一个团体全是失去儿子的父母,有一个团体只剩下自己,家人都在浩劫中殒命。

形形色色的团体分布在中转站的各个角落,他们围坐在一起,逐个讲述彼此痛苦的记忆。这些团体里绝大部分都是女人,她们在哀叹至亲离世的同时,不禁羡慕男人可以随意地结束自己的生命。调查报告显示,这一年来男性的自杀率显著上升。自杀者几乎都默契地选择打开家门,走进阳光里,享受温暖紫外线的同时又化作一摊粉末,消失在人间。之前还出现过一个自杀团体,但这个团体在女人的干预下,绝大部分人都收起了孩子气的绝望,老老实实地去为建造地下城市做贡献。但领导者还是轰轰烈烈地死去,上了新闻头条。

当我在人群里出神时,台上的小女孩已经将"逝者安息,生者奋发"之类的话讲完了。走上台的女人告诉我们,小女孩在清洗日那天失去了父母。但她没有选择逃避、妥协,而是一个人坚强地生活下去。极昼的到来不是任何人的过错,而是人类需要面对的试炼罢了。我之所以抬起头去寻找说这些屁话的女人,是因为芸正站在礼堂上,号召人们举起手中的蜡烛,为逝者守夜。

人们的计时工具,仍能够清晰地划分出白天与黑夜。

我颤抖着举起蜡烛,脸上的表情像是要哭出来。站在我一旁的女人似乎是误会了我,拍着我的肩膀说道:"那天我失去了我的丈夫。"

我朝她点点头,仿佛在说"我也是"。女人大概以为我是同志,对我好感度一下子上升,递来擦拭眼泪的手帕。我多么想把我的真实身份告诉他们,告诉前来默哀的人群,我就是那个失败的预言家。

但因为芸,我放弃了可能被打死的冲动。算起来,我已经有两年没有如此近距离地见到芸了。尽管我们仍然隔着茫茫的人海,但我相信她在人群中也看到了我,并向我投以微笑。

接着,芸又开始宣布一些不痛不痒的消息,在研究方面所获得的进展。这都是我提前知道的事情,更没有必要去听。我在想,是不是该在集会结束后单独去找芸。感谢她为我说话,把积压在我心头的负罪感轻轻举起片刻。但很有可能,她只是随口说说,执行上面数千年来不会改变的"愚民政策"罢了。更何况,普通人是不会有机会见到她的。芸要赶着去下一个集会,带着失去双亲的小女孩或者侥幸存活的小男孩,进行下一场表演。我突然意识到,在极昼世界里,芸代替我再一次成为了人们的救世主。

沉默会的出现显然打乱了芸的计划。

他们从四面八方赶来,形成厚实的人墙,堵住了中转站的所有出口。并举起白色帆布的旗帜,上面用红色油漆写着一个触目惊心的单词:Confess。

认罪。

为了衔接地上跟地下的交通,中转站的每个出口都像是绵延千里的柏林墙,以军事级别建立的穹顶通道。但谁能想到,这样的设计居然被沉默会所利用。他们统一穿着黑色长袍,堵在可以容纳五人并肩同行的通道口，一眼望不到头。人群里开始出现骚动，谩骂，想要给沉默会一点颜色瞧瞧。就像是被夹住的鼻子渴望呼吸，长时间便秘带来的愤怒。

沉默会，伴随极昼世界的到来而诞生，是形形色色的团体中最庞大的一个。他们的诞生源于领袖发现了一本明代的古籍天书：《光陨》。关于这本书的信息无从知晓，只有他们的领袖可以浏览翻阅。书中预言了极昼世界的出现，以及对付极昼世界的办法。然而，《光陨》是一本碎片之书。它分为七册，由神秘不可解的太阳符号写成，在大航海时代里流落到世界各地。沉默会宣称，他们已经在亚洲发现了三册，分别是法源寺、金阁寺、那烂陀寺。在沉默会领袖的翻译下，他们逐步开始预言极昼世界里的各种灾难。不知是巧合还是神迹，他们居然真的预测对了几次。

人们对沉默会的态度开始变得两极化，它也根据天书引申出自己的教义。号召人们只有通过身体力行的流血，放弃徒劳无益的抵抗，才能让太阳原谅我们的无知，把曾经的世界还给我们。所以，我们必须认罪，并以沉默为注脚。

在我看来这简直是一派胡言。这是精神崩溃的前兆，这是弱者逃避的借口。乞求太阳的救赎？难道有人忘了一年前太阳像刽子手一样的屠杀了吗？人类怎么能如此轻松地放下伤痛，犹如被割去了额叶的木偶。我们在死去的地方种上鲜花，被太阳浇灌得异常茁壮。但我们清楚地知道，下面埋着尸骨，埋着我们的至亲。

芸安抚激愤的人群。她示意安静,并大声询问沉默会,让他们的领袖上台与自己对话。

一个五十多岁的女人走上台。她站在距离芸不到一米的位置,拿出手机朝空气中一指,巨大的全息投影出现。

"放了我们的领袖。"

"他妄图炸毁研究所,犯了重罪,需要接受审判。"

"没有他,我们无法理解《光阴》,人类就会灭绝。"

"既然那本书真有你们说得那么神,为什么没有预言到他会失败?"

"每个故事里都需要有牺牲者。"

"牺牲?"

"他知道自己会被抓起来,但这是唯一的办法。"

芸转过身面向人群,决定结束这场对话。

"他要是有神迹的话,展示给大家看啊。否则的话,他一定要接受审判。"

人群中爆发出激烈的掌声。我注意到,老女人张大了嘴巴,仿佛说了一句加载无数个感叹号的话。观察那个口型,似乎说的是 Lie。

站在一旁的女人小声告诉我,这个疯婆子和她曾是邻居。他们在清洗日那天失去了刚过完十岁生日的儿子。老来得子,更是悲伤得无以复加。后来,她跟丈夫意外发现那本书,成立了这样一个消极悲伤的团体;后来,团体愈发壮大,他们开始向世界索取。

"后面的四册都在哪里？"

"谁知道。据说最近他们在欧洲发现了一本。"

"她叫什么名字？"

"她原来叫王月亮。现在就不知道了。"

"为什么？"

"沉默会的人要放弃过去的一切，包括名字。"

站在一旁的女人朝我递来一个神色，示意我别再去想那些疯狂的事情。方才的秘密分享仅限于她和我之间，两个都失去了丈夫的人。

3

门卫推了我一把,险些让我跌倒。他比我整整高出一个头,眼睛里有一团灰色的迷雾,胸口挂着银色的身份牌。黑袍之下,依稀能看出他孔武有力的肌肉。如果他使劲将我推开的话,后果恐怕就不是跌倒那么轻松了。我望着他面部拧紧的表情,打算再做一次尝试。

集会结束后,我进入地下城市,打算见一面沉默会的代表。

沉默会并没能阻止芸去下一个集会里进行演讲。老女人遭到人群的抗议后,她收起全息投影,又冷笑又冷漠。很多人觉得她疯了,前排的人则觉得她是在冒犯死者,向她投掷火光摇曳的蜡烛。老女人一动不动,她从背后掏出一本书并高高举起,蜡烛像遭到引力般牵制地坠落在她的面前,熄灭而冒起了青烟。就像是被掐灭引线的手榴弹,暗哑无声。

那本书的出现同样是一个信号。老女人向四处挥挥手,阻挡在出口的沉默会信徒降下旗帜,面不改色地往后退,直至消失。

不论你是否相信,集会结束后,地下等待有轨电车的人群里,很多人都在小声讨论沉默会,说起老女人的神迹。

"你看到没有?她掏出那本书,所有东西都像被静止了一样。"

"听说她的丈夫是唯一不会害怕太阳的男人。"

"难道太阳已经原谅他们了吗?"

我发出不屑的嗤笑。那些小声议论的人立马收拢嘴巴,朝我瞪了一眼,飞快登上有轨电车。那一刻我改变主意,决定不着急回去,反倒对这个充满"神迹"的老女人产生好奇。每当灾难降临时,总有人利用恐惧来进行装神弄鬼。这在过往的历史中无数次得到了证明,沉默会的出现绝不是个例外。

但在此之前,我打算前往一个巨大的废弃风洞实验室,那里被改造成了黑市。

黑市里面什么都卖。你曾经在墙面上看到的牛皮癣广告,迷药枪支假证,统统都有;当然还有肮脏的毒品交易,所以一进去就闻到呛人的大麻味完全不用吃惊。对于黑市,政府像对待过去的九龙城寨那般,只祈祷不再扩大和蔓延。至于黑市里每天都会有人死去——最好他们统统死光吧。黑市就像是体面人屁股上的痤疮,不会被轻易发现,只有一屁股坐下来,才会在眉宇间感到痛楚。

黑市里面的物品不遵守任何市场规律,买卖双方完全是一个愿打一个愿挨。暴力是家常便饭,当你问完价格后却犹豫购不购买,黑市商人的耐性就到此为止了。这可不是危言耸听,新闻里报道过太多类似的事件。

悲剧绝不会在我的身上发生。当我决定踏入这片土地时,代表我选择相信吴双的话,她告诉过我黑市里售卖一种粉末的壮阳药。没错,壮阳药也是黑市里牟取暴利的重要产业。意外地遇见芸,让我突然产生不切实际的幻想。

我在进入黑市之前便检查过我的钱包,因为这里只接受现金流通。毫无疑问这是我第一次进入黑市,两旁密集地堆满了店铺与摇摇晃晃的人,抬起头还能看到锈迹斑斑的穹顶,日光灯有一盏没一盏地亮着,发出老鼠叫般"吱吱"的声音。通过地面上那些标志,你可以轻松阅读出它曾是风洞的痕迹,测试过各式各样的机型,我依稀能感觉到来回的气流在身体周围穿梭。迎面走来一些人,面色、衣着、体态无不透露出一种幽灵感。男人占多数,也有女人,不同肤色,不时流露出一两句各国的语言。

这样的游行每天都在上演,我不禁想起电影《红辣椒》里的画面。我身穿宽大的棕色风衣行走其间,实在是太像一个私家侦探了,抑或是由两个孩子拼接在一起的怪胎。

我很快找到了粉末,被装在玻璃试管里呈白色状,给人以不好的联想。

"这东西多少钱?"我指着那些粉末说道。

商人打开全息投影,我的眼前亮出一串数字,市面上同等药物价格的十倍。我这才注意到他身穿黑色长袍,原来是沉默会的人。

花大价钱从沉默会的手里买东西,我心里有一百个不愿意。但我环顾四周,这样的粉末状药物只有在这里可以买到。吴双要是之前跟我说得清楚些,交代出商人的身份,也许我就不会出现在这里。但此时此刻,我还是不可避免地犯了黑市交易里面的大忌:在问完价格之后,我开始犹豫购不购买。

商人紧接着问道:"你买不买?"

"不买。"

我脱口而出,仿佛是巨大的惯性驱使,却看上去像被精心设计过。这让我简直想再解释两句,避免这样的交流造成误会。但多说无益,商人愤怒的神情几乎想要把我一口吞下。但他还是克制住,又飞快地打出一行字。

"你要入会。"

"我要入会,让我进去!"

门卫再一次地推开了我。有了黑市里的经历后,我变得有恃无恐起来。但也许可能是我找错了入会的渠道,抑或是我表达入会的方式比较虚伪。如果我穿上一身黑长袍,用现代科技或者纸和笔跟门卫交流,没准效果会好很多。但我就是不愿意满足他们,即使被推倒在地也要迅速站起来。但这一次,门卫突然抓住了我的手臂。

我回头看到,老女人站在二楼的窗户旁望着我,又冷笑又冷漠。

地下城市像极了大城市的郊区,排列成一串的独栋房屋。售价相当便宜,只不过需要排队购买。在极昼世界里,房子几乎又回到了令人怀念的配给时代,恐怕这是房奴最愿意看到的事情。但目前房屋的所有量只能解燃眉之急,能够住进来的人想必都曾在社会上显赫一时。

未来,政府承诺会建造更多的房屋,更多的公共设施,让地下和地上看起来没什么两样。但我从一开始就坚持,无论情况恶化到怎样的程度，我都不会住到地下城市里。即使人类制造出无害的太阳，即使吴双愿意陪在我的身边。我抗拒人类用妥协的方式进行苟延残喘，我深信我们能制造出抗体，打败太阳。

我没有想到沉默会居然在地下也拥有房屋。更离谱的是，我想要擅闯的房屋并非总部，而是老女人的寓所。看来，政府里不是所有人都支持芸。有一部分人潜移默化地成为信徒，为其大开方便之门。地面上闹得更凶，你随处可见穿着黑色长袍，拿出猩红色标语的女人。不过也不必害怕，沉默会的人绝不使用暴力，相反倒是暴力的受害者。他们即使被打得头破血流也要保持沉默，至多发出拟声词来缓解痛苦。他们如此遵守老女人和她丈夫颁布的教义，此刻我倒有些感恩，否则我在黑市里早就死于非命。

我被带到老女人的办公室。她示意我坐下，把门重重关上。我根据音色推断出应该是隔音门，看来在这间办公室里发生过不少秘密的谈话。但很快我就意识到自己的愚昧，老女人不过是想隔断自己的声音而已。

"你好，周染。"

轮到我沉默了。我的大脑在飞速转动，试图从复杂的情况里理出一条线索。这个老女人，到底在演哪一出戏？我起初以为，她不过是使用愚昧跟恐惧作为肥料，来制造粗鄙的信仰罢了。现在看来，她也想成为救世主。

"你就不怕被别人知道吗？"

"只有你知道。但你的话不会再有人信了。"

我明白了她的放肆之处,我也无暇顾及她早已调查过我,并逐步引我上钩。我望着手边,沙发的两旁并没有可供我投掷的重物。但书桌上有,有关于她1:10的全身铜像。然而我并不能起身那样做,老女人从怀里掏出女式袖珍手枪,用不易察觉的方式瞄准着我。

"聊聊吧我们。"

"我和你没什么好聊的。"

"你前妻,今天站在台上那个。"

老女人似乎是太久没有说话,说话逻辑颠三倒四又令人费解。我无法判断她是想拿芸来威胁我,还只是想挑动我衰弱的神经。

"你是要伤害她吗?"

"我们可是一样的人。"

"她和你们才不是一样的人!"

"我们有纪律,我们不使用暴力,我们奉献自己,我们劝人赎罪改过。你告诉我,难道加入沉默会不是拯救世人的唯一办法吗?"

"放屁!"

我在老女人的脸上,再次看到那种又冷笑又冷漠的表情。这让我心里有些发憷,害怕她的话变成了现实。即使芸认为破解不了极昼世界,至少她是在努力地活着。而不是像眼前这个虚伪的老太婆,把信仰崩塌的最后一根稻草连根拔起,折断在贫瘠的土地上。

"你真应该考虑一下我的建议。"

"认罪吗？认什么罪？"

"在太阳面前，我们都太渺小，太无知了。"

我下意识地抬起头，才发现自己是在地表的百米之下。太阳已经距离人类如此遥远，却还是能不费吹灰之力地让我们瑟瑟发抖。我被老女人说得有些迷茫，或者是她唤醒了身体里的另一个我，被无数次实验失败击溃的人。人类究竟是无知还是无畏，谁也说不清楚。

"即使我认罪了，对你们来说又有什么用？"

"我们只是遵照先哲的意思。"

"《光陨》吗？书呢？给我看看那些火星文长什么样。"

出人意料地，老女人把书放在了我的面前。

我不得不承认，那确实是一本旧书。它脆弱，它敏感，它老朽，仿佛沉睡了数千年而姗姗来迟。这应该是他们最近找到的一本，如果我不顾一切地把这本书撕碎，即使被开枪打死也算是功德一件吧。但书确有魔力般，促使我不由自主地念出封面上的话。

"惟有无姓之人才可侍奉无面之神。"

老女人露出一种喜极而泣的笑容。"他说的没错，这一切都是真的。"我这才发现，封面上的符号不属于这个世界上任何的语言体系。

"每个故事里都需要有牺牲者。"老女人起身坐到我的身旁，仿佛是希望我不要太过于沉溺悲伤。她放了一张照片在我面前，笑着继续说："到你了。"

"你吓不到我，王月亮。"

"叫我星期三。"

"想要加入沉默会,就必须放弃过去的一切,包括名字。"

"是的,今天也是星期三。"

我起身离开被叫住。

"对了,听说你刚去过黑市。"

星期三不知道从哪里拿出一大把玻璃试管,开枝散叶般落在桌子上。我注意到,白色粉末伴随试管的滚动在密封的世界里作着变形,它们浑然不知面前就是万丈悬崖,就会从桌子上摔下来,摔得粉身碎骨。

"拿去吧,免费的。"

我用手挡住了它们的去路,并不自觉地放进口袋里。那一刻我才彻底看清,桌上的照片,是她正在过十岁生日的儿子。

那天也是星期三。

4

我走出老女人的寓所,坐上电车,所有人都用躲避瘟疫似的眼神望着我。直到我进入缓缓上行的电梯,才注意到我的头像出现在随处可见的视频端里。上面写着老掉牙的话,我连阅读的力气都没有。但唯一可以确定的是,我的真实身份被沉默会曝光了。

吴双劝我暂时不要出去。一天之间,她的态度发生了360度的大转变。

我理解她的顾虑。连同真实身份,我的个人信息也被悉数披露,包括目前我的住处。甚至把芸和我联系起来,那是一个两年我们都没有当面说过话的人。

我希望吴双留下来陪我,但她却表示今天有一个极为重要的实验,决不能缺席。我只能让她离开,一个人待在没有光线进驻的密闭空间里。上网,人类当然还保持着上网的嗜好。所有的论坛、社交网站都在讨论我,我变得既不是救星也不是灾星,我是躲在屋子里、躲在电脑屏手机屏背后的人们的丰富谈资。

我一条条地浏览他们对我的评论,大部分是谩骂,呵斥我赶紧去死,或者是按照沉默会所说的那样,认罪。毫不夸张地说,我竟滋生出一种莫名的快乐,仿佛回到了四年前宣布"极昼理论"的高光时刻。我觉得我又活过来了,庆幸自己不再麻木。

纵使我的家门口被写满了诸如"杀人犯"这样的字眼。这是吴双回来后告诉我的,我依旧怀着好心情的笑脸继续上网。芸在这场全民的狂欢中也相继发声,称我"带给人类以希望";是因为继承了我的科学遗产,人类在极昼世界里才能勇往直前。这些洗白的话不仅没有将舆论导向我,反倒让我陷入更大的被动,芸也成为了众矢之的。她被质疑跟我是一伙的,需要为清洗的惨重代价负一半的责任。甚至还有离奇的阴谋论甚嚣尘上,说她是太阳派往人间的卧底。

我忍不住笑出声来,感到屋子外面有比日光更具伤害性的东西。我绝不会认罪,我也绝不会去死。我要让那些只懂得埋怨的不幸的人,最终自掘坟墓。

我忍不住打断像播报员一样播报坏消息的吴双。说实话,我并不关心这个世界对我有多大的恶意。那天下午与星期三的对话,不可解却又随口说出的天书,犹如罂粟般在我脑海里挥之不去。我对所有的一切都变得不感兴趣,只想反复咀嚼星期三的办公室里那怪诞的色调与画面。于是我干脆岔开话题。

"那天我还去了趟黑市,买了你说的东西。"

"什么?"

"那种粉末。"

吴双的眼神在游移,她轻轻地答应我,犹如一只小鹿在树林间穿梭,慌不择路。我感到不明白,在与她相处的过程中我从未扮演过猎人的角色,更像是她哺育的孩子。于是我接着说:

"你知不知道那些粉末是谁在卖？"

"谁啊？"

"沉默会的人。他们一定是靠这个赚了很多钱。"

"那你还买？"

糟糕，我觉得我说漏嘴了。吴双一定很讨厌沉默会，那是与她们势不两立的组织。但我克制不住自己，如果只是一笔带过粉末的来历，这个故事将毫无传奇性。更何况，我打算当着吴双的面，服用玻璃试管里的粉末。看它是否如传说中的那么有效，看它是否值得我用暴露身份的代价免费换取。我有一年没碰过吴双了，她是我心头的黑蚂蚁。

"千万不要吃，肯定没用的。"

"啊！我——我已经吃了。"

我看到吴双追悔莫及的眼神，得意自己快速反应出一个谎言。她或许是才知道那些粉末的来源，背后有多少不可告人的秘密。我望着她欲言又止的神情，宽慰道：

"说吧，这个世界都已经这样了。"

"这件事解释起来很复杂，但请你一定要相信我。"

"好啊，反正也没人信我了，不如去相信别人咯。"

"芸拜托我一定要照顾好你。"

"你们是好姐妹嘛。"

吴双害羞地一笑，双眼像是彩色的蝴蝶，在花丛里飞来飞去。

"你知道沉默会的那个老女人吗?她的丈夫。"

"星期三,她叫星期三。"

"什么?"

"没事,这不重要。"

我自己都吓了一跳,自己为何要像布道般去更正吴双的话。好在吴双并没有在意,她接着说,沉默会之所以能够不断扩张,是因为老女人的丈夫宣称他不会害怕太阳。但这样的神迹谁都没有见过,直到他被抓住后,直到他戴着镣铐站在芸的面前,仍旧不停地让她去认罪。

芸可是一个比我还固执的人。她当然没有认罪,而是嘱咐吴双,准备好最新的抗体,明天对老男人进行注射。过往的雄性小白鼠都在注射抗体之后,痛苦得无以复加而死亡。理论上来说这无异于一次死刑,但如今谁也无法说清楚,芸对老男人说的那句话,是出于戏谑还是对未知力量的翘首以盼。

"你要是真有神迹的话,show me。"

这便是吴双口中极为重要的实验。

"他没死吗?"

"不仅没死,还变大了。"

老男人像绿巨人一样变大了,他变得有三个人那么高。尽管芸为他准备了一个宽大的囚笼,但仍然只足够他半跪着。老男人的皮肤没有变色,仍旧是暗沉着色斑令人呕吐的黄色;他也没有变出整身的肌肉，仍然有松松垮垮的赘肉；他也没有班纳教授那么幸运，每次总有松松垮垮的大短裤遮挡私处。老男人的私处也等比例地变大，变成细长的象鼻子。充满久违勃起的迹象，在裤裆间晃来晃去。

眼前这个虚弱苍老的巨人，他身体里的细胞，成功抵抗住了太阳的侵蚀。这幅丑陋景象，或许是将人类带出黑暗的关键钥匙。

"周染，也许他们真的有神迹。"

"既然他们有神迹，你为什么还要劝我不要用这个？"

我从口袋里拿出一支玻璃试管，在吴双的眼前晃了晃。我与她面对面坐着，我是铁面无私的警探，手中拿着她的犯罪证据。

"因为不会起作用的，把它给我。"

我顺从地交到吴双手里，没等她小心翼翼地插进试管箱，就又从口袋里拿出了一支。

"你买了多少？"

"很多。"

"周染，都给我。"

"你就这么肯定，那是一种神迹吗？"

"注入抗体的当量，等同于直接照射太阳光。"

"说不定换一个人也行。"

"周染，你以为这是我们第一次向人体注射么？"

或许这才是真正将研究所里全体男性开除的原因。

芸早就不满足于用小白鼠做实验，她不愿把命运交付给那些卑微的生命。无论她是暗地里招募志愿者,还是和政府达成了共识,使用蹲在牢房里暗无天日的犯人;抑或通过沉默会,将渴望认罪的人拿来作为牺牲。只要这其中任何一条猜想被证明是真的,研究所就不得不关闭。芸将跌落神坛,和如今的我一样,被冠以"刽子手""杀人犯"的称号。

"为什么,你不早点告诉我?"

"芸特意交代过,不让我告诉你。"

那些粉末,是无数次实验失败后的残留物,漂白后送到黑市里高价售卖。

我举起玻璃试管,贴近双眼仔仔细细地看。那半截白色粉末在幻象里逃逸出试管,无数的颗粒站起来,汇聚成一个人形。但他依旧是白色的,没有具体面貌的,只有像光圈一般的轮廓。他伸出手似乎是想和我握手,进行一番交谈。但我却猛烈地挥过去一巴掌,将他打散。片刻后他又重组起来,又被我打散。他是《终结者2》里面的液态机器人,他是我挥之不去的梦魇。

"你们,跟他们有什么区别?"

"对不起,我真的是今天才知道。他们一直做的是秘密交易。"

"你就不怕我说出去?"

"你的话没人信。"

星期三说得没错,再没有人相信我说的话了。想到这里我便再次无力起来,感到被坏人做的一件好事所打败。来自于内心被世界抛弃的孤独感涌了出来，我不由自主地露出又冷笑又冷漠的表情。是我太天真，我应该知道，那些更黑更暗的角落，伪装成希望存在于日光之下。如果这是一场秘密交易的话，只有研究所的最高负责人可以做到吧。

吴双起身坐到我的旁边，换了一副较为缓和的语气继续劝我。

"认罪吧，加入沉默会，过去的事情我们都不再追究。"

"你是不是已经加入沉默会了？"

"我没有，她是。"

吴双摇摇头，不愿再望着我的眼睛，不愿再交谈，变成角落里的一幅画。她像一个终于熬到了谢幕的配角，或是终于完成了蜕皮的青蛇，只剩下疲惫不堪。吴双和许多少女一样，在年轻的时候愿意爱一个人而不顾一切，下多么大多么不可实现的决心。

那个人原来不是我，而是芸。

"那芸为什么还要拿老男人做实验？他可是天书的翻译者。"

"周染，我不知道，我只是负责照顾你。"

我让吴双滚出去。抬起手重重地给了她一巴掌，让她从这间昏暗没有阳光，空气里弥漫着腐烂的气息，门口写满猩红色触目惊心大字的屋子里滚出去。吴双照做了，她在最后仍对我没有放弃，说道"再考虑一下吧"。继而露出又冷笑又冷漠的表情。这仿佛是一个接头暗号，好像在说"无处可藏"。

我望着吴双走后满目狼藉的屋子，开始整理思路。如果老男人是遵照书里的意思决意献身，那么下一个翻译者会是谁？会是我吗？

"惟有无姓之人才可侍奉无面之神。"我为什么会脱口而出那句话？所谓的《光陨》，究竟是千年之前的何人所写？

仅凭我自己是无法找出答案的。我凝视着深渊，感到一股力量影响着磁场，撕开一道口子，放出了来自异世界的怪物。

"你要是真有神迹的话，show me。"

芸，你一定是多么迫不及待地想看到神迹的出现。因为你从一开始就觉得，我们永远都战胜不了极昼。现在，也许你算是如愿以偿地看到了。

我愤怒地将试管捏碎，感觉到来自下体的勃起。

5

我打完电话，芸很快就赶到了我的住处。

"好久不见。"

我张张嘴，不知道该用什么话来回答她。客套一下？怒斥她的虚伪？表示自己已经知道了一切？我早早准备好的语言突然熄火，只想凝神静气地望着芸。该死，我居然想念起当年我们约会的情形。我照样是在她出现之前准备好了各方面的谈资，可遇见后却又像痴汉一样看着芸。

心头如平静的湖面，只等她来经过。

"吴双呢？"

"她走了。"

"我今天没在研究所看到她。"

"我让她永远都不要回来了。"

"吵架啦？"

"她把一切都告诉我了。"

芸这才坐在我的对面，吴双刚才坐过的位置，并注意到我把剩下的所有试管都捏碎在桌上。天知道为什么我会从星期三那里带回来那么多。大概是免费的缘故，或者恐惧。粉末从破碎的试管里溢出来，一小撮一小撮地散布着。我使劲吹了一口，那些粉末如漫天黄沙般飘动起来，袭向芸却丝毫没有沾到她的身上。还真是符合沉默会的气质，有无面之神庇佑，任何东西都伤不了他们。

"我他妈根本就没病。"

"那你干嘛要去黑市里买这些粉末？"

"在我的饭里放氢氯噻嗪，这是你让吴双这么做的吗？"

这是一个生僻的医疗用词，通俗来讲会导致男性阳痿。

芸收起笑容，换了一个僵硬的坐姿。她不再笑了，重复起星期三和吴双说过的那句："不会有人再相信你的话。"我已经听得有些麻木，就像愚人节那天听到"我爱你"一样。这些话再也伤害不了我。我早就变成了一个枯萎的生物，之所以还努力活着，不过是想找回心头引以为傲的事物。

"周染，认罪吧。很多事情早就被安排好了。"

"安排好让我们变成像老男人那样的怪物吗？"

"星期三，他也叫星期三。"

我咧嘴一笑，从严肃的对话里跳了出来。冷不丁地反问芸：

"你为什么还留着名字？干嘛不叫星期三。"

"我还是研究所的负责人。"

"因为你心底里根本就不相信沉默会，你只是害怕跟恐惧。"

"我们实验了上万次，只有他活了下来。"

我知道我不可能说服芸。她开始和我阐述未来的计划：从星期三体内提取的疫苗并不会批量发行，因为带来的负面影响显而易见：男人会变得巨大而虚弱，像一只匍匐在地面的褐色癞蛤蟆。所以，人类还是需要地下城市，还是需要沉默会，还是需要时不时地展现神迹来鼓舞人心。

而我是其中重要的一环。只有让我认罪，沉默会才能不断壮大，研究所才会有源源不断的志愿者，那些因为害怕、恐惧而渴望赎罪的人。说不定，还会再出现一两个神迹。最好不要像星期三那样如此不堪，哪怕是虚弱，哪怕是变小，哪怕是丑陋，人类都坦然接受这样的苟活方式。

看来，芸不过是星期三的一枚棋子，她并不清楚星期三的真实目的。

"芸，沉默会没有你想的那么简单。"

"我根本就不在乎什么沉默会，我只是希望你能来了结这件事。"

"你知道沉默会想要我做什么吗？"

"做什么？"

"想让我成为他们新的领袖，去翻译新找到的《光陨》。"

"什么？"

我把一张纸推到芸的面前，很遗憾她并没有看懂。纸上用太阳符号书写着那句话，宛若天书。自从我看到后，这些图案便像烙印般随意住在了我的大脑宫殿里。我感到害怕，为什么自己正在变成自己最讨厌的那类人。不过有一点芸倒是说对了，极昼世界是我发现的，理应由我来终结。

"你看得懂这些符号?"

"嗯。"

"说的是什么?"

"惟有无姓之人才可侍奉无面之神。"

"那老男人为什么还要让我给他注射抗体?"

"他是遵照书里的意思。给你展示人们想看到的神迹,如果那也算的话。"

"你骗人!"

芸比我大两岁,是正宗年过半百的人,我们在当时算是时髦的姐弟恋。但芸的脸上看不出年纪,或者说会让人忘了年纪这回事,不去想时间的归属。但此时此刻,芸的脸上慢慢浮现出虚汗,慌张,以及迷路的神色。她看到自己苦心孤诣的科研成果不过是他人言谈中的笑料,她想到自己最终还是输给了我,还是没能翻出遮天蔽日的五指山。

"你不就是想羞辱我吗?你不就是想说,我所做的一切都没有意义吗?"

"芸,我不是这个意思。"

"那是什么意思?"

"我不会加入沉默会的。"

"到最后,你才是救世主,你才是!"

原来芸生气的是这个。

她顿了顿,又补充了一句,"认罪吧,说不定我还会爱上你。"

是这句话将我推向了万丈深渊,让我重新燃起那种多余的焦虑,稍有遗憾便会极度懊悔。我多么希望我可以卸下负罪感,在这个俗世里更加自由自在一些。

某种程度来说,我确实需要认罪。但绝不是向太阳,也不是为人类,而是对自己心头引以为傲的事物发出叹息。寻寻觅觅了那么久我才知道,这个引以为傲的事物早在两年前就离开了我。没人能代替芸在我心中的位置,星期三不能,吴双不能,就算是现在的芸也不能。

我仍然活在固守的旧世界里,怀念曾和芸追逐嬉戏的沙滩。

我不禁开始设想,要是那天吴双并没有劝我提早离开,我昏睡在沙滩上。极昼降临,我还未感受到痛苦就变成一摊粉末,混合在沙子里消弭于世间。这会不会也是一个不错的人生结局?

在这个光明来到无比廉价的世界,我被彻骨的寒冷所包围。

"周染,别做傻事。"

当我把手放在窗户推盖上时,一切意图都变得简单明了。迟到了一年的审判,今天是该做个了断。芸开始求我,我从她语无伦次的话语里感受到,我被太阳蒸发致死的画面将会是她记忆里最为壮烈、最为恐惧的一幕。但我管不了那么许多了,我不会认罪,我不相信神迹,我不想成为救世主,我不要有一丝丝遗憾,我要全力夺回心头引以为傲的事物。

对不起,我还是没有研究出真正的抗体。可我相信,未来会有人做到。

  我把窗户盖推上去。芸用尽全身力气向我跑来，想要阻止我。尽管女性在体能方面已经优于男性，但还是不能阻止我那一瞬的动作。如同水库开闸般，日光猛烈地倾泻进我的房间，流淌肆意。

  晦涩的屋子里一下鲜活起来，任何物体仿佛都被赋予了生命。我看得更加真切了，那是一种照明所替代不了的真实感。我看到桌上吴双为我做的亮晶晶的排骨，我看到芸脸上饱满的泪水，我感觉到后脑勺进入了一团热气，太阳照在身上似乎有一种大麦香味。能就这样安安静静地看着芸，四目相对等待她经过我的心湖，我觉得这个世界不再是亏欠我的。我也将卸去皮囊的沉重，不再是救世主，只想做一个摆渡人。

  然而我并没有变成一摊粉末。

6

2018年的冬天早晨，气温零下三度，这座城市的历史最低点。

吴双一路小跑进入咖啡店，站在柜台前依然瑟缩着身体。她穿得很少，黑色的高跟鞋与连裤袜恐怕一点都留不住热气，但显得身材很好，上身米棕色的风衣也忘了将扣子系起来。店里面人很多，几乎没有空位置。吴双环视了一眼周遭，排在个头很高的男孩后面。

男孩突然转过身来问道，今天是星期几。

"星期三。"

吴双见他忧郁地叹了口气，明白他的心里所想。

"还有一年呢。"

男孩点点头，他摘下黑色的绒线帽，眼睛里有一团灰色的迷雾。

"太阳为什么要这么做呢？"

"极昼是一种自然现象，应该算是天灾吧。"

"是为了惩罚人类，让人类赎罪。"

"别这么想，总会有办法解决的。"

"上帝曾用洪水毁灭人类，于是人类造出了诺亚方舟。"

吴双尴尬地笑了笑，在对话间向店员要了三杯拿铁打包带走。谁能想到，某种烂俗的情节居然插入，吴双在转身离开的时候滑了一跤，多亏男孩扶住她。

结果只是咖啡全部洒了,又要了三杯,吴双并没有事。

"谢谢啊。"

男孩把胸口的银色身份牌放回衣服里,似乎非常在意它对自己的重要性。吴双点点头,道谢后拎着咖啡离开咖啡店。她得赶紧走了,方才的意外耽误不少工夫。如果是个美好的晴朗天气,遇见这样一个小山似的男孩,就是一段邂逅,一段故事了。

"不客气,再见啊。"

"你打算就这样结束吗?"

周染双手插在黑色风衣的口袋里,望着远方停泊在港口的军舰。耳边不时传来一两声海鸥的鸣叫,眼前的意境变成了山水画,空灵起来。周染说完这句话,眼睑便慢慢下垂,看到前方的沙滩上,有一对老夫妇在跑步。他心想,海边的风这么大,在沙滩上跑一定很累吧。

老头的体力渐渐不支,停下来双手抵着膝盖,气喘吁吁地招呼还在奔跑的老伴:"月亮,休息会儿,休息会儿。"王月亮回头,走路大大咧咧地像一只螃蟹,她从包里掏出水瓶递给老头,说了一句调侃话,奚落老头都不如自个儿耐力好。

"该做的我都做了,该说的我都说了。但你就是不愿意相信我。"

"因为你总是在劝我放弃!"

"那你的试验成功过吗?"

芸抬起头，如同遥望情人般与太阳对视。

"太阳光越来越强了。等冬天过去，我们就只剩下一年的时间了。"

"一年的时间足够了，只要我们两个齐心协力。"

芸看了眼手表，她对于一切都充满纪律性。距离让吴双去买咖啡已经过去了七分钟，她记得自己说过要在十分钟内拿到。吴双已经从咖啡店里出来了，她正准备过马路。但道路上的车流非常多，每一辆都毫不客气地保持着高速。吴双拎着咖啡在寒风中瑟瑟发抖，足以让人生发怜惜。芸甚至想冲过去给她围上自己的披风，但这样做无疑会沉重地伤害到周染。

芸从左手无名指摘下戒指，递还给周染。见他没有要接的意思，便轻轻放在花岗岩粗糙的护栏上。态度庄重，一点都没有像是在宣告离婚的感觉。

老头休息好后，两人由跑步变成慢慢在沙滩上散步。

"月亮，你说再过一年多，这世界会变成什么样？"

"管它呢，只要你和小宝好好的就行。"

"到时候小宝去不了学校，我就来教他读书写字。"

"瞧你得瑟的，大教授。"

"到时候就得辛苦你喽。"

"我辛苦什么呀。"

"你说这都要极昼了，为啥今年冬天这么冷呢。"

"科学家说了,这叫厄尔尼诺现象,气候反常。等到了明年,天气就会特别特别热。对了,明年开始你跟小宝就不要出门了。"

"还一年呢都不让我们出门?"

"据说明年开始辐射就很大了,万一你俩有个三长两短的,有什么事我帮你们做。"

"你从哪儿听来的啊?有科学依据吗?"

"当然——你别管,这事肯定得听我的。"

老头闷着不说话了,他知道老伴是为自己和儿子好。但这种事情,谁又能心甘情愿地接受呢?研究了半辈子历史的经验告诉老头,人类会挺过去的,这也不是人类第一次面临被冠以"灭顶之灾"的危机了。黑死病、通古斯爆炸、唐山大地震,以及创世记里面的洪水。人类的文明史同时也是一部灾难史。尽管在天灾人祸面前我们如同芦苇般脆弱渺小,但总有重新站起来的那一天。就像这个什么极昼世界,总会有攻破它的法子。

想到这里,老头停下脚步,抬起头打算会会太阳。

一只手挡在他的眼前,另一只手拽着他走。

"胡闹什么呢!不许看!会出事的!"

老头只得悻悻地扭过头去,王月亮此举也是为他好。听说有男人长时间地与太阳凝视,从而导致双目失明。从此老头出门暴露在太阳下,总是像过街老鼠一般灰溜溜地快速跑进跑出。但这时他不知道哪里来的勇气,估摸着是想到总有一天能破解极昼世界的奥义,有些得意忘形吧。

"芸，你非得这么做吗？"

"周染，我们好聚好散。"

"你觉得能好得了吗？"

"你还有半辈子，可以慢慢好起来。"

"半辈子？我只有一年了。"

一阵狂风吹过，芸的头发散乱不堪。这时她用余光观察到，吴双正慢慢走过来，带着热腾腾的咖啡与快乐的笑容，并不知道刚才到底发生了什么。芸继而看了眼手表，已经过去11分钟，看来这杯拿铁也没有必要再喝。芸就是如此的倔强与固执，要是完不成她的期许，哪怕在爱的人面前也丝毫不会留情。她把一份文件递给周染，显然他知道里面是什么，于是嘟囔了几句。她不禁爆发出厌烦的情绪，说不清这句话是言不由衷的逃离，还是发自肺腑的谴责。

"其实我从来就没有爱过你。"

说完后，芸径直离开。

周染愣住了，他的心像是缺了一角。

吴双终于走到路的另一边，她跟周染贴得很近很近，用一种小鹿似的语气问道："周教授，芸姐怎么先走了？她去哪里呀？"

周染一动不动，他为了不让吴双看到自己流下眼泪，压低语气和情绪说道："她有事。"

"什么事呀？"

"我也不知道。"

吴双闪着大眼睛,湿答答地问着周染。如果再不转过头来,自己就要憋不住了。周染好不容易在百感交集之中挤了一个微笑的表情给吴双,继续说道:

"我想一个人待一会儿。"

"那我去追她。芸姐都没和我告别呢。"

"嗯。"

接着周染便不再言语。

他听到身后响起高跟鞋的声响,犹如在地面上弹奏起激昂般的钢琴声。渐渐地钢琴声远去,以及携裹着时间,河流,太阳,和周染心头引以为傲的事物。吴双跑得好快,真担心她一个不小心鞋跟陷到路缝里给崴到脚。她和芸是好朋友,是那种整日整日讲话一点都不会腻的好闺蜜。要不是得做试验,得对抗太阳,我们或许能一直在一起。

她大概也不会回来了吧,也好,就让我一个人静一静。

周染把放置在栏杆上的戒指收起来,紧紧握在手心。他闭着眼抬起头,感到太阳光,既是笑脸又是梦魇地向自己扑来。同时他伸出握紧的拳心,仿佛在经历某个仪式,轻轻张开。张开的不仅是手掌,以及周染闭目流泪积压许久的眼睛。

戒指落进了沙子里,很快陷进去,无影无踪。

在周染的身后,老头与王月亮又开始跑了起来。

老头戴上护目镜,用一种算得上是娇嗔的口吻说道:

"咱俩再比一次,看谁先跑到家。输的人做饭!"

好想将来和他们一样啊。

周染心想。

梦境改造车间 石 囡

没有人相信我会做梦，是因为这个世界上只有少数人会做梦，我就是那少数几个。

我蜷曲在一个球形的房子里。这房子比我还矮半头，外面黑不溜秋，看起来就像把两个大铁锅焊起来，不同的是没有缝儿。里面却是半透明的，然而，除了灰蒙蒙的空洞，什么也看不到。我整天待在这里，却觉得很舒服。

这个球形房子吊在一棵大树上。大树的树干也是黑不溜秋，不知道用什么材料做成。和这颗球同样吊在这棵树上的，还有三百六十五颗球。

我只做一件事情：做梦。

一

　　我出生在 2015 年，属马，因此长得人高马大，肌肉结实，就是有一双迷离的眼睛，说不清是睁着还是闭着。对于小时候的事情，我几乎没有印象。父亲告诉我，2015 年的时候，地球上有着数不清的村庄，几乎和天上的星星一样多。还有总也走不到边的田野和牧场。母亲就在那个牧场里生下了我，她的房子在牧场的正中央，周围是牛羊们的宿舍。可是，自从牛博士发明了一种叫"格利高里分子催化剂"之后，这个世界一下子就变了样。这种催化剂能使农作物的产量提高 50 倍，自从有了它，地球人就再也没有饿过肚子，连非洲人都吃得饱饱的。可是，人们也不需要那么多土地种庄稼了。到处都盖起了食品加工厂、稀有元素提炼厂、植物发电厂、老年游乐场、儿童游乐场、未婚男人俱乐部、健康吸毒公司、笑容促销公司、爱情交通公司等一大堆我都叫不来名字的建筑。这些事情都是在我十岁之前发生的，可我也太笨了，十岁之前的事情我一点都记不起来。然后就变成现在这个样子，要想去农村看望朋友，得花几十个小时，驱车穿过一千五百条街道，还得拿到入境农村合作生产社的绿卡。所有的河流都加了百米宽的长堤，防止被长势旺盛的农作物侵占。人们住在几十层高的大房子里，屋子都很舒适，可是没人有时间在家里待着。大家都在忙着工作，因为有那么多的东西需要生产，有那么多的产品需要销售，还有那么多的娱乐场所每天在搞活动哪！

呵呵，你看我满头大汗地说了这么多，还没有说到正题。

2038年我23岁，膀大腰圆，胆小如鼠。我不光怕黑，不敢一个人上街，还不敢和女孩子说话。她们露着白晃晃的大腿和半个乳房，总让我想到仿真博物馆里的恐龙。上大学时我学的是生物学，主要研究近代植物和动物。但这门学科实在太没用了，因为这些植物和动物大多数都灭绝了，而且因为有很多博物馆，没有人对它们真实的习性感兴趣。倒是博物馆那个大肚子馆长的胡言乱语能让大家高兴。他总是说，嗨，大家看喽，这是非洲羚羊，它的腿很长，是为了避免陷在沙漠里，还有它的角，可以储存雨水。等等等等，哇呜哇呜。哈哈哈哈，大家就笑了，连低腰裤的拉链都崩开了。因此我从来不上博物馆，但我也找不到工作。我整天待在大房子里睡觉，做梦，上网，记梦，中午吃外卖。

我做的梦的梗概大约是这个样子的：

【一】我放了一个屁，因为太臭了，就把它们装在袋子里，封好口。屁在袋子里变成屁精，在屋子里活蹦乱跳，还把茶杯打翻了。不得已我把它们解开放出来，哗啦啦，它们给碎了。

【二】很多年以前，一颗金色的蛋从外太空降临到北极，把北极砸了一个大坑。于是那里变成一个蓝色的湖，恐龙、天鹅、奶牛都生活在那个湖里。湖的一边是半个蛋壳。

【三】一个湖,湖面上一棵柳树,柳条上吊着十个女人,睡觉。我跟一条很大很大的毛毛虫说话,还够不着它的胡子。

可是没有人相信我会做梦。这是他们给我的留言:

楼主神经病!
妄想症妄想症妄想症妄想症!
骗人,想提高点击率也不用这么无耻。
省省吧楼主,这个世界上没人会做梦!

没有人相信我会做梦,是因为这个世界上只有少数人会做梦,我就是那少数几个。这又有什么办法呢,我没有事干,只好让大家指着鼻子说不务正业了。直到有一天,妈妈给我带回一个耳机,说是做梦器。老人家匆匆忙忙地对我说,戴上它,不做正经事,也做些正经梦吧。老人家最近在推销做梦器,推销半年多了才想到儿子。也难怪,她必须每天拿到十万元的订单,我才有饭吃。

有关做梦器,我必须补充一下。有人说它产生于上世纪末,也有人说是本世纪三十年代。但生产者是一个大公司是确切无疑的。到底有多大,有人说是跨103国,也有人说是全部。经常有媒体爆料公司李总裁和美国总统一起打室内高尔夫球。

这个做梦器是专门为不会做梦的人设计的。它其实就是个耳机,顶端有个蓝色圆球。戴上它就会做梦，而且梦境千篇一律。这就是老妈说的"正经梦"。虽然正经梦让人腻歪，但我还是在睡觉的时候戴上那个耳机。一开始是一段音乐，上世纪老歌手柳石明唱的《有一个美丽的传说》，然后身体会飘落到一条街道上。这是一个有着怀旧风格的小镇，两旁的阁楼散发着古铜色的光，地面是墨绿色的石板。我很饿，急于想找一家饭馆，在街上跌跌撞撞走了一会，眼前忽然出现一个穿着唐装的女郎。还好，她的乳房上部打了马赛克。欢迎光临李白励志客栈，女郎微笑着说，声音像新闻播音员。由于我是第一次进入梦境，她向我宣读了《梦境世界个人规划说明书》：在梦境世界，你可以选择不同的成功通道，通过自己的努力成为乡绅、县令、刺史、宰相、皇帝，或者才人、美人、婕妤、昭仪、贵妃、皇后。等级的提升条件有两个，一是不停地在客栈点菜吃饭，也就是消费；一是花时间上老板娘的"成功学培训课堂"。点菜吃饭需要"梦币"，首次进入梦境赠送 10 梦币，随着等级的提升，会拥有更多梦币。对男性做梦人来说，当然也意味着拥有更多的嫔妃。大意是这样。我听得头晕脑胀，走进客栈，只见满屋子的人在这里吃饭，都是呆头呆脑的。他们吃了一碗又一碗，一碗又一碗。柜台里坐着一个风骚的老板娘，我刚想过去问成功学培训课堂在哪，忽然感觉飘起来，醒了。

第二天我又戴上耳机睡觉，发现自己又来到那个小镇。不同的是街道是古铜色的，阁楼是墨绿色的，看上去像鲶鱼一样腻乎乎的。我感到饥饿的时候，面前又出现了那个女郎，这次穿着一身旗袍。我发现戴上这耳机做梦总是千篇一律,除了这个小镇,有时候是一个深海体验馆,有时候是一个室内牧场,毫无例外,每一次都有一个年轻漂亮的女郎带着我去这些地方。我做梦直到第三个月的时候,还处在梦境世界的最低等级,因为梦境升级需要"梦币",而获得梦币最简单的办法是做梦器生产厂商充值。但是,我没钱。

　　说实话,这些梦(如果是梦的话),和城市里那些骗人的勾当一模一样。我这样腻腻歪歪做了一个月梦,有一天凭窗瞭望,发现不远处建起一个"梦境世界"。也就是那天,妈妈回家后兴冲冲地告诉我,"梦境世界"开业当天就异常火爆,里面有福来客栈、室内牧场、深海体验馆⋯⋯妈妈还没说完,我就大叫一声倒在床上,眼睛直勾勾地看着天花板。孩子你怎么啦,妈妈过来摸着我的额头。我忽然坐起来大声喊:妈妈我饿。

二

戴做梦器睡觉，使我犯了依赖症。我发现不戴耳机睡觉成为一件很困难的事情。先是头皮发痒，然后是脸肿得像发面馒头。而且睡一会儿醒一会儿，自己做的梦也是乱七八糟，毫无章法。没办法，我继续戴起耳机，那些症状又慢慢消失了。

久而久之，我发现一个秘密。这个梦境是可以控制的，跟游戏里的 BUG 一样，关键是在梦中要敢于胡来。这个秘密恐怕只有少数几个人知道，因为大多数人根本就缺乏想象力，而且根本不会做梦。呵呵，我很满意自己是少数人。大多数人进入梦境的时候，都要乖乖进入客栈努力吃饭挣"梦币"，而我一进入梦境就拔足狂奔，远离所谓的"李白励志客栈"。这样狂奔的结果是，我经常会被无形的墙撞到。好处是，我也经常误打误撞闯入客栈的后门。从后门进去以后，梦境世界的其他人就看不到我了。老板娘和店小二能看到我，但不能跟我说话。我在楼上楼下到处乱窜，老板娘和店小二就一直盯着我看。可是我走到跟前的时候，她们又不看我了。

我说，呃，你好！

老板娘低着头盯着算盘，好像在数有几个子儿。

这是哪个朝代的建筑？

她看着我张大嘴，但只是发出"咯——咯"的声音。

这就是我们简单的对话。但我并不是一无所获，我知道了她是个白痴。至于那些食客，他们即使能看到我，也根本没有时间和我说话，嘴里都塞着饭团儿。没事干，我就盯着店小二看。他的脑门很小，后脑勺很大，为了把握平衡，只好微微弯着腰，很谦恭的样子。这是一个有趣的人，我想，一边将目光转到他的小眼睛上。发现我在看他，他倒不好意思起来，但看我的眼神十分古怪，好像我是复活的恐龙。

有了这次经历，我开始对戴着耳机做梦感兴趣了。我可以摆脱做梦器的控制，每一次都能把梦境世界转悠个遍。在梦中我经常为所欲为，搞得老板娘、小二、牧场主都惊恐不安，这使我感到快意。可惜的是，梦境世界总是那么小，而且每次梦境只有半小时，时间一到，客栈门外那个穿唐装的女郎都会惊慌失措地跑进来，指着墙壁说，看，看，时间到了。然后我的心窝好像被踢一脚，醒来。

三

做梦器改变了我的生活。因为有天早晨,我被三个满腹赘肉、头戴大沿帽的梦境管理者带走了。他们给我的罪名是:扰乱梦境秩序罪。

审判长正是那个前额短小后脑勺大的店小二,戴上大帽子之后,他更像一只窝着身子的大猩猩。他不好意思地看了我一眼,说,你服不服。

我没有想到服不服的问题。我几乎不用脑子就能想到,我所扰乱的"梦境",不过是几个蹩脚的电脑高手设置的虚拟程序而已。那个店小二,也不过是个缺乏想象力的虚拟网管。我在梦境中胡作非为,并没有伤害谁的利益,而是让他们感到害怕了。

我决定不说话。我果然没说话。

店小二的宣判声音好像在朗诵新闻稿:你触犯了梦境治安管理条例第三百八十五条第四节,任何有或者没有自主意识的生命体或非生命体都不得不以任何自主或非自主理由做出梦境控制器已有受保护程序之外的行为,违反者量刑予以罚款、梦境改造、终身监禁或者"失身"处罚。

我知道"失身"处罚。那是本世纪对思想犯罪的最高处罚,受罚者的身体被"托管",浸泡在试管内,失去呼吸心跳,体温保持1°。

但其意识以波的形式被植入计算机,用来管理"格利高里分子催化剂"的运行。但我从来没有听说过"梦境治安管理条例",新闻也没有公布过。

店小二好像看穿了我的心思,让助手给我拿过来一个小册子。这是做梦器使用说明书,该条例就附在说明书后面。我翻了翻,使用说明用的是五号字,该条例是六号字,结尾处用七号字标明:任何公民一旦使用本做梦器即代表读过并认可此条例。

哦,我无话可说。问题是,对我的处罚是哪个?

根据你的犯罪情节,予以梦境改造教育。审判长翻起眼皮说。

四

我得承认，2038年是个充满人情味儿的好时代。被"梦境改造教育"之后，我不但有了一个新名字——虎四，而且由一个无业游民变成一个有正常职业的人。我参加合法劳动，也领取合法的劳动报酬：每天三块钱，特殊时期还有补贴。不过我实在没有什么地方可以花钱。

梦境改造教育所原来是一个废弃的场院。这地方至少是80年前的建筑，灰色水泥墙皮上用白灰刷出几个大字：打倒×××。后面几个字斑驳不清。这院内杂草丛生，砖块、碎玻璃和破桌椅堆在一块儿，还有狗的粪便。另一边是一个大棚，原来是一个养殖场，周围的灰色水泥常年被雨水浸泡，渗出大便一样的图案。这便是我们的工作场所：梦境改造车间。每一个犯人的任务就是睡觉、做梦。如果你不是一个缺乏想象力的人，一定会觉得我们的工作场景蔚为壮观。几百个人被赤条条捆绑在钢丝床上，一字儿排开，头上吊着液晶显示器，看起来就像一个大型屠宰场。看守人员身着绿色防护服，手拿催眠器，在赤条条的凡人中间走来走去，好像在给庄稼打农药。

我们每天要保证睡眠22小时，剩下的两个小时就被赶出大棚，赤条条在场院的垃圾堆上走来走去，吃饭，听看守长训话。这种生活并不算差，跟在自己家里差不多，而且省了穿衣服的麻烦。唯一让人受不了的是，每天睡觉22小时让人眼睛发红，浑身浮肿，看守长不得不每隔一个星期给我们发消肿片。

醒着的时候也不算难熬，大家可以相互欣赏肉体，也可以欣赏彼此的梦境。如果你对味道要求不高的话，这地方是个消遣的好地方。刚来的时候，我一闻到垃圾堆的臭味儿就恶心，后来当一群人都站在这个院子里的时候，我却老是蹲在垃圾堆旁边。人们的汗味、口臭，以及从什么地方散发出的甜腻腻的味道能让人着狂。没用多久我就习惯了，大家的灵魂和肉体都一览无余，谁也没办法取笑谁。有一次我故意连续一个月没吃消肿片，浑身肿得像烤乳猪。那天我故意站在一个满腹赘肉，乳房拖到肚脐眼上的女犯跟前，两人的头顶播放着各自的梦。那女犯正梦见有上千个男人排着队向她求婚，领不到排队号的人在场外大吵大闹，招来了警察。而我正梦见在胡子上种萝卜，每个萝卜长大后都变成一个小孩。这滑稽的景象惹得大家哈哈大笑。

虎四！不许搞恶作剧！看守长大叫起来，虎四，你为什么不服消肿片？

报告首长，我的肚子上没有口袋，消肿片弄丢了！我煽动大嘴唇，含糊不清地说。

看守长是个只有18岁的年轻人，比女孩儿还长得俊俏。他还不太习惯面对这么多裸体，每次放风时都低着头。被我一顿抢白，小家伙脸上红一阵白一阵。他从上衣口袋拿出一袋儿消肿片，都扔给了我。

最近我的运气不错，经常受到看守长的奖励。原因是我做的梦改造后，还可以销售，在市场上十分畅销。忘了告诉你，我所服刑的这个梦境改造车间虽然不大，却是做梦器制造公司的一个重要部门。我们做出的梦境通过数据线输入到做梦器里，消费者就能充分享受更多的梦境了。前不久，做梦器市场惨淡，对于每天重复的单调梦境，消费者怨声载道。不用说，我那些不守规矩的奇怪梦境为公司赢得了大量利润。

当然，为了彻底改造我的梦境，车间主任费了不少心思。我被抓来之前，梦境改造车间就设置了"梦境雷区"，比如：梦境中不得写诗。梦境中不得与超过三个人交谈。梦境中不得鼓动他人反对做梦器生产公司。等等。我来了之后，"梦境雷区"又增加了十几条。其中有一条是：梦境不得引起超过一百名做梦人的注意——因为我的梦境总是十分离奇搞笑，搞得其他做梦人从梦中笑醒，影响了整个车间的梦境质量和产量。逾越梦境雷区是十分可怕的，一旦警报响起，就会有一大盆屎从头上扣下来。是真的屎，我被扣了两次屎盆子之后，发誓要好好梦境改造，报效公司对我的宽容。

上学的时候，我从不相信劳动能改造人的灵魂。我从不参加集体劳动，只是对搞恶作剧感兴趣，这使我在生命的前23个年头成为一个没用的人。现在，我的觉悟有了很大提高。我认识到，人活着就要做一个对社会有用的人。比方说，我的梦能让大多数人觉得快乐，这就是我的生命价值。我还认识到多劳多得的道理，我每天很勤奋地睡觉做梦,因此我的饭盒里总是比别人多几颗鸡蛋。有一次,一个老头子流着哈喇子从我饭盒里抢走了一颗鸡蛋,咬了一口就呕吐不止,差点把肠子吐出来。老人家口吐白沫说,你这鸡蛋是臭的。我笑他缺乏想象力。

大多数犯人都缺乏想象力,他们的梦都恶俗不堪。比如这里最漂亮的女犯,她要是没有犯法,社会上肯定会多出很多强奸犯。可是她的梦实在让人不敢恭维,她不是梦见在肚脐眼上种摇钱树,就是梦见踩着百元大钞在城市上空飞翔。这些梦没有一点技术含量,搞得我吃饭都没有胃口。因此,我要感谢领导们给我这次改造机会,我充分觉悟到"梦境世界人人平等"的道理。

可是做梦人并不平等。比如那个抢我鸡蛋的老头子,每餐只能吃一个馒头。因为他做的梦太不合时宜了。老头子在梦里是一匹长着黑胡子的骏马,率领群畜在山坡上奔跑。他不停地奔跑,牧场就不停地长大,一直长大、长大,映得天空都发了绿光。吃饭的时候,我跟老头子说,我喜欢你做的梦,不过你用不着每天都做同样的梦。老头子叹口气说,我在这里待了二十多年了,再也没有更好的梦了,总有一天他们会判我终身监禁的,你看着吧,你也一样。

我想老头子的确老了,他的预言没有一个应验。很久以后,当我被判终身监禁的时候,老头子已经被释放,理由是老头子已经不会做梦,成为一个对这个社会没有任何用处,也没有任何危害的好公民。我想对我的改造并不彻底,因为我的梦越来越不像话,越来越暴力,我在梦里殴打车间主任，还梦见在梦境生产车间游荡，给每个犯人穿上绿色防护服。看守人员对我予以严格管理，每隔十分钟电击我一下。这样只导致了一个结果，我的梦境变成这个样子：在山头的一个院落里，车间主任裸着身子，和一群天鹅跳舞，我用稻草向他射击。稻草飞行到空中忽然停下，那家伙张开嘴，口水挂在下巴上一动不动，下体却由于惊吓突然勃起，好像一杆标枪，要刺杀我一样。这样静止一分钟之后，一切重头再来，稻草射出，回去，嘴巴张开，流出口水，合上，再张开流出口水，好像卡了的光盘。

五

我被判处终身监禁,理由是"梦境伤害未遂"。

所谓终身监禁,就是把我装在一个大铁球里,挂在树上。那铁球是半透明的,却只能看到灰蒙蒙的一片。在这里,再没有人来打扰我,而且我可以睁着眼睛做梦。

我看到自己是一只袋鼠,在草原上奔跑,地上有些火柴盒大小的楼房,里面装着我的粪便。我看到未来世界,到处是草,没有人,也没有动物。那些草们十分吵闹,也不睡觉。

我梦见这棵大树上的铁球都变成绿色的苹果。

我梦见自己是一只苹果,与另一只苹果相爱了。

磁极星　　　　　　　　　　　　　　　　半月王子夜

如果一开始就放弃了，那么一定走不到未来。

一

蓝灵夜：

　　十七岁那年，我生活的母星球遭到外星生命的攻击，他们的宇宙飞船飞满我们的天空，我的电脑屏幕里每天都播放着硝烟弥漫的画面，这个星球的人们流离失所，一片落败。

　　后来我才逐渐从网络上了解，我们把侵略我们的外星生命称为索鄂，他们觊觎我们星球的大量蓝硅物质，据说这些蓝硅物质是六维科技文明的重要能源，而作为五维文明程度的我们却一直不为所知，在我们的星球，这些蓝硅物质被建造成了房屋，被雕刻成了伟大的艺术作品。

　　而不幸的是，我们蓝硅星的文明程度一直停留在五维，而索鄂们却达到了六维，远远高出我们一个层次。

　　所以这场战争输得毫无悬念，战争刚刚开始一年，我们蓝硅星的外星人造卫星就完全被他们控制，我们的领空全数被他们占领，烈士英勇献身的事迹在每天的新闻里被播放成了一曲曲悲歌。

战争第二年外星生命正式登陆我们的星球，他们用超出我们理解范围的科技武器绞杀了我们一路又一路军队，他们星球的旗帜插满了我们各个曾经引以为豪的城市，蓝硅星一败涂地。

战争第三年，蓝硅星完全被索鄂们占领，我们自己的联邦政府被迫解散。可尽管如此，尽管我们的政府被他们驱散，尽管我们的正规军全军覆没，我们也没有投降。因为蓝硅星是我们的母星球，我们世世代代生活在这个星球上，我们看遍了流离失所的外星来客，他们国破家亡，母星球被摧毁，只能永生永世寄居异乡。我们的蓝硅星经历了世界大战，经历了病毒瘟疫，经历了能源匮乏，可是我们没有亡，我们始终没有亡。

因为有些事，不是看到了希望才去坚持，而是坚持了才能看到希望。

所以我们组成了民间抵抗军，我们以自己微弱的力量和外星生命继续抵抗。我们偷袭他们的基地，我们在城市的巷道里和他们肉搏。尽管我们损失惨重，尽管我们血流成河。可我们永不言败，我们不投降，我们就是不投降。

就算他们能毁灭我们的国家，就算他们能占领我们的星球，就算他们高超的科技能消灭我们的身体。可他们占领不了我们追求自由的心，他们杀不死我们坚定不移的决心。那些无法毁灭我们的劫难，必将使我们更强大。

二

蓝灵夜：

我二十二岁那年，整个蓝硅星已经被索鄂们里外侵蚀，我们的民间抵抗组织损失惨重，前途一片黯淡。

也就是那一年，我们的宇宙探测仪截获到一段奇怪的编码信息，解码员说，这很可能是来自索鄂们母星球的信息，可是完全破解需要很长的时间。

一个月之后我们民间组织的名单被泄露，领袖被索鄂们处死，成员们死的死，逃的逃，而我也被迫流落异星球。

结局一片落寞，仿佛再无希望。

我流落的星球叫紫檀星，距离我的母星球蓝硅星两万光年，时间差为负三百年。也就是说，从蓝硅星出发以光速行驶两万年，再把时间向过去转移三百年才能到达紫檀星。所幸的是，我们蓝硅星拥有五维科技，可以任意穿梭宇宙中的任何一个时空点。

紫檀星拥有九维文明，是一个文明程度相对较高的星球，所以这个星球成为了众多流亡者的避难所。因为像索鄂这种六维文明生物，是不敢到紫檀星造次的。

刚开始到紫檀星的时候，我还抱有一丝幻想，幻想着说服紫檀星外交部门，替我们光复蓝硅星。可当我无数次看到紫檀星外交部门前车水马龙的长队，众多外星人挥金如土，想方设法都不能受到外交部接见时，我才觉得自己是那么的天真。

而紫檀星又把超出五维的科技视为高度机密，只有自己星球的顶尖人才才可以学习，所以想靠学习更高维度的科技来光复蓝硅星，也成为了泡影。

不知不觉我已经二十三岁，离开蓝硅星也已一年，在紫檀星的这一年，我终于体会到了流浪异星、国破家亡的感觉。可我一个人的力量实在有限，昔日的战友各奔东西，仿佛光复母星球，再无可能。

就在我整天唏嘘人生、醉生梦死的时候，然具末找到了我，她就是当日那个接收到奇怪宇宙编码的解码员。组织解散后她带着那段编码流亡异星，后来在她不懈努力下终于完全破解了编码的内容，于是她便马不停蹄地赶来紫檀星找到了我。

然后她用立体投影仪投射出了那一段编码，活灵活现的画面跳动在眼眸，使我晕眩，我不可置信地问她："为什么会这样，为什么会是我？"

"也许这就是唯一光复母星球的方法。"然具末深思道："天无绝人之路，这段编码确实是来自索鄂们的母星球，靠着编码我定位了这个星球的时空坐标点，距蓝硅星七千光年，时间差为负三十年。"

"三十年之前？"仿佛天方夜谭："怎么可能，他们三十年之前才在四维，三十年之后就发展到六维了？"

"正是编码里的这场战争，使索鄂们的母星球统一。而后外星生命和他们取得联系，他们正式踏上星外文明之路。"然具末解释道："因为在他们的统一战争中损失过于惨重，所以他们在后来的发展道路上异常努力，再加上高纬度文明从宇宙各方席卷而来，所以他们只用了短短三十年，便提升了两个维度。如果按照他们的发展速度，百年之内，超越紫檀星也说不定。"

"那我能做什么？"

"如编码里上演的那样。"然具末意味深长："去到索鄂的母星球，改变当时的战局，让原本应该失败的一方获胜，然后和他们签订永不侵犯条约。那么索鄂侵略蓝硅星就会成为一个伪命题，自动被宇宙删除。也就是说，索鄂从来没有出现过，我们的时空自动回到五年前。"

"凭我一个人？"我问道："我一个人怎么改变整个星球？"

"你放心好了，既然编码里出现了你，就说明你一定会去到那个星球。三十年前索鄂们的科技只在四维，你带上五维科技取胜轻而易举。"然具末嘱咐道："但是行事必须秘密，在还没有正式开启星外文明的星球是不允许外星人参与他们的历史的，如果风声被宇宙联邦知道，你我都会被处死。"

"索鄂们的星球叫什么名字？"

"叫磁极星，距蓝硅星三十年，七千光年。"然具末深思道："你要帮助他们的冷言洲，打败烟陆洲。"

三

目惋惜：

磁极7580年，当我在冰窖里沉睡了一年后，终于来到这个星球。

虽然出发之前收集了充分的资料，但是那些资料都已经是游荡了好几十亿光年远的残留信息，真正踏足这颗星球的时候却又是另一番景象。

这颗星球现在的磁场应该位于飞行场吧，和资料上显示的大相径庭，虽然我早有准备去适应一个全新的磁场，可当我走下飞船的时候身体却是不由自主地漂浮在半空，极目四野冰川蔓延，仿佛孤独堆成了皑皑白雪。

我自嘲一笑，如果当初没有看到那些信息，那么这几十亿年的事情，是不是就会发生翻天覆地的改变？

宇宙真是玄妙，吾等众生，皆为棋子。

我拿出时间校对器，确认了现在的时间是磁极7580年四月三日，与我预计的时间相差了一天，看来那些信息是不能完全奉为真理的，如果在途中不幸遇到时空风暴，这一天的误差足以把我带到一个未知的时空。

虽然有很多小纰漏，但所幸飞船现在降落的地点没有错，我故意选择这样一个荒无人烟的冰川，就是为了掩人耳目。这个星球现在的文明程度只在三维和四维之间，如果我的飞船公然出现在大众的眼里，必定引起轩然大波。说不定会引起他们神经紧绷的两大洲互相猜疑，搞不好一场战争就爆发了。

那时我眺望南方，蓝天遮蔽眼眸，地平线蓝成了一条希望。

我又一次提醒自己，万事小心，这场战争一定要在它该爆发的时候爆发，该结束的时候结束，不能有丝毫偏差。

四

目惋惜：

　　我找到烟羽的时候，他正坐在部长办公室里忙得焦头烂额，如山的文件堆积满眼，危急局势被他皱成了紧蹙的眉头。

　　时为7580年四月四日，磁极星冷战的第四个年头。这个星球经过长达几千年的内部战争，无数个以国家为单位的政权消失殆尽，最终形成了两大洲紧张对峙的冷战局面。也就只差这最后一战了，这个星球才会统一，也只有统一之后，外星生命才会公开与这个星球建立联系。

　　所以，现在我这个外星人对于他们来说，无异于天方夜谭。

　　"这么多文件，要批复到什么时候？"在观察完办公室的内部构造后我终于开口说话："你的安全部看来也不安全，怎么让我随随便便就进来了。"

　　"谁？"烟羽抬首张望，却不见人影："谁在说话？"

　　"你叫我目惋惜吧。不用看了，你看不到我的。"此时我已经坐在了烟羽的正对面，好奇地看着他头顶上我没有的两根触角，这便是这个星球里生物的特殊标志，和资料上显示的大同小异："我现在处于光线穿透状态，换句话说就是隐身，用你的眼睛是看不到我的。"

　　"光线穿透？"烟羽疑问道："你是敌方的间谍？你想做什么？你

们有什么预谋?"

"乖乖,别这么心急嘛,你一下问这么多,叫人家怎么回答。"我看着烟羽正对面的电子地图故作深奥:"看着你前方的电子地图,一分钟之内,冷言洲将会派出探测飞行器。"

"怎么可能。"烟羽不可置信,"我的信息网遍布全球,如果敌方一分钟内将有动向,怎么会没人向我报告?"

我没有再接他的话,我很明白刚刚踏入四维文明程度的人是无法理解五维科技的,就像是你没有眼睛,你就看不见这个美妙的世界,但它却是真实存在的。

"嘀嘀嘀……"片刻之间,电子地图上冷言洲的方向一个红点不停闪烁,而后安全部警报响起,"紧急通报,敌方派出大量探测飞行器……"

五

目惋惜：

烟羽是烟陆洲的安全部部长，在烟陆洲和冷言洲长达四年的冷战对峙中，他掌管了整个烟陆洲的安全防备，举足轻重。

而且在我得到的资料影像里，他也是一个不可或缺的人。所以我知道，我必须来找他，他是影响整个战局的关键人物，不可以出错，我一步也不能走错。

于是我用一些凤毛麟角的五维科技使他叹服，在烟陆洲和冷言洲一触即发的局势下，我要用他走好每一步棋。

时为7580年四月四日，在我第一次与久违的烟羽对弈时，他显得沉重冷静。仿佛冷言洲派出的探测飞行器早已在他预料之中，他虽然看不到近在咫尺的我，但却镇定自若地说起："虽然我不知道你用了什么科技，但我肯定你不是冷言洲的间谍，他们的间谍要是能够在我的办公室神出鬼没，那我们烟陆洲早就输了。如今磁极星明面上就剩下烟陆洲和冷言洲两方势力，如果你两方都不属于，那么你一定属于第三方的隐藏势力。既然你会到这里来找我，又展示了你们的实力，那么一定是来跟我做交易的。我说的没错吧？"

这个世界总会存在一些天才，不管是哪个时代或是哪个文明，也不在乎他们的科技水平发展到了什么维度，他们都会凭借自己的才能，领导世人。在我听得烟羽的那番分析后，我万分确定，他就是这样的人。那些在我观看了无数次的影像资料里，他只是那个长了一双触角的长发外星人，我曾无数次幻象过真实的他会是怎样，却没想到，真实的他，超越了我所有的想象。

"你分析得完全正确。"面对绝顶聪慧的烟羽我单刀直入，"我要一个不低于十个顶尖科技人才的团队，一亿资金，和一块秘密基地。"

"胃口不小。"烟羽谈笑风生，"既然是交易，你凭什么来换这些东西？"

"凭一个信息。"

"哦，是吗？"烟羽兴致盎然，"我倒想听听，什么信息这么值钱。"

"冷言洲和烟陆洲开战的时间。"

听得我的这番话后烟羽愣怔片刻，但又稍纵即逝："我凭什么相信你？"

"等到真正开战的时候，我的信息不就被验证了吗？"

"那我能等到真正开战的时候，再给你你要的东西吗？"烟羽仿佛听到了一个玩笑，"你以为开战之后，我又凭什么会遵守约定？"

"那你就等到开战之后再兑现好了，我不急。"我继续说道，"因为我还知道战争结束的时间，以怎样的方式结束。开战的时间，就当是赠品。"

六

目悗惜：

　　时为 7580 年五月六日，在和烟羽交易完一个月之后，我用克隆技术把自己化妆成磁极星人，游走在烟陆洲的山川河流。

　　我曾以为寻找一个影像资料上的地方易如反掌，可没想到等我真正游走在这个星球的时候，却是大海捞针。

　　这一个月以来我尽量模仿着磁极星人的沟通方式，就像是我克隆出来的一双触角，无时无刻在我的头顶接受各种各样的磁场信息。虽然我以前游历过许多星球，也知道很多千奇百怪的自然规律，但磁极星是独一无二的。

　　这个星球的磁场并不像其他星球一样循规蹈矩，它是有三种变幻的。

　　三天前我正悬浮飞行在高空的时候，忽然被一个小孩扯住了衣袂，她悠长的触角晃动成了我眼眸里的童真："姐姐姐姐，你怎么还在悬浮，大家都回到地面了。"

　　那时我极目四野，本和我一同悬空的人们纷纷下降到地面，我莫名其妙地问道："他们都怎么了？"

　　"隔空场要来了啊。"话语间，小孩也降落到了地面。

　　可我却还是不明白他的意思，只是觉得人们降落到地面后像观看怪物一样把目光齐聚在我身上。那一刻我甚至以为自己的克隆技术露出了破绽,手忙脚乱地触摸自己全身。可还没等我回过神来时,身体已经不由自主地向下坠落。

这是怎么了?原本可以感受到的磁场怎么忽然消失了?

"有人自杀了!"

"快看,快看天上,那个人掉下来了。"

"有没有人救救她,快来人啊!"

惊慌失措中,喧闹的嘈杂声萦绕在我耳畔,可此时我已来不及去倾听他们的话语。如果这时我还不采取措施,那么我必定会坠落到地面粉身碎骨。为今之计我只能利用空间转移,可这属于五维科技,在这么多人眼前施展必然会暴露无遗,此时两洲开战在即,一点风吹草动就有可能改变局势。

可我不能出差错,一点也不能。怎么办,我要怎么办?

就在我思绪万分的时候,自己的身体忽然被一股力量包裹住,而后迅速从下落的方向被扯向了另一边,我就这样又被忽然悬浮在了半空。

那时我低头,见得几个满头大汗的男人触角不住晃动,为首的人骂道:"想不想活了,你不知道飞行场变成隔空场了吗?"

"隔空场?"看着这几个满头大汗的男人我似乎想到了什么,这个星球的磁场刚刚还可以载人飞行,现在却变成了另一种模式,这就是资料里说的磁场变幻吗,于是我问道:"你们现在把我悬浮起来,用的是隔空场里的磁力吗,那个可以隔空取物的磁力?"

七

目惋惜：

7580年十二月四日，飞雪在眼眸里落满寒冬，由于大雪封山，我只得一直留在山上的一家旅社。此时的磁场依旧处于隔空场，那些还没来得及落地的雪，早已被人们隔空捏成千奇百怪的模样。

我来到磁极星已经大半年有余，这半年里我几乎游遍了烟陆洲的名山俊河，可我始终没有找到那个地方。我的时间不多了，仔细算来，这场战争近在咫尺，如果战争打响的时候我还没有找到那个地方，那么这一切都将功亏一篑。

如果没有开始，又哪来结果呢？要真是那样，我会不会马上被宇宙法则论为伪命题，从而彻底消失？

"不知道飞行场什么时候来。"我坐在旅游驿站大厅的壁炉前自顾自说起，喧闹的人声漫过了壁炉里的热浪："飞行场来了我就能飞过这座山了，似乎要节约不少时间。"

"是啊，自从上次磁场换成隔空场之后，就一直没有变过。"坐在我旁边的陌生女孩触角晃动，一杯水从几米开外的桌上漂到她的手中："只可惜，我们的科学家始终没有演算出磁场变幻的规律。"

"这样不是更好？"一个背着画框的长发男人搭话道，"如果所有东西都跟天气一样可以精确预测，我还怎么去画出大自然不可预知的美？"

"三个磁场中，我最喜欢感应场了，只可惜它都好多年没有来了。"那个女孩端着水杯黯然神伤："要是那时候是感应场，我就知道他的心意了。"

"感应场？"我兴致盎然地问。

"对啊，感应场。"长发男人沉醉道："就是那个能靠心灵感应事物的磁场，有史以来最伟大的艺术作品，都是在那个磁场里诞生的。"

"那能够感应到这个地方在哪吗？"我拿出一张秀丽山河的照片，"我找了这个地方已经大半年了。"

八

目惋惜：

当冷言洲向烟陆洲的人造卫星发射出第一颗导弹时，这场相持已久的冷战终于以战争的形态展现在了世人面前。

时为7581年四月八日十时，烟陆洲的太空基地成功拦截住了冷言洲的导弹，一分钟之后冷言洲的所有太空设备被干扰，一小时后烟陆洲和冷言洲之间的缓冲岛屿流光岛，被烟陆洲海军占领，两小时之后烟陆洲海军倾巢抵达冷言洲军事海岸，全歼冷言洲海军。

7581年四月八日十三时，烟陆洲元首正式发表讲话，宣称对冷言洲发动战争。

当烟羽准备好我所要的一切时，已经是开战三天之后了。此时烟陆洲海军已经完全控制冷言洲各个海岸，我们的陆军和空军正在紧急调配，估计再过一天就能全数登陆冷言洲，整个战局呈现出一边倒的局势。

可开战已经三天了，我却还没有去找烟羽，并不是说我不想要那些东西了。事已至此，与其说我要完成和烟羽的交易，不如说他迫切地想从我口中得知接下来的战争信息。因为我曾说过，我知道战争会以怎样的方式结束，以及结束时间。

那么也就意味着，我知道最后的输赢。

尽管现在烟陆洲占据优势，可战争局势瞬息万变，没有到最后一刻，谁也不敢保证结果会是怎样。

所以我只是向烟羽发出了一个显示我地理位置的信号，我相信，他一定会来找到我的。因为我现在所在的位置是冷言洲的波晶城，波晶城距离冷言洲的海岸线极近，我相信，不出一天时间，烟陆洲就会占领这座城池。

所以我要加紧速度，时间不多了，我望着波晶城秘密磁场基地的方向，我告诉自己，一定要在烟陆洲军队进城之前，完成它。

九

目惋惜：

由于磁极星特殊的三个磁场，自这个星球有史以来，人们便不停钻研其中。但不管历史上的天才人物们怎么探索，也无法完全掌握磁场的变幻规律。可皇天不负有心人，他们却在漫长的历史中懂得了怎么去运用这些磁场，一直发展到现代，整个星球已经建立起为数不多的磁场基地来产生能源。

而他们两大洲为了掩人耳目，也各自在暗地里建立了秘密磁场基地，以防止在战争中明面上的磁场基地被毁，导致能源缺失。

我想，烟羽一定疑惑我为什么会出现在冷言洲的波晶城，波晶城为什么又偏偏是一个秘密磁场基地，我在那里做什么？

时为7581年四月十二日，烟陆洲的陆军和空军集结完毕，全数抵达冷言洲，下午四时，波晶城作为第三个被攻破的城市，成功被烟陆洲军队占领。其时军队遍布大街小巷，全城戒严。

烟羽拿着元首颁发的特赦令，时别一年，终于在波晶城的一所民居里见到了我。他也许曾无数次想象过我这个神秘人会是什么样子，可当我不再隐身，真真切切出现在他的眼眸里时，却如一个平凡女人般长发飘散，两根触角悠长。

"看来你们相信了我提供的开战时间。"我直奔主题，"我要的东西,准备好了没有?"

"准备好了。我已经给你挑选了十五个顶尖科技人才,一块秘密基地和一亿资金。"烟羽拿着元首的特赦令,"现在全城戒严,我手中的特赦令可以马上带你离开。只是,现在的战争局势一边倒,似乎我们不用知道战争结束时间,也能一举拿下冷言洲。"

"那你们也可以试试。"我指着窗外弥望满眼的断垣残壁。

"当我听到元首宣布开战时,我终于确信了你给我的信息。如果说之前我还对你有所怀疑的话,那么现在我已经完全放下戒备了。你的确不是冷言洲的间谍,因为你告诉我的开战时间非常准确,连冷言洲以怎样的方式开战都讲得一清二楚。当我听得你的话后,当天下午就直接面见了元首,将这一信息告诉了他。然后在这一年以来,我们将信将疑地做着各种防备工作,直到几天前,得到冷言洲发射导弹的消息后,我才终于松了一口气。"烟羽兴奋道,"原来是真的,你给我的开战时间是真的。这样的话,那就不枉我们这一年来的部署,只要不出差错,冷言洲将会一步一步走入我们的部署,最终输掉整场战争。可是,这种不定数极高,基本不可能确定的信息你是怎么知道的?而且还知道得一清二楚。你又为什么将这个信息透露给我,要知道,你所提供的信息,换取半个烟陆洲都是值得的,可你却只要那么一点东西,你到底想干什么?"

"你这么心急做什么?这些问题以后你自然会知道。"我望着窗外说道,"现在看起来,你们烟陆洲似乎占尽了优势。其中一个原因是因为你们预知了开战时间,还有一个原因是因为他还没有出现。"

"他?"烟羽莫名其妙:"他是谁?"

"一个扭转战局的人。"我晃动触角,烟羽手中的特赦令通过磁场自动漂浮到我手中:"你现在可以带我走了吗?"

"我还有一个问题。"烟羽继续问道,"你在冷言洲做什么,为什么又偏偏在波晶城?"

"看来你们已经知道这里有一个秘密磁场基地了。"我意味深长地说,"这个磁场基地千万不能摧毁,否则,你们烟陆洲将会输掉这场战争。"

十

目惋惜：

烟羽至今都不明白，我向他要那些东西到底想干什么？十五个顶尖科技人才，　块秘密基地，一亿资金。尽管他的人无时无刻不在监视他们，可我的行为却令他们百思不得其解。

一个月之前，我刚刚接手那些东西时，就购买了大批天文器材。

三个星期前，我把十五个科技人才分为三波，一拨严密监控天象，一拨绘制磁极星磁场走向，还有一拨人没日没夜地计算着什么。

两个星期前，我又购买了大批金属材料。

一个星期前，我聘请了一批人，为我打造一个奇怪的仪器。

时为7581年五月十八日，烟陆洲的卫星在两个星期前忽然遭到入侵，而后陷入了两个小时的信息空白。等到烟陆洲的卫星恢复运作之后，前方传来消息，烟陆洲陆军的一支分队全军消失。可正巧那支军队是烟陆洲战略包围圈的重要纽扣，而后烟陆洲的一支空军在执行任务中中了埋伏，形势直转急下。一个星期前，冷言洲最终打破烟陆洲的整体战略部署，和烟陆洲进入战争僵持状态。

直到刚刚，前方传来战报，冷言洲发动全面反攻，已经将烟陆洲的军队全数逼退回海岸线，更有跨洋作战的趋势。

对于烟陆洲来说这太不可思议了，他们明明在战争初期占尽优势，他们的部署明明天衣无缝，可冷言洲为什么能打破整个部署？而且从冷言洲的动向来看，冷言洲像是早已知道烟陆洲的行动一样，刀刀见血，打得烟陆洲措手不及。

这时候我又看着办公桌上关于蓝灵夜和我的文件报告，我想，当烟羽知道这一切的时候，他会是一个怎样的吃惊表情？

十一

目惋惜：

后来烟羽才明白我天衣无缝的部署，后来他才明白为什么冷言洲能反败为胜，这一切流转亿万年，而我等只不过是一粒棋子。

时为7581年七月十一日，冷言洲的军队已经全副武装占领了烟陆洲的所有海岸线，局势急转直下，烟陆洲危在旦夕。一个月之前烟陆洲为了打破战争僵持局面，使用了最先进的空间打击技术，就是利用磁极星外的人造空间站发射导弹，轰炸冷言洲的军事基地。可当烟陆洲的导弹抵达冷言洲上空时，却忽然消失不见，而后又凭空出现在了烟陆洲上空，于是烟陆洲便莫名其妙地受到了自己导弹的攻击。

不仅如此，在这短短的几个月时间里，冷言洲的科技战略水平得到了突飞猛进的提高，甚至到了不可思议的境界。他们新装备的枪支能够让烟陆洲的战士消失得无影无踪，他们的战斗机随便烟陆洲怎么打都不受半点损伤，甚至烟陆洲投射的原子弹都被他们在半空中悄无声息地分解了！

烟陆洲肯定不明白，这种科技水准。分解原子弹这种科技，烟陆洲这么多年一直无从下手，可冷言洲还是在半空中分解的，这给本来就高难度的作业更添加了难度，冷言洲是怎么做到的？既然他们有这样超出烟陆洲理解范围的科技，为什么还会跟烟陆洲冷战相持那么几年？

直到烟羽看着间谍发回来的资料后，才恍然大悟。原来在两年前，冷言洲的高层接见了一个叫蓝灵夜的人，而后他便获得了战争总参谋的职位。

而后的两年里，冷言洲表面上和我们保持冷战局势，暗地里却是秘密研制新型武器。烟羽本以为烟陆洲占尽先机，可没想到烟陆洲的所有行动都在冷言洲的部署里，就连当初开战也是他们试探性的一棋。原来局外有局，冷言洲才是真正掌控战争局势的一方。

后来的这一切反败为胜的事情都是这个叫蓝灵夜的人参与策划的。可以说，他是现在冷言洲整个战局的中枢。

烟羽一定想知道，这个蓝灵夜到底是什么人？而我为什么像是对所有的事情都知道得一清二楚？

正在烟羽思绪万千的时候我推开了他办公室的门，他手中的资料通过磁场漂浮到我手上："终于来了，蓝灵夜。"

"你认识他？"烟羽问道，"这个他，是不是之前你说的那个改变战局的人？"

"难道你觉得不是他吗？"我反问道，"你现在想知道接下来的战局吗？"

"接下来的战局？"烟羽颤声问道。终于要告诉他了吗，这几个月来他费了九牛二虎之力都没有得到的答案，终于要揭晓了吗？

"接下来冷言洲会逐步占领烟陆洲，到最后烟陆洲只剩下自己的首都烟陆城。"我目不转睛地望着他,"战争结束的时间是,7581年八月七日,也就是一个月之后。"

"你说什么?"他露出不可置信的表情,按照我的说法,岂不是意味着烟陆洲会毫无悬念地输掉这场战争?

可就在烟羽想继续追问的时候,原本的隔空场忽然变成了久违的感应场,磁场无征兆的转换让他头晕目眩,可当他完全适应了感应场之后,便感应到了我所有的秘密。

原来如此,原来所有的事情是这样。原来亿万年千回百转,我们只不过是一缕尘埃。

十二

目惋惜：

三目星 1018 年，末日之说弥漫在这个星球的大街小巷，人们惶惶终日，束手无策地等待最后的审判。

我们所有的历史书中都记载了三目星跌宕起伏的过去，这个星球是由"神"创立的，在我们这代人之前一共出现了三次文明。

第一次文明发展到六维，集体移民去了其他宇宙。

第二次文明发展到四维，终结于自相残杀。

第三次文明刚刚发展到三维，消失于自然灾害。

我们把每一次文明的结局称之为审判，前世因果，人们在文明中有怎样的作为，就会得到怎样的结果。而作为第四次文明的我们，天生便有三只眼睛，第三只眼睛能探知过往的历史云烟，所以我们参照前三次文明，仅用了一千余年，便发展到了五维。

所有人都认为，我们所有文明的所作所为一直在被"神"监视着，每个文明的审判都是"神"给予的。所以为了逃脱审判，每一次文明都想寻找"神"的踪迹，可穷尽此生，却毫无结果。

1018 这一年我 21 岁，在大学研究室里研究高纬度科技。新年伊始，所有人都发现自己身边的事物若隐若现，刚刚拿在手上的笔忽然不见，或是自己的生活里忽然多出一个亲朋好友，人们原本有条不紊的生活变得凌乱，人心惶惶。

  这一现象在五维科技里称之为"宇宙伪命题"，简单地说，每一件事情的结果都有产生它的原因，但如果事情的原因发生了改变，那么结果也自然会随之变得与正常的结果不同。每一件事情都是一个命题，如果原因发生了改变，那么接下来的过程必定会偏离轨道，以前的结果就不会存在，成为伪命题，会被新的结果取代。

  而这一次我们所有人的生活都出现了伪命题的现象，那么也就是说三目星上所有人产生的原因正在发生变化，如果等原因变化完全，那么我们很有可能完完全全地沦为伪命题，从这个世界消失不见。

  也许这就是"神"赋予我们这一代人的审判吧，在不知不觉中消失不见，就像从来没有来过一样。

十三

目惋惜：

可我们并没有醉生梦死，也没有消极对待末日。相反我们更加勤奋，所有人在生命的最后关头积极乐观，相信天道酬勤。

命运就是这样，总有一些事情是你无法改变的，一些人消极对待，哀怨此生，一些人却奉陪到底，最终走出困境。

就好像，痛苦的存在，是为了加深我们对快乐的理解。

难道不是吗？老天在送你一份大礼之前，总会用重重困难作为包装。那么这些困难，你拆还是不拆呢？

最坏的情况莫过于此，所以明天就会好起来。

最重要的是，我们不能放弃，决不放弃，死也不放弃！如果连我们自己都放弃自己，那还有什么脸面祈求奇迹出现？如果我们没有一颗坚定的心，怎么会看到峰回路转？

那么，曲折的命运，你们尽管来强奸我们的信仰吧，大不了，我们回家吃饱饭，洗个澡，继续跟你干！

后来忽然有一天，一个神秘人找到我，他自称是三目星外交部特派员，说外交部有一些事情需要我去确定。虽然莫名其妙，根本不知道自己和外交部有何关系，但我还是跟他去了，因为我的第三只眼清楚地看到他的过去，他确实是外交部特派员。

后来他把我带到一处秘密基地，为我做了 DNA 分析，然后把我带到一个密室。密室里亮白一片,唯有一个人站在中央凝视我,看到他的那一刻我激动万分,因为这个人是三目星的领袖,岩白。

岩白告诉我,三目星有史以来一直立志于寻求"神"的消息,可却毫无头绪。就在一个星期前,他们意外地接收到了一段星外编码,而当他们破解编码后却惊奇地发现,这段编码出自"神"的星球。

"那和我有什么关系?"我不知就里地问,"你们把我带到这里来,就是为了告诉我这些?"

"因为编码里出现了一个极为重要的人,那个人是三目星人。"岩白手指身后,一段影像投影在屏幕上。

影像里的场景硝烟弥漫,飞机大炮肆意轰炸,而一个三只眼的人最后却出现在影像里。看着这个人,我不可置信地望向岩白:"这个人,不会是……?"

"没错,就是你。"岩白手指转动,影像变成了一份 DNA 报告:"我们分析了影像里那个人的眼球图谱,和刚才我们对你做的 DNA 分析完全吻合。"

"怎么可能?"我不知就里,"这段影像来自哪里?"

"距离三目星四十亿光年,时间差为负五十亿年,那颗星球的名字叫磁极星。也就是说,这段信息编码一直在宇宙里飘荡了五十亿年,才被我们接收到。"岩白继续道,"这段编码的末尾,发送者还留下了一段话,正是这段话,成为了拯救三目星的唯一希望。"

"什么话?"

"关于这亿万年来的前因后果。"

十四

目惋惜：

　　所有的事情，要从五十亿年前说起。

　　当时"神"的母星球磁极星，正在经历星球统一战争。这时候一个蓝硅星人去到了磁极星，但由于当时的磁极星还未开启星外文明之路，而宇宙联邦又明确规定外星人不能插手这些星球的历史，所以这个蓝硅星人只有暗中帮助磁极星的一方势力，冷言洲。

　　因为如果按照正常的历史发展，另一方势力烟陆洲会在这一次统一战中取得胜利。星球统一之后，外星文明与之建交，正式踏上星外文明之路。而后励精图治经过三十年的发展，文明程度进展到六维，便会远洋星外，去征服蓝硅星。所以这个蓝硅星人为了光复母星球，便来到了磁极星想要改变整件事情的原因，让冷言洲获胜，再跟冷言洲签下互不侵犯条约，从而使磁极星侵略蓝硅星变成一个宇宙伪命题。那样的话，后来所发生的一切都会不一样了。

　　可如果事情按照这样发展下去，就会偏离原本的轨迹。因为原本烟陆洲会使用一件秘密武器，从而获得统一战争的胜利，也正是这件秘密武器导致了磁极星的整体磁场发生改变，从而让十年之后流浪到磁极星的一颗超级彗星发生轨道偏离，而后这颗超级彗星经历辗转，再经历几十年与另外一个星球发生碰撞，诞生了三目星。

到这里，我们终于得知了我们三目星与"神"的联系，简单地说就是，"神"的母星球发生磁场改变，从而使三目星诞生。

而如果任由蓝硅星人去帮助冷言洲，那么烟陆洲就没有机会在战争中用到秘密武器，磁极星的磁场也不会发生改变，超级彗星的行径轨道不会偏离，三目星也自然不会诞生。那么我们三目星就自然成为了一个宇宙伪命题，最终消失得无影无踪。

所以这一年来我们三目星才会出现伪命题现象，原来追其缘由，是因为磁极星的历史正在发生改变，而如果我们不去阻止这种改变的话，我们三目星将会面临毁灭。

所以为了拯救自己的母星球，一个三目星人也去到了磁极星，她暗中帮助烟陆洲，并将在磁极星发生的一切记录下来，然后通过超级雷达发射器，让这段信息漂流在宇宙当中，直到五十亿年之后，传回三目星。

而命运弄人，这段信息在发射出来三十年后被蓝硅星人探知，虽然他们无法让信息停止流传，但他们也知道了编码上的信息。所以那个蓝硅星人才会得到启示，去到磁极星。

宇宙真是玄妙，原来千回百转，每件事情都互为因果。

十五

蓝灵夜:

当我率领冷言洲的军队打到烟陆洲首都时,我终于相信蓝硅星会光复。现在的烟陆洲一片溃败,刚开战时的运筹帷幄荡然无存。看来信息编码里的那个三目星人不过如此,她只不过告诉了烟陆洲开战时间,让他们做足了准备而已。可我却带来了五维科技,烟陆洲的四维水准怎么可能抵挡得住?

我们的军队围困烟陆城第十日,城内断粮断水,我本以为他们会不战而降,可没有想到他们全都是宁死不降的硬汉。

围城第十一日,我们冷言洲整装待发的军队轻而易举地攻破了烟陆城。当军队开进烟陆城时,满城早已饿殍遍野,惨不忍睹。烟陆洲最后剩下的几千老弱残兵退守内城,殊死抵抗。而我却在外城发放粮食,大肆宣扬投降就有活路。可奇怪的是,人们宁愿饿死,也决不投降。那时我见得街边奄奄一息的青年,我拿着馒头和水递给他:"投降吧,只要投降就可以活下来。"

"不可能。"青年看着我手中的馒头和水轻笑道,"就算会饿死,我们也决不投降。"

"你们到底还在坚持什么!"我大吼道,"你们输了,完完全全地输了。还有什么比自己的生命重要的呢,就算你们牺牲了自己,也换不来事情转机!"

"你知道信念吗?"青年眼神坚定,"就算你能毁灭我们的国家,就算你能取走我们的生命,可你毁灭不了我坚定的信念,你毁灭不了烟陆洲的精神。"

以前在蓝硅星时我听过一个荒诞无稽的故事,一个老党员在他临死之前从怀里掏出几毛钱,嘱咐自己的战友替他交党费。我那时候年轻,不谙世事,完全把它当作一个笑话。后来经过蓝硅星沦陷,经过烟陆洲誓死不从,我才终于明白,那并不是笑话。

那是人们一生的坚持,是他们的信仰,那是每一个渺小的人反抗命运、永不言败的最真实写照。一个万众瞩目的英雄并不伟大,伟大的是在英雄身后无数默默无闻的小人物坚持理想的勇气。

弱者和强者之间唯一的差别,只在信念是否坚定。而谋事在人,成事在天。今天他们的失败并不是因为他们不够努力,而是命运如此。所以他们并没有真的失败,因为他们是强者,他们永远坚持信念,信念永远无法被人打败。

所以,请一定坚持下去,天道酬勤,命运总会有峰回路转的时候。

十六

目惋惜：

时为7581年八月七日，冷言洲的军队遍布烟陆城外城，烟陆洲的老弱残兵却还在内城苦苦死撑。烟羽终于等到了我所说的战争结束时间，胜负似乎已成定局，如无奇迹，烟陆洲就会在今天战败。

可人们坚持了这么久，粉身碎骨也不向命运妥协，我们不妥协，永远都没有妥协！我们相信，人定胜天，奇迹终归会来临。

而我的出现本身就是一个奇迹，当烟羽在感应场感应到我的秘密后更加确信不疑。此时烟羽看着我制造出来的奇怪仪器恍然大悟，原来是这样，原来我早已推算好，我才是最后的赢家。

"你终于明白了吧。"我指着我制造出来的仪器对烟羽说，"为什么我要购买大量天文器材，还抽出一拨科技人才严密监控天象，因为我要一直了解它的动向。"

"我为什么要抽出一拨科技人才绘制磁极星磁场走向，因为我要精确它来之后磁场的准确变化。"

"因为你们的文明程度只在四维，还无法领略高纬度的计算公式，所以我还特地教授最后一拨人高级数学公式，只为了精确引导它抵达磁极星的位置。"

"你也终于明白我为什么要去波晶城了吧，因为我要通过波晶城的秘密磁场基地,引导它陨落在那里。我所做的一切,都是为了它,最后的秘密武器。"我指着仪器说,"所以我制造出了这个仪器,也是为了引导它陨落。"

此时所有人都在仰望天空,那颗光点在人们眼眸里闪烁成了疑惑。可只有我和烟羽知道,这颗光点将在两个小时之后陨落到波晶城,然后整个冷言洲大陆沉没大海,战争结束。

对,没错!我最后的秘密武器是一颗天外陨石!我所做的一切就是引导这颗陨石撞击冷言洲,这颗威力相当于十万颗原子弹的陨石不仅会将冷言洲撞沉,还会撞乱整个磁极星的磁场,从而使得十年之后到达磁极星的超级彗星改变运行轨道。

我才是最后的赢家,而烟陆洲也会是最后的赢家。

因为我们坚持了下来,所以我们成为了强者。

所以,唯有反抗命运,坚持信念,才是人生唯一的出路。

十七

烟羽：

　　时为 7611 年三月九日，我已正式荣登磁极星元首的位置，而距离那场统一战争已经过去三十年。

　　此时当我看完秘密部部长解封的资料才知道，原来三十年前冷言洲的那个蓝灵夜是蓝硅星人，而他们的母星球储藏着大量蓝硅物质。

　　虽然这三十年来，磁极星走向了星外文明之路，可由于那颗陨石彻底搅乱了磁极星的磁场，所以我们以往赖以生存的磁场能源不复存在。我们只有疯狂地采摘自己星球的矿物质来作为能源，三十年过去，我们从四维发展到六维，这个星球的可再生能源也消失殆尽。如果不尽快找到替代能源物质，我们将会面临自我毁灭。

　　可天无绝人之路，此时我看着手中的资料拨通了军事部部长的电话："我是元首烟羽，我现在马上传一份资料给你，你从现在开始做好战争准备，一个月之后，我们所有的军队，开往蓝硅星。"

十八

陆天：

多碟星 9652 年，当我看着飞满眼眸的移民飞船时仍然不敢相信这个事实，我们在这个星球发展到了六维，难道真的要舍它而去了？

可就算不舍又能怎样，一年之后那颗超级彗星就会毫无偏差地撞击多碟星，如果现在不走，我们面临的将会是毁灭。

就在此时我的程序却忽然从宇宙中截获到了一段信息编码，看复杂程度应该属于五维文明，所以我轻而易举地解开了它。

直到我看完那段信息编码后才震惊不已，原来是这样，那颗超级彗星原来是被改变了轨道！

那按照信息里说的那样，如果我们也有人去到当时的磁极星插手这场战争，那这颗超级彗星是不是就会是另一种运行轨道，从而不能撞击多碟星了？

虽然这件事听起来天方夜谭，虽然多碟星毁灭注定已久。可是有些事情，只有去做了，只有坚持下去了才会有希望。

不管未来多么迷茫，请一定坚持自己的信念。

于是我拨通了外交部的号码："你好，我是宇宙信息观察员，我刚刚截获到了一段信息编码……"

控　制

胡刚刚

"莫诗,这是废弃的医院吗?你不会一直躲在这儿吧?"六年未见,郁建为好友积攒了满肚子疑问。他与莫诗曾经亲密无间,可自从莫诗废寝忘食地研究起暗物质以后,就和他断了联系,直到两天前突然来函,令他喜出望外,以至于还没来得及推敲信中半遮半掩的言辞和恳切得有些过分的邀请,就匆匆跳上长途汽车,于第二天日落前赶到了信中约定的地点与好友相会。

一来到荒无人烟的山脚下,郁建就为自己的冲动后悔了,尤其是见到莫诗后,心中更是一惊:好友昔日红润的脸庞变得苍白干瘪,原本厚实的身板也薄成了纸片,仿佛一具骷髅从余晖中摇摇晃晃地走出来,挣脱着不断加深的夜色。唯一熟悉的是那双炯炯有神的眼睛,仍然像鹰那样锐利,尽管它们布满了血丝。

"你怎么把自己搞成这样?怎么搬到这么个地方来?你每天吃什么啊?"郁建连珠炮似的发问,可莫诗看起来十分焦急,似乎没心情寒暄,只是说了句"跟我走"就飞快地朝来的方向走去。郁建只好跟着他一路小跑,路边残败的房屋在朦胧的月光下奇形怪状地矗立着,仿佛天方夜谭中的异界神庙。

"我很健康,谢谢你的关心。"莫诗的声音听起来有气无力,"至于我为什么来这里,我想是为了更多人的安全……"

"更多人的安全?什么意思?"郁建正要细问,好友突然停下脚步说:"到了。"

郁建跟他穿过两间低矮相通的砖房,来到一扇灰白色的拱门前,莫诗在门边摸索了一阵，轻轻一按，沉重的铁门缓缓移开，里面非常幽暗。他们踏进去后，郁建借助外面的光线，隐约看清这是一间狭长的屋子。一股潮湿凝重的混合气味——说不清是金属熔化还是硫磺蒸发后的残留——在寂静的室内弥漫。当身后的门哐啷一声关上时，他们立刻被伸手不见五指的漆黑包围了。

"这是我的实验室，你先别动，我去开灯，"莫诗边说边大步走向深处。不一会儿，一片橙色的光从黑暗中挣扎出来，令郁建大致看清了这个怪异的实验室，确切地说它是一间没有窗户的空屋子。布满导管的方解石墙壁经过后面光线的双折射，显得空灵而透明，稀薄的烟雾从地板上的裂纹中不断钻出来。莫诗站在屋子另一端，背对着一堵布满了五颜六色开关的墙壁，目光如炬地招呼着："快过来吧！"于是郁建强装笑意，不情愿地走到他身边，心想这种法老墓穴似的屋子只有莫诗才会喜欢，而且压抑的格局让他产生了一种不祥之感——尤其是那些开关，那么密集，那么复杂，那么诱人地喻示着失误——算了，他怎么能怀疑自己的朋友呢？毕竟那是莫诗多年的心血，用他在信上的话说便是"终极完美"。不想那么多了，也许适应就好了。

"你知道，我们周围存在着百分之九十以上的暗物质，"莫诗边说边舔着嘴唇，"通过一种叫做引力透镜质量分布的绘图技术，可以帮我们了解它们在空间范围内的聚积程度。我的研究最初就是从遥远的宇宙蜃景①开始的。"

"后来一次偶然的机会，一种微弱的引力透镜效应让我的工作重心转移到近距离范围，然后发现了无数互相独立的二维宇宙，比如你我之间不到半米的距离之内，就可能有好几个二维宇宙。它们就像一张张纸片，分割着我们的三维世界，在各个方向无限延展，每一条交线都构成类似于国度的边界。后来，我把全部精力放在了将二维宇宙景观调整到可见光范围之内的工作上，终于使它们可以被肉眼所观察，不仅如此，甚至还可以被我们所……"

莫诗犹豫了一下，"我想我已经做到最后一步了——虽然声音传递的问题还没有解决，但是不会影响到观测效果——郁建，我想请你和我一同见证我的研究成果，这对我来说非常重要。你只需要用眼睛看，除此以外的一切由我为你解说。"

莫诗的手微微颤抖着，在身后的墙壁上接连按了几个开关。赭石色的气流从两侧藤蔓般盘绕的导管中喷溢而出，在他们眼前勾勒出一幅巨大的油画，画面琳琅满目却模糊不清，色调也十分阴暗，像是一种浑浊的紫灰色。

"等我调整一下压缩系数。"莫诗像是自言自语地咕哝着，小心翼翼地旋转着一个圆形开关。随着烟雾逐渐升腾，幕布里的景象变得清

---

① 只要物质有质量，光线就会依照它周围的引力场改变光路。有时来自背景星系的光线被弯曲得很厉害，因而就会在前景大质量星系团的周围看到其多个像，这就是所谓的"引力透镜效应"，而那些虚拟的像则被称为"宇宙蜃景"。

晰立体起来。郁建看到了正中央一个巨大的盆地，像一个黑色的大碗，光滑优美的弧线闪烁着诡异的诱惑。在它周围遍布着山峦和峡谷、丛林和草原，还有蛛网般分布在平原区域的猩红色河流。"郁建，你仔细看，右下侧。"

郁建顺着好友所指的方向望去，几只像水螅一样的半透明生物从一条小河中爬上来，一边用细长的鞭毛擦拭身体，一边向一座山下慢慢移动。郁建定睛在幕布上搜索了一番，发现到处都是这种小东西，它们形态迥异，有的像布袋，有的像螺母，有的像花生，群居分布在山脚与河边。它们把居住地修建得各有特色，有的像金碧辉煌的环形宫殿；有的像巨型软体动物，尺寸随进出生物的数量而伸缩；还有的像高塔，塔身伸出许多荷叶状平台，居民们忙着把水源从塔底运输到各个平台，平台上的黑点看不清是什么，但总归不过是食物或幼崽。它们似乎有很强的种族意识，不同种类的两群相遇就融合成一团，不同形状的两只相遇就融合成一只，郁建猜测那是所谓的战争或捕食。"莫诗，为什么所有生物的身体构造都停留在原口动物阶段，看起来就像是薄薄的空腔呢？"郁建问道。

"你想，如果这些生物像我们一样有一条穿过全身的消化道，那么它们在二维世界中就会解体，所以它们……"

"所以它们必须要将没消化的食物从同样的通道排出来，而且它们身体中甚至不能存在类似于血液循环的机制？"

"是的，这些脆弱的生命们！郁建，别忘了你眼前的一切只是平面而已。我不过在视觉上做了特殊处理才让你看起来更习惯一些。事实上，你所看到的景物没有任何层次，那些生物和它们的宇宙一样，在垂直于该平面的方向上是无限薄的。只有中心那个深陷的曲面——你一定看到了它漏斗一样的碗口——体现了二维时空中的弯曲现象。"

莫诗叹了口气，继续说道："所有的生物都生活在这个具有弯曲碗面的宇宙空间里，它们看不到曲面的外头，也没有任何方法去获得关于它们宇宙以外的任何信息。郁建，你不觉得它们很可悲吗？这种局限给他们带来了无法解释的困惑！我曾亲眼看到它们修筑两条平行前进的路——我不知道它们管那叫什么，总之在我看来是在筑路，而且是发光的路，它们干得热火朝天，在碗口外部广大的平直区域，那两条亮晶晶的细丝是永不相交的，可当它们顺着碗口滑入曲面时，怪事出现了，两条路在碗底交于一点，交点的光芒像星星一样嘲弄地眨着眼睛。"

"哦，然后呢？"

"接下来发生的事在我预料之中：它们花了大量精力寻找误差，用尽一切办法测量两条路是否平行，在看似始终平直的二维世界中无济于事地忙碌，却最终没能挽回工程夭折的结局。当然，也许它们发现了碗内空间弯曲的事实，也可能推测到存在一个三维空间，它们的宇宙就嵌在其中，它们可能把那个三维空间叫做超空间并猜测它的性质。咱们看那个空间没有丝毫问题，因为它就是我们生活的空间，可这对于只有二维经验的生物来说是多么困难。它们不仅无法走出二维宇宙，进入超曲面的第三维，而且永远也看不到超曲面，因为它们只能通过存在于自己宇宙中的光线来观察，所以对它们来说，超曲面是完全假想的。"

莫诗边说边摇着头："哎，这些愚蠢的小东西！即使它们知道了又能怎样呢？这只能令它们陷入更大的迷惑，况且它们的智力水平远没有这么发达，其实在某种程度上这倒不是件坏事。但我们就不是了！我们可以通过三维超曲面嵌入图的思想实验和几何测量发现空间曲率，从而证实史瓦西解这样古怪的时空弯曲预言。然而这又有什么意义呢？我们无法理解的东西，比我们似乎已经理解的东西要多得多。超曲面的维和我们自己宇宙的任何一维都没有关系，那一维我们既走不进也看不见，也不能从中得到任何信息。也许它唯一的用处就是帮我们看到了黑洞、引力波、奇点和虫洞的弯曲几何。但是我们努力了这么多年，到头来发现的也不过是在超曲面生物眼中显而易见的景观而已。这对于生命历程昙花一现的人类来说，是多么巨大的浪费！"

"莫诗，你不要太悲观了，很多事不是一蹴而就的。"郁建听出了莫诗话语中难以掩饰的伤感和无奈，但好奇心让他来不及认真思考好友的长篇大论，便忙不迭问道：

"既然你对它们了如指掌，那自然也有办法与它们沟通了？"

莫诗的身体突然剧烈颤动了一下，他望着全神贯注盯着幕布的郁建，深吸一口气，努力压低了自豪中掺杂着凄凉的嗓音："它们过于低级，无法理解我传递的信息。但我的一举一动确实可以影响它们，不仅如此，"他凑到郁建耳旁轻声说道，"我还可以控制它们。"

郁建浑身一激灵，瞪大眼睛望着好友："真的？……那快让我看看吧！"

莫诗皱了皱眉头，飘忽不定的橙色光线把他的面部线条切割得更加生硬：

"事实上，它们生存环境中大部分自然现象完全可以人为操纵，这就是说二维世界自然现象的自发机率目前已经相当低了。如果你不介意的话，我可以给你来一次绝妙的表演。"说着，他顺手按下一个开关。

随着头顶嗞嗞的摩擦声，天花板上一块砖开始活动，三个圆形探头从错开的缝隙中伸出，朝着二维世界扫射激光。整个幕布变得光影交错，遍布各处的生物纷纷停止劳作，涌向栖息地。

"我正在模拟闪电，闪电预示着暴风雨的来临，"莫诗喃喃地说，"我把装置发射的时间间隔设置为随机，使效果更加逼真。"接着他又在旁边按了一下，郁建只觉得身后一阵热风袭来。"我通过温度的调节改变气体的状态，达到降雨目的，"莫诗的解说过于简练又毫无感情，郁建只能猜测那是因为他见怪不怪的缘故，"我还可以改变光线，用大型物体的直线运动在二维山脊上形成波浪状的投影，制造出日食。"

"噢，那太刺激了，"郁建满心激动地等待着，却发现莫诗陷入了沉默。

"你不想看看自然之谜是怎样形成的吗？"莫诗的声音提高了一些，不等郁建回应，就迅速点了一个绿色开关，于是一根细长的金属棍从天花板缓缓降落，细棍顶端固定着一个蝴蝶形状的剪纸模板。郁建看到图案投影在二维世界中一块较为平坦的地方，不久就吸引来一群困惑的生物。它们在投影四周不安地挥舞着鞭毛，用触手敲击地面，好像在传递信息。不久，越来越多的生物从四面八方涌来，组成一支有秩序的队伍，似乎在准备一个声势浩大的祭典。郁建忍俊不禁："这简直就是二维世界的麦田怪圈！"他扭头看了一眼莫诗，却发现好友咬着嘴唇，双拳紧握，眼睛里像着了火。

"你……你怎么了？"郁建感到莫诗一直压抑着一股狂躁，确切地说是一种失魂落魄的悲哀。他从未见过莫诗像现在这样反常，"莫诗，你到底怎么了？"

突然间，莫诗咆哮起来："这些蠢货！这些该死的低等动物，你们死都不知道是怎么死的！"他的双手像弹钢琴一样在按钮墙壁上敲着。

天花板上每一块砖都开始活动，从砖缝里伸出许多奇形怪状的器械，有的像琴弦，有的像沙槌，有的像音叉。它们有规律地振动着、旋转着、碰撞着，组合成阴森分裂的小调和弦。渐渐地，声音愈高愈细，超出了听觉范围。顿时，二维世界中大地震颤、山峦崩塌、碎石飞溅、水流翻滚。生物们惊慌失措地逃窜，它们笨拙的躯体贴着翻涌的地表爬行，企图寻找避难所，但所有努力全是徒劳，因为连一丝风都足以令它们命丧黄泉。它们精心修造的建筑正在坍塌，它们苦心经营的文明正在崩溃。很多成年生物用柔弱的身体裹住幼崽，但下一轮波动让它们在顷刻之间同归于尽。

"你在干什么？住手！它们会死光的！"郁建好不容易才从震惊中回过神来，可莫诗仍然弹奏着按钮。无数山峰沟壑已面目全非，只有世界正中那个漆黑的曲面，如同一口无穷深的井，向外逸散着厄兆。郁建听不到轰轰隆隆的坍塌声和撕心裂肺的求救声，但寂静中永不停息的按钮声更让他毛骨悚然。周围橙色的光线和缭绕的烟雾化作了死亡的讯息，他却对这近在咫尺的屠杀无能为力。

"你怎么这么残忍！你不可以这样，它们毕竟是生命啊！"

"为什么不可以！"莫诗冲着郁建尖叫，"这些愚昧的生物和它们低等的宇宙是那么不堪一击，它们没有自由，它们除了充当任人操纵的实验品和泄愤工具外，还有什么用处呢？你同情它们，又有谁会同情我们呢？你想想，难道我们遭受的山崩海啸都是天经地义的吗？有哪一次自然灾害是在遇到死人时戛然而止的？你不要自作多情了！"

"我自作多情？我不明白，你别说胡话了！"郁建急得去抓他的手。

"我没说胡话，你放开！"莫诗停下来吃力地喘着气，"你不懂，你们所有人都不懂！你以为地球本应绕着太阳做周而复始的椭圆运动吗？你以为太阳系、银河系乃至整个宇宙围绕中心黑洞所做的旋转是理所当然的吗？不！你被所处的空间精心营造的完美翘曲欺骗了！是质能的分布，让你轻信了本来在四维世界中直线运动的星体在三维空间中的弧线轨迹是那么的真实。我们统统被三维世界这张永远无法逃离的大网紧紧束缚着，如笼中之鸟般愚昧自负却心安理得地生活了一世又一世，却永远不知道冥冥之外的窥探和操纵，不知道现今的一切只不过是一出皮影戏而已！"

"难道……"郁建不敢相信，他不愿相信莫诗暗示的一切，一种醍醐灌顶后的绝望令他双腿发软，他的大脑停止了思考，耳畔回荡的只有莫诗愈发微弱的声音：

"既然我可以改变这个世界，那么我也可以用一种看似正常的方式，毁了它。"

"你的意思是……不！莫诗！"郁建觉得心脏一下子堵到了喉咙，里面的血液正在被安静到恐怖的跳动声缓缓抽干。他不能相信，但是直觉逼迫着他必须相信，他和莫诗在这间封闭到令人窒息的实验室中所看到的和交谈过的一切都赤裸裸地暴露在冥冥之外的监视下！也许他们正如小丑般被洋洋自得的高等生物不屑一顾地戏谑着。而且更致命的是，他们的处境十分危险。

"快……没时间了，"豆大的汗珠顺着莫诗青筋暴出的额头迅速滑落，他捂着胸口，五官因为抽搐而可怖，"我的时间不多了，不光是我，我苦心经营的一切都将会化为乌有，所以你必须逃出这里。你是我唯一的证据，快……"

"别！等等！你这不是在害我吗？你还没告诉我门的开关在哪里！开关！莫诗！"郁建不顾一切地喊着，摇晃着好友渐渐僵硬的身体，莫诗伸到半空指向墙壁的手也许只差一点，却没能指向任何按钮。郁建只觉得整个房间开始沉闷地颤动，幻化的光线和弥漫的蒸汽翻滚着二维生物密密麻麻爆裂开的残体。按钮——成百上千的按钮就像无数剥离眼眶、鲜血淋漓的眼珠，整堵墙壁就像千疮百孔的内脏，旋转着朝他狞笑。"不！"他扑上去疯狂地按着、用拳头砸着，指甲戳出了血。五光十色的射线不断从墙缝中飞出，割裂着二维世界的幕布。屋顶开始崩塌，郁建感到脚下奔突的烈焰如困兽般冲撞，令他的身体剧烈摇晃。他竭尽全力撞向入口处那扇沉重的拱门，声嘶力竭地哀号、乞求，但一切都无济于事。当强大的地狱之火终于冲破四壁奔涌而入时，一切秩序与混乱、希望与绝望都在瞬间被吞噬得片甲不留。

几天后，各报纸刊登了如下新闻：

"位于本市市郊一座处于休眠期的未知微型火山于十五日子夜突然爆发，爆发规模和岩浆覆盖范围非常小，且持续时间短暂，这在火山爆发史上实属罕见。据悉该地区原址曾为一所精神病医院，于六年前弃置不用，故人迹罕至，应不会造成严重损失。有关伤亡人员统计，以及这座火山为何在当年绘制地图时被遗漏等详情，有关部门正在调查之中，敬请广大读者关注。"

数学家的情人

陈东旭

一、灵魂互换方程式

拇指状的生物对自己刚到的星球作进一步的考察。

"两只脚的生物是星球食物链的顶端,他们具有相当的文明,懂得使用工具,但各方面都较为原始,难以对我构成威胁。唉,我也真是倒霉。本打算在这颗星球逛一阵就走的,哪知飞船出了故障,不慎掉到池塘里,差点没淹死我,幸亏昨夜有这叫什么阿基米德的人出手相救。无论如何,我都得报答他。"

它寻思起向他报恩,"他如今有一个对他很重要的人要丢了性命,若是能够救了她的命,一命换一命,我就不欠他了。"

这样想着,它跳到那叫黛雅的小姑娘身上,再跳下来,到得门边,意思要她和它走。

它虽不能和人类沟通,但可用奇怪的行为传达出自己的意思。

废去一番功夫,它才带他们到得少年家中。其时已过正午,它的飞船——那颗只如人脑袋大小的圆球,早被太阳晒干。它跳到上面,蹦了两下,圆球表面像是有机关被按到,随即打开。

它住了进去,不会儿,不可思议的事发生了,圆球倏忽一下,竟腾空而起,离地数十丈。

两个十五六岁的少年少女看得目瞪口呆,像是来到了魔法世界。只见原本只有头颅大小的圆球,一眨眼,又扩增至成千上万倍,比整座房子还要宽敞。

圆球紧接着降到平地上,它领着他们进入这架机器,让黛雅走进一间摆放着各种奇形怪状仪器的房间。

"你要为她看病?"阿基米德问道。

它比划着承认了,他已领教了它的厉害,此时把它看作传说中法力无边的神仙,听到它要救黛雅,心爱之人能够活下去,好比是自己绝处逢生,兴奋之情已无以言表。

拇指生物用仪器检查她的身体,完了后,看着显示器上反馈的信息,陷入深深的遗憾。"这套系统是飞船自带的医疗设备,极为先进,能够治疗飞行员在宇宙中旅行出现的各种千奇百怪的病症,但没想到它却对黛雅的病束手无策。"

它喃喃说着阿基米德听不懂的语言,"连飞船的设备都无能为力,我就更帮不上他了。除非……"它想到了一种可能救黛雅的方法,不过旋即在内心否定了。那种方法需要解开一道数学题,而那道题就连自己星球上最厉害的数学家都解不开,何况是这颗落后的星球。

它索性告诉他,她没救了。

少年如登高之人看到希望,一下子又跌落到谷底,摔得更痛。

它原以为直接断了他的念头好点,谁料他看着竟更为沮丧,这人类的心思真叫自己捉摸不透。于是转而用各种复杂的动作和他沟通起来,表明态度:"但也不是彻底没有可能。"

它说,飞船自带的医疗系统治不好她的病,不过飞船上储存的海量知识里有一道数论题,其中就蕴藏有拯救她的法子。

"数论题?"他不解道,"数学还能拿来看病?真是闻所未闻,你不会是为了给我希望吧?"

"绝不是。"当即,它介绍起自己的来历,它并非地球生物,而是来自外星球。少年和黛雅都感到它的神奇,但适应了就觉得没什么好大惊小怪,只拿什么外星人等同于神话传说中的神仙。至于那些名称怪异的地方,仅仅看作天堂。

"我们那个文明曾有幸得蒙一个超级文明的知识传授。他们传授知识的手法十分特别,并不直接,说是怕层次较低的文明直接获得先进知识会失去探索发现的能力,反而害了我们,所以更多的是加以引导和提示。能够救黛雅的是一道数论难题,这道题具体为:相差 2 的素数(一个大于 1 的自然数,除了 1 和它本身以外不能被其他整数整除的数),对,例如 3 和 5,5 和 7,11 和 13,它们是所有数里除 2 以外相距最近的素数。这样的数,有无数对,请证明。超级文明说,我们破解这道题的过程,会得到一个方程,根据这个方程,再由身体各部分的质量,能够大概算出个体心灵的质量。而当两个生命的心灵质量大致相等,保持在一个差距很小的区间内时,就有办法将两个生命的灵魂进行互换。"

阿基米德和黛雅同它做着沟通,反复咀嚼,费了三个多时辰才搞清楚它所要表达的意思。"果若如此,以我家里的财力,黛雅无药可医的身体虽也会消亡,却可以用丰厚的条件去找个死刑犯来同她互换灵魂，使她的人格、她的思想、她的心灵得以留存下去。"

"是的，但此题之艰奥难以想象，任凭你智商再高，若能最终解答出来，所费时日恐怕也不是一年两年。而她的病症却一点也拖不起啊。"

"这道题看起来并没什么难的？"听它这么一说，阿基米德困惑了。

"呵呵，你连它的难点都没能发现，自然觉得它简单了。"夜深人静，拇指生物兴致未减，"不过也说不定啦。有可能你们星球的数学相对比较发达，目前真能解决。虽然你们的科技水平不像是能够解答出来，但说不定你们的数学发展得比较好呢。"

它本想叫阿基米德抛出几个人类已经解决的前沿数学难题，给它大体判断目前是什么水平，是否具备解开这道题的实力。但思及讲解的过程费劲，黛雅的身体又不好，得赶紧去休息，只好暂且作罢。

二、欧几里得

拇指生物孜孜以求要报恩，为此，甚至学习起了一些它一点都不感兴趣的人类语言，再通过这些可怜的词汇去判断他们如今是否具备解答此题的能力。

"尚有很长的一段路要走啊。"来到地球的第六天，它下了结论。

"多久？"

"科学发现说不准，有可能是一个难题几千年都找不到思路，可一夜间一顿悟就能解决。不过那需要丰厚的知识做基础。就这个问题，我预估你们人类再快，也需要两千年。"它没有告诉阿基米德的是，如果按照地球的时间计算，那道难题已经困住了它自己星球上的科学家不下三百年了。

"可是黛雅病来如山倒，"阿基米德这两天试着用自己从学校学来的数学知识去求解，结果连门在哪里都找不着，更别谈其他的了，"我该怎么办，难道你，解不开吗？"

"我？还是算了吧。"它蹦跳着承认自己不行，"不过，我倒是可以给你出个主意。你们人类有什么数学比较厉害的吗？我们去向他讨教讨教，兴许他一顿悟了解开了。"

它并不抱太多的希望，但少年那张绝望的脸让它心碎，只好多给他以希望。

阿基米德眼前一亮，道："当今世界数学最厉害的要数欧几里得，早在三十年前，他就写了《几何原本》，但凡学习数学的人没有人不知晓。对于数论，他亦有深入研究，素数有无穷多个就是他首先证明的，如今他人应该在亚历山大。"

苦苦挣扎的他，又抓到了一根稻草，眉头舒展。

"听你这么说，有点戏。怎么找到他？"

欧几里得颇负盛名，但为人低调，行踪飘忽不定，好在阿基米德的老师卡农和他是师生关系，常有联系。黛雅的病拖不得，他们于是说干就干，当日即通过卡农来到欧几里得家。

阿基米德在门外等候，卡农进去通报。

欧几里得快六十岁了，近几年，他纵观数学问题，从几何到数论，从无理数到光在数学上的理论已没有能够难得住他的。一些看起来极为刁钻新奇的数学难题，在他看来，不过是空有其表，只要用他创立的东西都可以轻易破解，无非是几个数字和解题步骤的变化。所以他才隐退至此。

此时他正扪心自问，像自己这般把数学的路走到尽头，后来者全无路可走，不知是功大于过，还是过大于功？却被卡农打扰了。

他把卡农的来意听了个明白，并不愿意见阿基米德，埋怨道："卡农你这孩子也真是的，竟然把课堂上一些学生解不开的题目拿来让我解，那又有什么难的，真当我很清闲啊？"

"不是的，老师。这一题，真的不简单。乍看之下平平无奇，越深入去解,越有一种不小心误入沼泽地,往下沉,无所附力,任凭坠落的感觉。"卡农辩驳道。

"来都来了,让他进来吧。"欧几里得看在自己学生的面子上,不过神色间依然有几分不耐烦。

阿基米德一进此间,打了个招呼,半句废话不多说,将题目娓娓道来。

欧几里得心算极好,心里嘀咕了半天,脸上由轻视,转而微笑,接着凝重,继而投入。

然后,他这一生剩下的时光,再没能从这道题里走出去。

阿基米德将拇指生物给的几点提示交给他,那是它们母星的数学家对这道题多年研究的一些心得体会,都在被允许传授的范围之内。

"万望您证明之后,第一时间告诉我,十万火急。"阿基米德恳切道,"谢谢。"

"最快也要一年了。"欧几里得硬着头皮道。

阿基米德方才走出这位大数学家的门。

卡农留在欧几里得家中,他们到得一僻静处,阿基米德放它出来,比划道:"看他的神色,情况不是特别妙啊,即使一年能证明出来,黛雅肯定也撑不到那时了。"

"嗯。"食指生物跳了下表示赞同,随后声音和姿势并用,道:"为今之计,只有下血本了。"

听它如此一说,莫非还有什么法宝没使出来?阿基米德当即打起十二分精神,仔细探查"神"意,只听它道:"我将飞船开到极高的速度,带上黛雅,远离地球,然后再回来,这样就能给她争取到更多时间了。"

阿基米德不解,只觉它离题万里,但忍着没有发作,冷静看完它的意思。

"这是一条自然规律,你们人类嘛,至今没有发现,告诉你也无妨。通俗点讲就是,当我带上黛雅以极快的速度离开地球,我们在飞船上过了一天,你在地球上却已经过去了一年。我们离开的速度越快,你在地球上过去的时间就越多。等我们再回来之时,你在地球已经过去很多年。别问我为什么,咱们本来沟通就费劲,其中原理我自己知道得也不是特别清楚,要再向你解释清楚,能要了我的小命。"

"我明白了,"阿基米德并没有显出怎样的惊讶,"天上一天,地上一年,没想到传说居然是真的。你这是要带她上天去,然后等个几年、几百年、几千年,甚至上万年,直到人类破解了这个公式后,你们再回来。这办法真不错,您真是有心了,真的谢谢您。我也一起去吧,唉,真不知道重返地球会是猴年马月,会是怎样的物非人非了。"阿基米德感慨着传达出自己的意思。

"错了错了,你不能和我们一块去。"阿基米德展望的美好晴空里来了一道霹雳,"把飞船加速到极高速飞行,耗能极大,何况要往返运行,耗能更是呈指数级别增多。搭载了黛雅,对能量的需求很是恐怖，已到飞船搭载的极限。若是把你也搭载上去，飞船想都别想到达预期速度。这里地处宇宙的荒芜地带，我也找不到谁帮忙，将它加到极高速度，再送回地球，我的这架飞船从此是别再想起飞了，您还是待着吧。"

三、数学有什么用

黛雅要离开了,此次一别,不知多少年才能回地球。

拇指生物向阿基米德保证,它会尽自己所能为她争取时间。

"若是太早回来,然后再出发,非但效果不好,能量损耗也会更多。所以这一趟,我尽量开得远些,争取一次搞定。"

"好。"阿基米德心有不舍,如壮士断腕,又小心翼翼道:"我有生之年,能否再见她的面?"

"很沉重地告诉你,不可能。因为你们人类的寿命实在是太短暂了,区区数十载而已。而这个数学问题的破解,肯定得等你们的数学水平有了不俗的造诣才能做到。"到地球十五天了,它的沟通能力已有不小提升,"照目前来看,起码我会等地球过了上千年再带她回来。总之是越晚越好啦,你也别老惦记着早晚,反正那对你根本没有什么区别。"

黛雅已然病入膏肓,所剩不到三个月的时日。千年之后重回地球,人类却有一定希望能得到那个灵魂互换的方程,到时要是再能有个人心甘情愿和她进行灵魂互换,她就能过得好好的。用这三个月的离别去换得她健康的一生,他觉得十分划算,老天待自己总算不薄。

然而,想到从今以后不能再相见,他的眼眶,不知为何立马又盈满泪水。

"她和我都将一直活下去,虽然处于不一样的时空。但只要心有彼此,哪怕是无尽时空的隔阂,我也当感到欣慰了。"没有比送她远行更好的办法,阿基米德不再去纠结,擦干泪水,道:"你们的文明相当发达呀,能把那些领先于我们人类的数学知识,或者其他利于我们发展的知识抄一份给我吗?这样,我们发展得也能快一些,将来黛雅的病也能更有把握些,指不定不用灵魂互换,直接就能搞定了。"

"真不好意思,我也想这样帮你,但这样做却是在害你。"拇指生物摆出一副教训人的模样,介绍道:"宇宙里高层次的文明向下一级文明传授知识有极其严格的规定。因为,虽然让低层次文明学习那些领先于他们时代的知识有利于培养他们的学习能力,但却就此会让他们失去探索发现的能力,而这后一种能力,远比前一种能力更重要——它是宇宙中一切生命到最后能否生存下去的根本因素。这种探索的能力,惟有靠物种进化过程中漫长时间的锻炼才能具备,直接传授知识,则大不利于它的养成。我不能违反规定,更不能害了你们人类。所以,恕难办到啊。"

正待阿基米德要继续发问,它打断道:"在黛雅的事情上,我能给的只有那道数学题和它的一些提示,其他你就听天由命吧。我不是那些超级文明,不清楚高级文明向下级文明传授知识要注意的具体规定,即使有心按照那样的方法帮你们人类,也是有心无力,效率低下,不小心踩雷区了。而即使如今我可以偷偷将那些先进的知识留一份给你,现在可以隐瞒过去,最后宇宙里定有人能够查出来,那时候,对你们文明和我,都将是灾难。"

它一股认真的劲儿,让他打消了念头。

说话间,黛雅已由她父母搀扶着来到他家。

这一项计划,阿基米德只征求过她父母的意见,得到赞同,并没有打算让黛雅知晓。生怕她得知自己在飞船上几十天,世上已千年,如今瘦弱的身躯放不下亲情和爱情的牵绊,病情进一步恶化。

于是,见得她到此,他不再同拇指生物言语,去和她说起了绵绵情话。

他要抓紧在傍晚之前将心中的千言万语道尽,因为那时她就要登上飞船,如一颗星星消失于茫茫夜空。

时间悄无声息,到得该登上飞船了,他们的话却越说越多,说得黛雅自己都有些厌烦,不就是离开几天,至于吗?

拇指生物拿出一方盒子,上面清晰地印着黛雅的头像。阿基米德也是第一次见到相片,生生被惊讶到,暗道高人果然是深藏不露,居然还有这一手,口中念念有词:"没瞧出来你还是个画家,居然可以将人画得跟真的活在画里一样。"

"呵呵。"它严格遵守银河系的相关规定,没有向他解释照相技术,只道:"这个盒子你要随身带好,里面有你和黛雅的画像,将来若是想她了,可以多看看。"

"不过离开几天而已,你真是太为他着想了。"黛雅嘴上埋怨,看到自己和阿基米德形象逼真地跃于那奇怪的纸上,别提有多高兴。

拇指生物不是特别理解人类这种为繁衍生息而进化来的情感,也许那正如自己要报答阿基米德救命之恩的情感吧,"此盒的另外一个作用是能够不断向飞船发射信号,未来我们重返地球,能够第一时间发现它的所在,从而找到你。"

对黛雅,他们只说是去遥远的地方找高明的医生看病,不久即能和阿基米德重逢。

黯然销魂者,惟别而已矣。随后,阿基米德送他们上了飞船,盯着飞船向万里高空飞去。

许久,他才回转身,默默走进房间。

他在书桌前坐定,拿起那道数学题。

"此生不能再见黛雅了,她回来的时候至少是千年之后。"他的心平静得可怕,他知道自己得忍受住内心的激荡,方能做好接下来的事,"拇指生物让我找更多人来破解此题,虽然当世的数学家没有人解得出来,但只要能有足够的人去关注它,经过一代代的数学家们的努力,总能得到那个方程式的。到那时,黛雅回来,虽不敢保证定能获救,却有不小几率。"

两天前,他交由仆人在学术气息浓厚的亚历山大城放出消息,说只要有谁能破解此题,必然以一百斤黄金奖赏。他想,今晚就应该有消息了。"只要有足够的噱头,哪怕消息闭塞,此题定可流传下去,吸引一代代的人来努力。人类天才辈出,任凭它再难也不在话下了。"

他已经有了目标,那就是用余生把此题发扬光大。

夜晚，仆人回来报告，道："你父亲本是天文学家和数学家，虽然这些年重视经商，远离了这个圈子，但还有一些认识的学者，他们都认为这个奖赏可信。有了他们撑腰，外加那丰厚的报酬，消息很快就在学界流传开了。亚历山大的老百姓听说解开它能得一百斤黄金，闻所未闻，更是轰动不已。少爷您真是个天才呀，现在走到街上，随便哪里都可以找到人谈论它呢。相信很快就能破解它了，只是毕竟是一百斤黄金啊，老爷那边恐怕不好交代。"仆人露出为难之色，生怕老爷到时找他算账。

"放心，反正我爹出得起，而且现在反悔是来不及了。除非他想让我成为一个言而无信出尔反尔的人，真那样，以后叫我还怎么做人，怎么继承他家业？这个时代，一个人的信誉是最重要的。"阿基米德一副生米煮成熟饭的样子，"接下来，我还要周游列国宣传这道题，毕竟要流传千古，绝非易事。"

"切莫着急啊少爷。您可得先把学业完成，否则老爷要怪罪的。"仆人清楚自己少爷的脾性，若不跟他道明其中厉害，到时只怕又和老爷起冲突，开导道："你要是和老爷闹得不愉快，宣传那道题的工作必然不好开展。为今之计，先打好学业，等再个几年，有了一定的基础，身体发育成熟了再周游列国不迟呢。"

阿基米德低头沉思了会儿，道："你说得是，黛雅没那么快回，宣传的事可以慢慢来。"

他决定一生都用来普及这道题，直到吸引足够多当代乃至未来的人来研究它。可不久后,现实给他泼了好大一盘凉水。

三十天过去,亚历山大城无人能解开它,数学界开始流传一种说法:除了那虚无缥缈的奖金吸引人,这道题有什么用?

有个名气直追欧几里得的数学家甚至直接断言道:"此题和我们那些熟悉的公理没有区别,都是不证自明的孤立的东西。我能轻松给出一堆像这样的命题,人们既不能证明它们,也不能反驳它们。听说这道题原来是个根本不懂数学的小屁孩提出的,他不会是闹着玩的吧?真是可悲可笑可怜啊,我们一大帮人被一个孩子给耍了,兴许掉钱眼里了吧,真是数学界的耻辱。"

针对以上种种言论,阿基米德愤怒了,正面反击,费了大把银子,散播消息说那道题里藏着灵魂互换的方程式,怎么会没用?而他不知道,这更把他自己推到一个纯粹胡闹的地步。

他希望大数学家欧几里得能够出来帮他说两句,但从老师卡农处得知,早在他尚未悬赏此题之前,欧几里得就离家出走,家人没有谁能联系到他,不知是何种原因。

他们哪里知道一生痴爱数学的欧几里得为这道题险些发疯,正隐居,谢绝一切打扰,专心致志,誓要在有生之年解决它。

"数学是为生产服务的,解开你这道题了,又有什么用?"每当阿基米德想宣传一下,通常立刻会听到类似这样的声音,"数学游戏?好,对不起,我很忙,你一边玩去。"至于那诱人的奖金,连数学界都认为没法证明的东西,寻常人更不敢奢望了,权当笑料。

他像是一个无家可归，又冷又饿的少年，行走在寒冬腊月的漆黑小镇里，一次次去敲门，希望有谁能收留自己，但门没有打开，天寒地冻。

一年了，黛雅走了一年了，却没有人对他的题感兴趣，没有人能来帮他，更别谈让这道题流传下去，使后世之人来研究它了。

阿基米德好不容易看到希望，失望却又接踵而至。他觉得自己命运多舛，未免伤心，但他不能让黛雅多年之后回来，既要面对死亡的威胁，又要和自己一样面对冰冷的世界，自己必须要送给她一份礼物，那是灵魂互换的方程式。

夜晚，久久地仰望星空，那个黛雅远去的方向，阿基米德站成一棵树，做了他一生之中最重要的一次决定。

四、不要弄坏我的圆

多年以后,当阿基米德回忆起那段在亚历山大求学的流金岁月,总是不由自主地兴奋和感动。

那个决定后不久,一个瘦瘦的身躯扑进了书籍,一条细长的影子时常徘徊在名师遍布的亚历山大城,他穷尽心思向他们求教。又过了五年,亚历山大城,这座世界上学术最发达的城市,聚集了数目众多的第一流学者的城市,已经没有几个人在数学上懂得比阿基米德更深,更全。

世上已经没有数学问题能够难得住他,除了拇指生物遗留的那个问题。

他一得了机会,就向它发起挑战,无一例外,统统失败。

他觉得这座城市能够教给自己的已经没有了,以后的路都要靠自己摸索了,于是回到故乡叙拉古城。

少小离家老大回,阿基米德重新踏上家乡的土地,立刻感受到这片土地的厚实、凝重和亲切,它能给自己带来的力量是其他任何地方都做不到的,那是来自灵魂的力量。

然后,他再也没有离开。

学成归来的他受到了国王的礼遇,在这种优渥的环境下,他的研究工作顺风顺水开展。

他觉得要得到那个方程式，光靠现有的数学理论和思想难以取得什么实质性的突破，于是又将目光转到了别的领域，希望博采众长，继而获得解决它的力量。比如，他有意识地去兼收东西方的许多优秀文化遗产，从中锤炼了思想，使自己看待数学问题的眼光远胜同时代的绝大多数数学家；比如，他对一些机械的原理颇愿意发心思去研究，把它们和数学联系起来。

就这样，日复一日，年复一年，时间悄无声息地流淌。半个世纪后，他年过古稀，已是个白发苍苍的老人。

他的研究精神震惊了包括国王在内的所有人，取得的成就更是前无古人。这五十年里，他史无前例地探清了浮力的原理，写出了杠杆原理的公式，"只要给我一个支点，我就能撬起一颗地球"，无中生有地发明了两千多年后都尚在使用的阿基米德式螺旋抽水机，运用水力制作成一座天象仪，能准确预测月食和日食。怀疑地心说，猜想地球绕着太阳转。但这些都只是次要，他的理论研究成果哪怕在随后的两千年里都罕有能望其项背的人。

利用逼近法算出球面积、球体积、抛物线、椭圆面积，他已经看到了微积分世界照射进来的光芒。仅在他的部分侥幸留存到后世的手稿里就可找到，他提出的无穷大的概念，是后世影响深远的集合论的基础，他研究以十四片碎片组成正方形的所有拼法，竟成为组合学最早的开端，他对螺旋形曲线性质的研究能够三等分任意角，等等。

他对数学的研究几乎摸到了后世三千年所有数学前沿领域的门

槛。而在掌握了这么多东西后,他感到自己终于有足够的实力可以向那道数论题发起最后的挑战。

于是,在这一两年里,他停下了所有其他的工作,把注意力放到魂牵梦绕了大半辈子的这一道题上,全力以赴。

门前老树长新芽,院里枯木又开花。阿基米德难得惬意地躺到一张躺椅上,沐浴和煦的阳光,手拿相片,一张张翻阅。

"那时,我们是多么的年轻。"他嘴角的笑,有几分慈祥,手指在其中的一张合影上揩了起来,仿佛这样做可以穿越半个多世纪的烟云,更清楚看到她的脸。

感怀时光老半天,他才把照片放回盒子。

一同放进去的还有这两年来他对那道题的研究成果。然后,他将盒子放到了院子正中央的一方一米深的格子里,上面再用干燥的土填得厚实。

这处院子是他私人的宅院,他经常在这里安静地工作,而盒子只在那道题有所突破后才会挖出来打开,贮藏新成果,同时费去宝贵的时间,沉浸往昔,怀念黛雅。

他已习惯于孤独。宅院里除了个照顾他生活的仆人,再没有其他人了,此时到了晚餐时间,仆人来唤他去吃饭,他本不饿,想多沉浸在过往会儿,但既然到了规定的该吃饭时间,他就绝不拖延。

严格的作息时间确保了他的身体健康硬朗,能够以旺盛的精力研究大半辈子。哪怕是到了这个年龄,身体已是大不如从前,他都想活得再久远点,因为他还抱有希望。"万一飞船出了故障,或者别的点什么原因,她提前回地球了呢?真那样,我就能看她一眼了。"

有生之年,他自信能够破解难题,得到那个方程式,只不过他并不知道灵魂互换的方法。当年的拇指生物,自那次拜访欧几里得,以及对人类的数学史有相当了解后,无论如何都不敢相信有哪个人类能在千年内破解它,也从未想过他一个少年,单枪匹马,数学水平居然有一天能够达到这般地步,是以竟没向他说明。"否则我通过不断和人灵魂互换,大可以活到几千年后。哎,不想这么不现实的事,真那样干,得换几十人吧,这个也太自私残忍了。"

带着纷繁的思绪,他来到饭桌上。

这两年几乎与世隔绝的生活,阿基米德获取外界信息的渠道只剩下饭桌上和仆人的交谈。不用他开口,仆人自然会说起叙拉古城大街小巷的事。

这一次,仆人一改往常的娓娓道来,他连珠炮语,激情澎湃说开,因为叙拉古城要出大事了。

近些年,罗马共和国和迦太基帝国为了争夺在西西里岛的霸权地位,烽火连天。地处西西里岛的叙拉古一直都依附罗马,不过去年迦太基大败了罗马军队,叙拉古的新国王见风使舵,转而与迦太基结盟。罗马见此,坐不住了,已命将军马克卢斯从陆路和海路率大军同时进攻叙拉古城,国土危在旦夕。

阿基米德认真地听着。吃完饭,他没有像往常一样投入到数学的研究，走出家门，只想一个人走走。

　　罗马大军压境，国家行将遭难，他完全可以凭借生平所学所创去为国家出力，他很清楚那些知识的力量，很可能会决定战争的成败。不过，那道数学题的破解实已到了最关键的时候，自己必须集中全部精力去攻克，怎可分心？而卷入战争势必会耗去自己的大量精力，能否破解变得更加扑朔迷离。更何况，自己年纪也一大把了，人生七十古来稀，随时会撒手人寰。到时候，黛雅回来，没有灵魂互换的方程式，怎么办？

　　他已多年没有如此刻般心乱如麻，"以如今我的声望，能够吸引到当世足够多的数学家来破解此题，但要叫后世的数学家们投身其中，历史长河里变数太多，无论是谁，个人的影响都实在太有限了，有点像是痴人说梦"。

　　阿基米德愁上眉头，掰了掰老树枝一样的手指，清脆作响。

　　静坐良久，迟迟不做决定，但他终于还是有了答案，"黛雅走了后，故乡这一片土地就是唯一值得我用整个生命去捍卫的了。证明那道题还是暂时先缓一缓，等退了大军，一定能做到。"

　　幽静的小道传来几分躁动，有一队人马正朝着他这边来，却是叙拉古国王的人。

　　他们到得跟前，阐明来意，即是希望他能发挥自己的聪明才智，击退罗马的进攻。阿基米德没有推辞，随后和他们奔赴前线。

　　方一到此，他就全身心投入到各种战斗器械的制造，或巨大的起重机,可以将敌人的战舰吊到半空,使其摔到水面上粉碎;或投石机,凡是靠近城墙的敌人,都难逃这种飞石和标枪的袭击;或用高抛光的镜子将阳光聚焦到一处,烧毁敌方粮草。

罗马军尝到苦头,惊慌失措,他们的统帅马克卢斯面对那些器械,只能无奈道:"这是一场罗马舰队与阿基米德一人的战争。"

不过,罗马帝国的军力远不是叙拉古能相比。苦攻不下一年后,马克卢斯改用最笨,却也是最为有效的战术,里三层外三层地把叙拉古城围住,断绝了城内的粮食。

两方开始了长久的对峙,阿基米德对此无计可施,正如面对他的那些机械无可奈何的罗马士兵。他把自己能做的都做完了,又有了时间破解那道难题,于是跟国王道了假,回到自家宅院,研究那个悬而未决的问题。

就这样,又是两年倏忽一下,悄然而过,叙拉古城终因弹尽粮绝被攻陷了。

这一天阳光明媚,叙拉古城内到处都是被烧杀抢掠者惨绝人寰的声音,阿基米德已经不休不眠奋战了两天两夜。他知道这是自己最后的机会了,手中的笔不断。那道题只有几个小问题尚未解决,他感到自己在和罗马士兵,和拇指生物的飞船,和自己的生命赛跑,手中的笔更快更疾,每一阵侵略者和被侵略者的声音都破碎,组合成模糊的,像是十几岁的黛雅发出的加油的声音。

这时,三两个罗马士兵走进他的住宅。他们不知自己到了哪里,只见宅院内随处可见数字和方程式，地上到处画满了各式各样的图形，墙上桌上一概不能幸免。他们一个都看不懂，但是看到了在地上俯头死盯着一个圆的阿基米德。

一个罗马士兵走近沉思中的他，把地上的圆踩坏了。

阿基米德的精气神已经浑然忘我，空灵飘渺，整个世界，原是除了黛雅的模糊声音，他自己和数学，再没有旁人，面对这个忽然的闯入者，凛冽偏执道："不要弄坏我的圆。"

战士一听这话，暗道自己这一路大杀四方，神挡杀神，佛挡杀佛，何等英豪，岂是你这小小老头能够轻视的？于是拔出刀，朝阿基米德的身上刺下去。

阿基米德这才重新回到人间，他立即意识到自己的生命在以无法想象的速度溜走，首先是恐惧，然后镇定，紧接着他也不知为什么，一下子脑袋变得无比清晰，那个追求了大半生，困扰了自己半个多世纪，足以令黛雅活下去的方程式从自己的脑中生生长了出来。

就像一个心有不甘，即将死去的人在最后一刻写下凶手的名字，他写下了那个方程，如爱因斯坦的质能方程一般，简洁到极致，美到极致的一个方程。

五、新生

"阿基米德,生于公元前 287 年,卒于公元前 212 年,数学史上公认的五大数学家之首,其他四位是高斯、牛顿、欧拉,以及我们这个时代的刘曦阳。阿基米德的故事,家喻户晓,说是国王请金匠打造纯金王冠,完了后,国王担心工匠不老实,怕在其中掺假,就请他检验。阿基米德冥思苦想了好多天,终于在洗澡的时候发现了浮力定理,判断皇冠有无掺假,后世称为阿基米德原理。"

她最近迷恋上了听故事,听有关阿基米德一生的故事,百听不厌。虽然它们大多残缺不全,各种杜撰。

古语有云,天上一天,地上一年,对于她又何止?她才不过离开了两个月,地球已是公元 3015 年。当初拇指生物说是要带她去天堂看病,可兜了一大圈,天堂原来竟就在地球。

"你怎么能忍心?"面对着这个外型造得和阿基米德有些相像的机器人,黛雅几乎哽咽了,眼眶里尽是冰凉的泪水,"把我一个人,放到那么远的地方?"

公元 2600 年,人工智能首次在地球出现,从此人类的生产力以难以想象的速度得到解放。时至今日,万事已皆由机器人代劳。伴随的现象,或者说是问题是人类的人口锐减,机器人的数量激增,少数人类把持着地球的资源。

因为医疗水平的大幅度提升,这些人又无须担忧生老病死的困扰。不出意外,个个寿命都能达到五六百岁。他们严格控制着人口的增长,不过人权在这个时代是第一位的,一旦降生到世上,就会受到最精心的照料,直到最后也拥有那样帝皇般的生活,有权支配许许多多的机器人。

黛雅是人类,尽管是三千多年前的。人权早已深入机器人的骨髓,成为任何人都无法更改的编码,就是在世的其他人类都不能剥夺她该享有的一切。因而她一回来,立刻待遇非凡。首先是这个时代的医疗水平已能不借助灵魂互换方程式根治她的病,不到一个月,她即重获健康,然后是有数量可观的机器人供他差遣,她的生活别提有多优越。

"给我讲讲后来马克卢斯怎么样了?"觉得自己刚刚有些情绪失控,哪怕对方是个机器人,黛雅也不太想失态。

"他呀?"机器人贮存有人类数千年的历史细节,快速搜出来,道:"有记载的资料不多,阿基米德死后,他十分悲痛,杀了那个士兵,又为阿基米德修建了一座刻有球内切球圆柱图形的墓。"

"墓地?可现在都找不到他的尸骸了。"

"没办法,太久了。"

她和根据阿基米德流传到后世的画像制造出形象的机器人聊天,却怎么也不是他,免不得又是一番惆怅。

这时候,门外传来嘁嘁的声响,一个巨大的圆形物体稳稳当当地停到房屋前，从那里面走出来只拇指大小的生物。他们出去迎接。

"那个盒子找到了，都埋到岩石里去了。哎，世事变迁，沧海桑田，好在没有损坏。"拇指生物拿了个和地球的语言系统联结的显示屏说着话。显示屏配合人类发明的人工智能，能够准确翻译。

"他在盒子里写了要对我说的话吗？"黛雅道。

"除了那个大致完整的方程式，那些褪了色的相片，就是一句：我真的很想你，我有好多的话想对你说。大概是要放方程式，他怕放不下太多的纸张，所以只有这一句吧。"拇指生物顿了顿，才继续道："但是，有一件事你肯定不会失望的。"

它没有多说，将飞船的门打开，领着她来到一个大盒子前。盒子的颜色、形状和黛雅三个月前离别之时，拇指生物交给阿基米德的盒子没有二致，只是这个更为巨大，好似口棺材。"猜不出这个是用来干嘛的吧？"

黛雅摇了摇头。

"是三千多年前，也可说是三个月前，我交给阿基米德一个盒子，要他随身携带。除了让他放照片，更为深层次的原因是，我在他身上嵌入了样物件，它可以在他死后，发出一道信号波给盒子。而这盒子如同我的飞船一样，伸展自如，更可以冲破一定的阻隔来到他的身边，自动替他收尸后，再将其藏入岩层，静静等候我们的归来。"

言语间，盒子的盖子已经滑开。阿基米德冷冻其中，脸上凝固着得偿心愿死也甜的笑。

"这样做,是为了有天我们回到地球,不至于见不到他的最后一面,你我都不至于太伤心啊。"拇指生物念念有词,翻译机器同时具备将翻译结果朗诵出来的功能,省去了不少沟通的麻烦,"不过这是我能做的极限了,我没法将他复活,人类的人工智能和医术虽然发展得相当了得,但奈何也做不到。"

黛雅慢慢走向这个自己深爱着的人,只有不尽的泪水可以祭奠那永不复归的青春之恋。

十年后。

秋风萧瑟,人口锐减的地球环境优美得如诗如画,只是仅有少数人能够享受得到,是少数人的天堂,不免教人遗憾。拇指生物仍然发不出人类的声音,依旧要借助翻译软件,道:"一年前,以我恩公阿基米德留下的手稿为基础,在刘曦阳和他的助手吴镇城的帮助下,我们已经得到了灵魂互换的方程式。如今,我要告诉你个大好消息。"

拇指生物的飞船燃料已经消耗完了,在找到合适的能量前,行动能力实已不如小孩,但它依然不忘报恩,无怨无悔。

"一惊一乍的,什么大好消息,有话直说吧。"黛雅已经长大,良好的身段显出成熟大气的女人气质,追求她的人不在少数,她却始终单身,因为她始终无法忘掉三千多年前的那个人。

"我可以让我的救命恩人阿基米德复活,让他和你重逢。"拇指生物的话经过机器翻译,很清晰,像是一道幸福的闪电降临到她的身上,她竖起耳朵倾听它道出方案:"灵魂互换竟然不受一切时间和空间的限制。而它的方法,在灵魂大致等价的基础上,其实格外简单,只要你想着对方的同时,对方也想着你,即可成功。"

一瞬间,黛雅仿佛抓到了什么生命中很重要的东西。

"一个人身体各部分的质量时时刻刻都在发生细微的变化,包括生长速度和运动带来的影响。这种看似细小的变化代入到那个公式里计算,一个人灵魂的质量,不同时刻就会有不小的差距。所以我们要用那个公式来规范,使得两个人的灵魂大致相等,然后再互相想着对方,缺一不可,继而实现互换。

"我恩公将死之时,极有可能在想你,而不是任何其他人,包括那么可爱的我。所以,只要你将自己的身体进行一定程度的精细改造,让计算出来的灵魂和那具被我们用盒子冷冻起来的身体计算到的灵魂大致相等,然后你再想着他,必然可以在他临死之前和他进行灵魂互换了。当然,"拇指生物换了副口气,才继续道,"你不用怕我会害死你,害你们从此阴阳两隔。吴镇城,他非常喜欢你,这些年苦苦追求你不得,我跟他通过气了,当你去往阿基米德的身体后,拼着最后一口气也要迅速想他,他在这边愿意将自己改造得灵魂质量差不多分量,然后想着你,置换你回来,使你们有情人终成眷属。"

黛雅听完它的计划,立即意识到它成功的可能性很高。阿基米德被冷冻于刚去世不久,通过那具冷冻起来的身体,逼近地计算出他临死之前灵魂的质量是有希望的。尽管由于身体质量每时每刻的数值都在变化,越往前越难准确计算。而互换只允许极小的误差,甚至连运动因素带来的质量变化都必须考虑进去。

"你真是个天才，能想出这么一个计划。"她的语气里各种滋味，欢欣最多，但没有立刻同意。

"因为之前从未见有人得出这个方程，所以我也是最近才发现灵魂互换居然可以不受时空的限制。这不得不提到你们人类，一开始我真是小看你们了。你们的太空航行技术虽然不怎么样，大概是受到能源的困扰。不过你们的理论非常厉害，哪怕是放眼银河系都是屈指可数的。一千多年前有个叫爱因斯坦的认为宇宙是一整块的，所以过去、现在、将来其实只是概念性的不同而已，宇宙具有同时性。这为穿梭时空的灵魂互换提供了很好的物理基础，因为互换的前提是必须同时想着对方。当然，前提是他死之前得想着你。"拇指生物低着头，又遗憾道，"本来可以轻易找到其他人去置换你回来的，但这个时代，不容易找到心甘情愿为一个人死的啊，只好牺牲吴镇城了。"

听完它的话，黛雅纠结了许久，终于还是答应了。

他们第二天就开始了这项计划。

机器人没有灵魂，它们由各种程序控制，办起事来效率惊人。通过身体各部分的质量计算灵魂的质量，有格外庞大的运算量，首先身体的质量绝不是拿把秤砣就能量出来的，那样过于粗略，需要最精密的仪器；其次，方程式虽然看着简洁，却不是简单地以身体的总质量去计算，而是按照生命体功能相同的各部分质量的比例，对应到方程式里包含着的累积循环的计算方法里进行的计算。具体为：先将身体功能相同的那部分质量,最小质量的那部分代入到方程式里计算,得到一个数值,用这个数值和个体生命功能相同的倒数第二小质量的部分代入到方程式里,再得到一个数值。一直到质量最大的那部分,累积计算,得到最终结果,异常复杂。尽管如此,拥有量子计算能力的人工智能,凭借那个方程式的精准规范,很快就得到了大致相当的结果。继而有目的地将黛雅的身体进行修饰,得到大体相等的两个值,倒是不在话下。关键是黛雅,要训练满心想着吴镇城的能力,这对于并不爱他的她,考验不小。

拇指生物和吴镇城却不知道,她其实花这些心思去训练,训练的却是另外一项能力,那是如何不满心去思念阿基米德的能力。

当一个月后的那一刻到来,她对自己的身体进行了精细的改造,然后满心里都是阿基米德。紧接着,不可思议的事发生了,满心想念着他的她的灵魂穿越了数千年时空的屏障,来到他的身边。

而阿基米德在写完那个方程式后,心里的一切都放下,惟有黛雅。

他的精神恍惚起来,他感到自己看到了黛雅。

他没想到有生之年居然可以再看到她。

而这竟然不是在做梦。

随后,本以为自己死定了的阿基米德来到了公元3025年,见到了拇指生物和一些奇奇怪怪的人,他以为自己来到了天堂。

等明白一切后,他知道重逢的希望渺茫了,对她极其服从的机器人交给他一封信，信中千言万语，都是对他的万千思念。

对于吴镇城，机器人同样带给了他一封信，她对他的心意十分感激，但要他切不可想她，因为她不可能回来了。

她不会想他，也不会再想阿基米德了。

接下来的日子里，阿基米德尝试过许多次，想用相同的方法置换她回来，没有成功，因为她真的没有再想他。

而他冷冻身体上的笑，那个得偿心愿死也甜的笑容，竟是黛雅的笑，来自公元3025年的黛雅的笑容。

那是她的魂，阿基米德将永世难忘。

记忆整理师

孙宁蔓

现在的树教授最怕别人提起"整理"两字，尽管他依旧是深蓝星球中最优秀的记忆整理师，不过自从年纪大了，他对曾经下定决心要完成的事业开始厌烦。他已经好久没有亲自操刀了，也不知道手法是否精准，他看着眼前的女人不禁陷入回忆当中。

先把他们送进时间静止间，接着戴上脑部连接终端，然后病人心中执念最深的生活片段便跃然屏幕，大多数病人的要求十分简单，无非就是忘掉某一个人、某一件事、某一段感情，或者用病人希望的结局覆盖已发生的不可挽回结果，最后将病人认为最不满意的那段结局取出来，挂在实验空间中央的模拟数据树上，这是他一辈子的工作，很简单却需要巨大的耐性和一点点敏感与慈悲。

在刚接手这项工作时，他对别人的故事充满了兴趣，我们在茫茫人海里度过相同的时间却经历着不同的事情，这种不同之处不正是宇宙赐予的馈赠吗？树教授总是这样感慨地想着。不过故事看得多了他就难免加以对比，原来看似不同的剧情总是冗长和俗套，就算科技如何发展，未来不知何去何从，能让人感到苦恼的事情无非那么几件，而人们想要迫切忘记的东西也亘古不变。人们用几万年的时间开拓宇宙，把它分为有穷之境和无穷之境，却始终也解决不好自己的问题，到头来反要用冰冷简单的科技来代替他们解决热烈复杂的感情。

并且随着时间的流逝，树教授细腻的记忆整理疗法渐渐被人们传得神乎其神，甚至有些醉生梦死的人们不惜乘着穿梭机来到树教授的空间囊外。

树教授是这个时代仅有的几位要求病人亲临的医生，而他的妻子对这件事深深不解。科技飞速发展，什么事情都可以通过数据共享解决，就拿他们的婚礼来说，给希望观看他们婚礼的人发一条邀请码，然后在规定时间输入邀请码，就可以进入他们的婚礼直播房间，在这个房间里什么事情都是虚拟进行的，礼服是虚拟的，香槟是虚拟的，钻戒是虚拟的，甚至连海浪和阳光都是虚拟的，如果两人愿意他们甚至不用出席自己的婚礼，5D真人立体技术如此普及，只要你动一动手指，想要谁来参加自己的婚礼都可以。

尽管一切都是假的，但妻子仍然很理直气壮地认为现在宇宙资源太宝贵了，大家的生活又过于匆忙了，没人会愿意耽误半天的时间在一个人的婚礼上，每个人都在忙着为星际创造价值。尽管妻子不知道是什么价值，甚至连什么是价值都不明确，但认为只要停下来喘息就是在消耗资源。

久而久之那些赌徒、罪犯、亡命天涯者通通挤在树教授的空间囊外，希望可以从他这里得到零星安慰，他们的脸上无一例外挂满虔诚忏悔的泪水，雨雾般的泪水模糊了他们的表情，于是树教授一天里的大部分时间都在向这群人解释，记忆是可以整理的，但人性经不起整理，甚至会越整理越东倒西歪，有些道理必须由他们自己理顺。

最终受不了骚扰的树教授只能在他的电子名片上刷新出以下一行字："敬记忆整理科病人：本人主攻记忆整理，寻找灵感、麻痹自我、解脱已知等当面恕本人能力有限无法处理。望海涵！"

就在过去的几百年里树教授用生命见证着中心体被发现的过程。

在很久以前深蓝星人认为这个宇宙只有一颗星球，那就是他们生活的深蓝星，几万年后科学家发现在距离他们几千万光年的地方有许多同他们一样的星球，而他们共同组成了一个全新的星系。

然后又是几万年的光阴，新的科学家又在他们的星系外发现了同他们结构类似的新星系，就这样不停地探索不停地发现，科学家终于得出论断，在这个奥妙的宇宙中存在一个中心点，像数轴一般，正半轴是有穷之境，负半轴是无穷之境，中心体是全宇宙磁力最低的地方，且距离中心体越近磁力越低，时间流逝得越快，星球生物寿命越短。

地球是最晚一个被星际宇宙发现的星球，它坐落于离中心体很近的太空一隅，因此地球成了整个宇宙中时间流逝最快的星球，不夸张地说，地球境内的一天可能只是深蓝星球的一顿早饭。

本来这一切同树教授全无关系，因为在宇宙法庭数百年前颁布的人口法中已经明令禁止了星球之间的非政治往来，所以他只在终端显示器中见过其他星球，况且现实的局促让他自顾不暇，就算其他星球多么奥妙，但比起匆忙的生活都变得扁平无趣。

想到这里树教授终于有时间看一下眼前这个地球女人了，这是一个很有风韵的地球女人，白皮肤，黑眼睛，与深蓝星人并没有什么不同之处，如果不是她的请愿表上填写着36岁，树教授一定认为这个女人只有20岁。

女人甚是乖巧地躺在床上，痴痴望向天花板的眼睛里充满了空洞和迷茫。很明显她和那些醉生梦死之徒一样都是偷渡过来的，但树教授并不想花费时间去了解她是怎么来的，于是他低头看向女人的请愿表，在"详细解释"那一栏空出了能写几百字的空白，而女人只是用寥寥几笔写着"我想回家"。

没有得到任何提示，树教授只能主动发问，"你需要怎样的帮助？"

"我想家了……"

"什么？"

"我想回家。"女人颤抖的声音坚定了些。

树教授看着对方苍白的脸干燥得仿佛随时会皲裂，他犹豫着要不要把女人转到神经科，"我可能帮不了你。"

"不，您一定可以，只要您愿意取走我22岁以前的记忆。"女人听出树教授话语间的疑惑，声音激动了些，只可惜她呆板的表情不能发生任何变化，"我是个地球人，偷渡到深蓝星球已经14年了，以前我是一个国宝级的电影演员，因为从很小就开始演戏，所以愈发明白一些上不了台面的潜规则，例如脸，记得青春期的那段时间额头频繁长痘，连化妆都没有办法遮盖下去，于是媒体就将额头局部放大的照片放在我前期拍摄的杂志照旁，那条新闻的内容我已经记不得了，但网民给我的留言我倒还记得，有我说长得丑像头猪的，有说小时候好看长大都会破相的，有说我只不过是会P图罢了的，所以我从那时起就分外注意平日保养。"

说着,她露出一个惨淡的微笑,"如果这既是开始又是结束就好了。我第一次接受整容手术是在我刚满十八岁的第二天,我动了眼睛,半年后我又微整了下巴和鼻子,然后陆陆续续整张脸都不是我的了,可我并不后悔,我认为自己一定美极了,这个世界没有谁比我更符合人体美学,这样一路赚钱一路调整的生活一直持续到我再次遇见辛女神那天。

"那是场产品发布会,我从小就看辛女神的电视剧,并且一直想着能和她同台飙戏,可是等我成名之后她已经隐退多年,于是当我再次看见她时,那种小粉丝的心理又不经意冒了出来,她在台上还是那么光鲜亮丽,优雅雍容,就像当年一样,时间根本没在她身上留下痕迹。所以发布会结束后我赶忙跑进她的化妆间,可是在我推开门的那一刻什么都变了,瘫坐在沙发上的那个女人依旧是辛女神,只是她满脸憔悴,就连说一句话的力气都提不起来,走近之后我发现她的眼角堆满了细纹,眼袋都快要垂到鼻尖,没化妆的脖子上全是皱纹,那是辛女神,更是几十年后的我。"

"我最美的年纪不过短短十几年,过了这个保质期我就要忍受几十年被皱纹威胁的生活,我不想,变老太可怕了,那时我想一定要留住美丽,既然地球时间流逝那么快,那我就去离中心体最远的星球好了,所以我主动联系了偷渡组织,他们花了两年的时间帮我办好了深蓝星球的户籍,在拿到户籍的那个晚上我谁都没有告诉,坐着穿梭机直接离开了地球。"

　　此时女人一反刚才的凄然和呆板，眼神里流露出些许光亮，也许直至今日她仍对自己当年的不告而别而自豪，转而她又被巨大的伤痛袭上，她调转自己的视线，透过像彩色气泡般的空间囊外壳看这个机器社会，整个城市在她眼前不停扭曲翻转。

　　"那年你22岁……"

　　树教授大概懂了女人的意思，嘴里嘟囔地说道，可是思前想后又认为事情隐隐有什么不对的地方，"可是你想我拿回你22岁以前的记忆，记忆都消失了你又怎么回家？"

　　"你知道偷渡组织是如何运作的吗？"女人反问，树教授当然不可能知道，于是她继续说，"身份对调，一个想去地球的深蓝星人和想去深蓝星的地球人身份对调，我的身份早被其他人拥有了，我究竟是谁连我自己也不知道。"

　　树教授听完反而更加苦恼了，"你既然回不去地球，我又怎么能帮你回家呢？"

　　"你帮不了我回家，这件事谁都帮不了我，但你可以帮我忘记家啊。"女人眼角流下一行清泪，终于有了不一样的表情，"让我忘记父母，忘记童年，忘记我的来处，做一个没有记忆的人。"

　　也许是女人过于悲凉的表情激发树教授的怜悯系统，虽然这个系统在树教授出厂之前总是失灵，但此刻却真真实实被女人的眼泪击中，"其实没有记忆并没有什么不好的地方，像我们这群人造人就没有出厂前的记忆,但照样可以娶妻生子过上幸福的生活,毕竟每一个人的出现都是为这个星际的利益所服务的。"树教授不知道什么时候学会了他妻子的那一套,使用起来如鱼得水。

女人用指尖擦干眼泪,"既然我已经回不去了,就只能和大家一样了。以前我总是不懂'你在意什么,什么就会折磨你'这句话,直到现在付出了代价才追悔莫及。"

树教授虽然没听懂但还是认同地点头,因为对他而言女人的经历只不过是日后数据树上最普通的那个记忆果实而已。

梦　端

瞒憨

序

白昼境幻，醉梦彼岸。

　　　　　造物之终，毁灭之端。

　　　　　　　　　月夜未眠，吟哦轮转。

启

Mother's son 地球生态再生计划。

预计终完成激活，十年。

现已，八年。

一

　　一颗颗娃娃的玩具头颅，小小的，垒垒叠着，成一个个丘堆。它们失去了眼睛，眼眶空洞，黑黢黢的。冷硬的嘴，紧紧闭着。只见，无数"小丘堆"围住一个小女孩，蹲坐着，红色连衣裙，脸伏在交叠的手臂上，手臂伏在膝盖上，圆润的肩膀一颤一颤，她在哭。

　　悄悄接近她，欲要暖声安慰。

　　这时，她抬起头来。一对大大的眼睛，圆圆的，两个眼眶，其中嵌着无数只，一粒粒眸子，五彩斑斓。每只眸子，泪光闪烁。那是真的泪水？还是本就有的，琉璃的琅彩。

　　忽然，那无数脑袋，索索抖着。紧闭的嘴，嘴角邪起，咧开，尖笑着，一波荡着一波。女孩儿停止了哭泣，她的下巴尖，仍悬着一滴泪水。那滴泪珠，一闪一闪——当中浸着，两只眼睛。

　　这双眼睛，直直地盯着她。

　　她醒了。

　　这个梦，一直萦绕在她的脑中。每一闭眼，她总是能看见，那个，哭泣的小女孩。她记得，那天，小女孩的母亲讲，她闹着要穿红裙子，不穿便不来。她的母亲又讲，孩子说，她答应了医生姐姐，穿她最爱的衣裳来。她爱叫她医生姐姐。

　　可是，现在，她却不能听到了。

"吱"门开了。

她解下头上的一个白色的,模样似是一只指隙裂得极大的手的装置。

"瑛,你父亲找你。"

她点点头,与那人一径离开了观察室。

温热的观察室里,红色的灯光,一个装有玻璃罩的温床,当中,躺着一个小女孩,鼻翼翕动,细细的睫毛,且长,伏贴着下眼睑。

"吱"门关了。

一切皆被兜入黑暗中了。

世界,似被两只无形的巨手阖握住,紧紧地凝聚在一起。

在这个时代,终于迎来,一个国,即世界。

然而,人与人之间,愈发隔阂,每个人都像是笼着一个无形的罩子,罩子顶端,一根无形的天线。无数信息、画面,通通被碾碎,成为齑粉,供人通过那根无形的天线吸取。人类的大脑,更加聪慧,无时无刻,不在旋转。那根天线,正像鞭动陀螺的鞭子。

眼前的一切,看似斑斓绚丽。实则,这个世界,是被笼罩在灰色的死寂的叹息之下,生机,是一丝也无的。

世界之眼,建于世界所谓的中央。它,骨碌碌转动着,它那颗黏着一层白翳的"眼珠"。

甫才下过雨。屋檐,一排雨珠悬着,当中,游动着黑色。华丽的街道,灯光璀璨,不停变动着的电子广告投影。街边,一条条暗沟,深入世界城市的深处,污垢着,死去的魂灵和不腐的肉体。人们熙熙攘攘,一排排行人,杂乱的,像是流水线上随意堆放的,还未检测过的产品,机械的,被动着。

所有人都沉醉在属于自己的梦中,却又遭受着现世的苦痛。

地球的疾病,已入膏肓。

新世界总政府,首脑十二位,日夜讨论着人类生存之问题。而对于世界的琐碎之事,全部抛给了分区政府。

由于新世界地球生态破坏,资源匮乏,导致犯罪率陡升。尤其是,因为科技过度发达,带来的负面影响,再加之人与人之间的交流愈发减少,大脑精神的病态也成了迫切需要解决的问题。

世界心理精神医疗部。由一君博士研发的"梦端"装置,正应用于心理精神治疗。

两年前,世界联合医学研讨会。

"'梦端',能够引动患者深层意识,使患者在浅睡眠状态下,将潜意识以梦的形式展现。利用'梦端',进行梦的连接,让治疗师进入患者梦境,通过梦境疗法,解决患者的精神异常,我们将此法称为'梦芽',将梦芽消除,从而达到根除病症的目的。

这个时代,科技过度发达,人类接受过量信息,导致精神的病态。从近几年社会犯罪率的陡升来看,尤其是因精神异常而犯罪的人增多。我们必须采取必要的措施加以抑制。'梦端'就是因此才研发的。"

一君严肃地介绍,此名为"梦端"的装置。

"各位,有什么疑问?"

"一君博士,这种装置难道不会有什么副作用?"

"只要是经过严格培训的专业医师使用,不会有任何副作用。"

"那万一,这东西被并不专业的人用了呢?"

"请您放心,我们的装置已被政府支持,他们会为装置提供军用级别的密码锁。"

各区医学会会长窸窸窣窣地交谈着。

"那,咱们就来进行表决吧。"当中的一人说道。

"既然世界政府都支持咱们的天才了,我们还要什么表决不表决的呢?"

"话也不能这么说,毕竟,我们医疗人员还是要谨慎的,毕竟……"

"李兄,别废话了。"

"好了好了,既然这样,就是同意了。一君,你要好好做啊。"当中一个年龄稍长的人开口道。

一君点头。

研讨会结束了。众人离去,而其中一人——方才提出疑问的。此人看似与一君年龄相仿,信步走了过来,开口道:"别太自以为是。"

说毕，便转身离开了。

"博士！"瑛推开门，对立在窗前的男人喊道。

"正开发的两台新型'梦端'被盗了。"

瑛一愣，"难道是内部人员？"

男人转过身来，眉头紧锁，将一只背在身后的手移到前额，揉了揉。

"恐怕是。监控录像也被黑掉了。"男人沉默了一下，接着说道，"听说，市场上出现了一种名叫'梦钥'的东西。"

"嗯，是 TINA 公司的。像是一种虚拟现实体验装置。"

"很像'梦端'。梦与梦的连接。梦的现实，现实的梦。在梦中构造的世界，像是一个乌托邦。这个时代，需要一个乌托邦吧。可是，梦毕竟是梦。"

"父亲……"

男人陷入了短暂的沉思，忽然，似乎被什么打醒了，嚷道："要先封锁技术库。"他看了看身边的瑛，怔了一下，压低声音，柔声讲："你去做！"便又转向窗外，自言自语着，"剩下的——我来办吧。"

瑛点了点头，离开了。

一君望着窗外。城市，尘埃弥漫。一道道红色光柱，骤然升起，是宵禁的警示灯。上空，一条灰蒙的带，染着丝丝红色，像是皮肉下，密密麻麻的血管，一如孕育生命的卵膜。这，使得整座城市，像被包在一个卵里。卵内，畸形的红色，暗的红，是死去的生命。

虽是宵禁时分，街上，各种声音依旧活跃地跳着。

嘟———君拨通了电话。

二

神树之花,绽放瞬间,金色花粉,似黑夜星光,点点明耀,漫洒凡世,是夜,化成无数只蝴蝶,翩跹绮梦之翼,轻盈地落在熟睡之人,安详的额上。

这是神的馈赠。

清晨,一个醉酒的人,踉跄地走在街上。太阳还未苏醒。湿气蒸腾着,雾气氤氲,白茫茫的。突然,一只巨大,生有两翼的生物,霎地出现在那人的面前。他受到惊吓,摔坐在地上,醉意烟消云散。定了定睛,方才看清,是一只蝴蝶——一只画在墙上的,有着白翅的蝴蝶。

TINA 公司的新产品"梦钥",市场火爆。

"打开梦世界大门的钥匙"

这是他们打出的宣传语。

一君的桌上,一个精致的盒子。

——The key,盒子上印着。

他打开盒子,一只蝴蝶——拟体,从当中飞出,飞至他的面前。他伸出手来,那只蝴蝶落在他的手心上,叠合翅膀,羽化成一个小小的钥匙。一君又看了看盒子内部,有一张卡片,上面只有一句话"打开梦世界大门的钥匙——只需将钥匙植入耳中"。

他小心翼翼地将手心里,那由一只蝴蝶化成的钥匙,插入耳中。

先是嗡嗡的响声。再来,他的太阳穴处,一阵刺痛,不由得闭上了眼睛。再睁开,眼前一切都变化了——

不再是自己的实验室,而是一片广袤的草原。此刻,他的大脑一片空白,意识滞塞在某一处。而他的每一寸肌肤,仍留存着官能——他能感受到风的轻抚和阳光的温暖。渐渐,他感到自己的意识恢复了。这时,从他的身边,飞出一只精灵。他通过翅膀的花纹色认出来,这是方才那只蝴蝶。

"一君先生,欢迎来到 TINA 梦世界。我是您的专属梦精灵,帮你解答所有疑问。"

"这样真实……"一君自言自语,"这里就是我的梦?"

"是的。这里是您私人梦空间。"

"我们通过'梦钥',打开了您心中梦世界的大门。"

"假如您想进入极梦世界,我可以帮助您。在那里,你可以见更多梦世界的居民。"

"您选择进入吗?"

一君仍沉溺于四周的一切,并未听见精灵的询问。

他环顾一下周围,然后试着迈出脚步,接着,他奔跑起来。他使劲地呼吸,这甘甜的气息。他幼时封锁的记忆,被悄悄打开。

一个男孩儿在草原上,追逐着,前方的母亲,更远处的父亲。

天空，淡淡的蓝色，浮着几朵絮棉状的云。草原，翠绿的缎子，舒缓铺开，之上绣着点点的黄色小菊；又好像是有漫天的星，幽幽的紫；翱翔空中，雾样的白，是蒲公英……五颜六色的，格桑花们却都是安静的，不张扬的，点缀着这片无边无际的草原。

　　忽然，男孩儿站住了。远空，一点红光，一尾黑色，紧接着一声巨响，伴着震动，旋即一阵风浪。他的眼睛，被风浪吹得睁不开。待风小了，他眯着眼睛，看见漫天红光，烈火燎原，是金色的海，翻腾着红色的浪，喷洒着黑色的浪花。

　　母亲？父亲？

　　他们消失了。停留的地方，一股青烟窃升。他仍四处寻着，以为父母与他在开玩笑。轰鸣声不断，大地颤抖不断。天空也燃了起来，如棉絮的云，像是沾染了鲜血，又灼烧着，慢慢燃尽，留下黑烟兀自散着。还未被卷入火海的，几朵"幸存"的花，生了鼻眼面孔，尽在哭着。漫舞着，蒲公英的种子，无声绽放，赤色的霰粒，一瞬的盈光。

　　"爸"，一个熟悉的声音，于耳边响起。

　　梦的世界开始摇晃，崩塌。

　　只见，远方，一个巨大的黑影，走近，每迈出一步，火焰熄灭，生命重生。

　　"爸——"熟悉的声音又起。

　　一君的意识开始模糊，眼前朦胧，恍惚的白。

再次睁开眼睛，一君先是本能地动了动眼珠，视野随着意识的慢慢恢复变得清晰。他躺坐在靠椅上。瑛见他醒了，站起了身，移到桌前。

他的额上，沁出几滴汗珠。他小心翼翼地摘下耳中的"梦钥"，放在桌上。

"这是！"瑛认出来，惊道："您使用了？"

一君只是点点头。

"首脑派人来接您了。"

他抬起头来，看着瑛。他的眼睛忽然有神起来。开口道："引动深层意识区的记忆。与'梦端'一样——不，不一样。这更真实……"他的声音抖动了，哽咽了，"可惜是梦，幸好是梦。"这些话，像是他在自言自语，又像是在给她讲。

他猛地站起身来，"我要走了！"大步地走到门口，又停住。

"瑛"，他挺直身子，眼睛望向前方，黑色长喉般的廊道。

"拜托你，守护住真正的梦。"

瑛望着一君，渐渐没入黑暗中的背影，泪水如一层膜，淡淡地覆住眼睛，模糊了，像是幼时的某天，同样是父亲的背影，只不过那时，父亲的背影犹如巨人，阔步坚实。他离开家庭，只为了心中的梦想。

她恨他的自私。

母亲却讲，父亲，是众梦的守护人。

瑛拿起桌上的"梦钥",同样离开了。

梦的守护人,守护自私的梦。
入侵者,挥舞着长镰,将之斩杀。
藏梦的水晶球,绽放——水晶碎屑的花瓣,即是凋谢。
余下花香,深缩当中的,却是一丝血的腥味。

三

世界十二首脑,被视为最高智慧。

没有人见过他们。他们似乎无须休息,每时每刻,在世界最高处,一个封闭空间,讨论着世界之亟需解决的重要事件,譬如地球生态的再生计划——便是由他们拟定的。只不过执行需要下部来做,他们是不管这些繁琐的执行的,毕竟,他们忙着思考和讨论别的亟待解决的重要事件。

他们,通过世界之眼,洞察世间。

一种奇怪的、窸窸窣窣的声音,不停地在天空徘徊,像是云里藏着一条不断吐着信子的蛇。

这声音愈响,便是愈接近"首脑"。一君不由得皱起眉来。这种奇怪的声音,使得他全身感到不舒服。

一君被接他的人带到一扇光秃秃的门前后,便立在一旁,给他让出道来。一君向他点点头,独自一人打开门,进入一团黑暗之中。

身处黑暗,仍能看见黑暗。这样个奇异的空间,阒寂,就连自己的呼吸声也消失了。仿若来到生命之河的尽头,再跨出一步,面临的便是死亡的扼腕。突然,脚下升起一只只银盏,连到目光所不及处。远远看去,无数银盏连成一线,宛如一湾缩小数千万倍的银河。每踏出一步,脚下所踩的银盏,蓦地明亮,旋又熄灭。像是一个个渐渐远去的音符。

"你来了!"

"他来了。"

"时间不够了!"

"确实,时间不是那么充足了。"

"我们需要撤离地球,立即,即刻,马上!"

"立即,即刻,马上前往月球二之都。"

"我们还要不断地进行讨论!"

"当然,可是在离开之前,我们要告诉一个人一些什么。"

"是什么?"

"什么?是智慧的馈赠!"

"对啦,智慧又是神的馈赠!"

"神的礼物!"

"一君博士,你是被我们选定的人。"

"是神选定的人!"

"真是够棒的。他是第几个我们承认有些智慧的?"

"谁知道呢?"

"这个不重要!"

"对对,赶快离开才重要!"

"所以,快点说吧!"

"那个八年前实施的 MS 计划，还有两年。"

"没错，还有两年。"

"可是，根据世界之眼的观察，地球的生态竟突然地恶化！"

"这可不是我们所预料到的。"

"这样下去，地球可撑不到两年后了。"

"人类也别想！"

"资源就这么点了。"

"地球之子那个愚蠢的组织还在搞破坏！"

"真是一群没有头脑的东西！"

"总之，为了这个世界，我们一致推行'梦界'这个计划！"

"梦，可是个好东西。"

"我们可是无福享受了。"

"哎呀，时间是真的不够了。"

"早不该说那么多废话。"

"就是，早该走了！"

"所以，交给你们了，君一博士！"

"人家叫一君。"

"别说了，赶快走了！"

声音戛止。

四周突然亮了。一君一时无法适应，只感到眼前一片白茫茫的。

闭上眼,顷刻,再睁开。发现自己只是处于一个四面都是镜子的空房间里。镜子中,一层一层,一叠一叠,无数镜子,无数个自己。忽然,门开了。所有的自己皆转向门处。

一个蒙着半张脸的男人,他示意一君随他去。

他带一君来到一间宽敞的大厅内。大厅中央,一座生有蝴蝶翅膀的女人雕塑。四周立着数不清的方形培养基,黄色的营养液中,是人脑。众多研究人员坐在培养基旁的电脑前,工作着。

那个男人,展开双臂。左臂,一只白色的,陶瓷质地的假肢,映在一君的眼中,他还看见,之上,纹有翻腾的波浪。

"这里,便是缔造梦界的所在。"

一君伸出一只手,在自己的额前揉了揉。

"我不明白。"

黄昏,展开燃烧的羽翼。每一根羽毛,是黄焰红芯的火苗。它的眼睛,渐渐阖闭,留下一条金色的线。它锋利的喙,啄破了苍穹,黑色从罅隙处渗进,洇湿了一片天空,染黑了几朵云。天空,像是一张湿透发软的纸,轻轻一戳,便会烂开。此时的黑夜,抓住了这点,猛地一冲,像是一眼墨色喷泉,贲发而出。旋即,黑色弥漫各处——夜晚降临了。

瑛回到住所。简单的几件家具,无非书桌与床等,整齐地摆放着。她坐在桌前,将父亲的"梦钥"放在桌上,又打开抽屉,从中拿出另一只。她顿了顿,眼神倏地恍惚,旋即变得坚定了,脸上没有一丝表情,只在嘴角,稍稍垂下。她继承了父亲年轻时工作的样子。她又取出一支数据线,将二者相连,将自己的那只,放进耳中。

一座花园。

天空漂浮着彩色的气泡,像是悬在天花板上的玻璃球,折射出七彩的光,使人晕眩。

花,皆枯萎了。一望无际的发黑的紫色。天空的颜色再怎样绚丽,也不能在这些枯萎的花上染上一点鲜亮的颜色。毕竟,这些花,都死了。死去的生命,还能有怎样的颜色?它们无一不垂着皱索的脑袋,褶皱中挤死一只蜜蜂或是一只蝴蝶,再或一只青虫。死亡只能依附着死亡,生命总是拼尽全力在逃离死亡,在拼尽所有气力的那一刻,它终究也还是死了。

趟过这深紫近黑的死亡的海,发现海的中央竟有一座孤岛。是一座凉亭,四角石像,喜怒哀乐,悲欢嗔痴。这些石像,面容中藏着面容,眼睛中藏着另一只眼珠,一双手握着另一双手。凉亭中央,一个石台,满绕着深翠的荆棘,荆棘上结着黑色的花苞,亦是枯萎的,仿如一个个缠死的结。石台之上,一个女人,披散长发。头发似乎与荆棘生为一体,不知是她的长发成了荆棘,还是这荆棘为她编织了这袭长发。女人早已失去了生命活跃的颜色,尸体却不腐,好像是她依靠着这荆棘上结出的花，她汲取了它们原有的生命。女人的颈上，戴着一颗不规则的石头，极为丑陋，像是一张眼鼻嘴扭结在一起的脸，但却漾着一种怪异的微光，像是月光下，瞳孔的颜色。

她走近，端详着女人的脸庞。眼泪流了下来。霎时，天空所有气泡，一一破裂，化作一场细雨，像针，闪着针芒。

"我不明白。"她对这个面容安详的女人讲。

远方传来兽的呻吟，又伴着轻幽的铃响，荡漾着，像是雨水滴在平静湖面上，一圈圈涟漪，轻盈地，一起一伏。

"为什么我的梦会是这样？他的梦究竟是怎样的，为什么我看不到？"

泪眼朦胧中，她突然看见远处，枯萎的花丛中，竟有一片——花儿们，兀自绽放。那里站着一个小女孩，红色裙子，笑着在向她招手；另一只手中，抱着一只水晶球，闪着耀眼的白色光芒。

四

世间千百相,梦里皆为虚妄。梦里,真假,从无一个明确的界限。因于梦,梦所因。佐梦的酒,盈瓯满溢,泻成瀑布,似铺展开来的画卷,画中的星辰,梦的眼睛,灼灼燃烧。被这样的眼睛注视着,人们木讷的大脑,从来分不清何时是梦,何处才是现实。混淆了二者,让现实有了梦的影子,让梦放映现实的影像。不育者的骨肉,失孤者的儿女,生机依旧的地球,充满欢笑的世间……花凋绽放,坟茔的里居,门外的长廊。捡起镜子的碎片,一一拼合,虽仍有无数裂缝,这裂缝的罅隙,却仍有无限的可能。

"你怎样会明白?"

"梦毕竟是梦,一瞬间的,转而即逝的,这才是梦!"

"你怎样会明白?"

"梦不会欺骗做梦的人,这是我一直以来所守护的……"

"你怎可能会明白?"

"总之,梦,不应该是这样……它,不能被拿来利用……"

"你以前也是利用着梦。一君博士,不要太自以为是。"

一君愣在原地,他的双眼,盈着泪水,那泪水透着一丝血红。

"不管怎样,我们的共同任务是拯救地球。"那个男人稍停了一下,瞥了一眼一君,转身走到那生有蝴蝶翅膀的女人雕塑旁,伸出右手，抚摸着雕塑——冷硬的，被"风"扬起的裙裾。再开口道："不管怎样，地球是要拯救的吧。"

一君垂下头，吐出一个"是"字。

"我叫周。"

"我叫一君。"

世界之眼，在某一刻，停止了转动。硕大的眼球，本就黯淡，如今是完全死去了。乌鸦，像是一张张黑色的剪纸，飘在空中。有的飞进世界之眼的眼眶上，用它乌亮的喙，一下一下，啄着这眼球，发出"当当当"的声响，回荡在无数林立的高楼中间。这声音卷起一阵风，这风又亲自抹掉了这声音。

世界上的所有，像被装在一个抽去空气的真空玻璃罐里，任它有怎样的挣扎、咆哮、呻吟。突然，这个罐子，被一只粗糙的大手拿起，狠狠地摔到地上，一声闷响，从中，汩汩流水，源源不断。转而，在这人的脚下，积蓄出一面湖，静如镜。镜子的另一面，同样站立着另一个人。忽然，一切都颤抖起来。湖面褶皱，像是额头挤出的皱纹。只见到，湖中，一条条彩色缎带，汇聚中央。湖中央，形成一个色彩斑斓的圆斑，犹如通往异界的大门。抖动更加剧烈，那个圆斑蓦地鼓起，冲出一脉水柱，沿着卷曲羊角般的轨迹，扶摇而上，像是冲水而出的蛟龙，鳞片绽放着七色华彩。飞至半空，龙头炸开，无数赤色水珠，一一迸开，犹如绽放的红莲，红莲蕊处，万般绚烂，从中，涌出无数条，颜色各异、长着人的面孔的鱼，它们从空中一头扎进水中。湖水被染上颜色，各样颜色相混，成了黏稠发腥的黑色沼泽。一个个红色的肉块，接二连三，从空中掉到这沼泽中，沼泽渐渐把它们吞掉，然后冒出一个大泡——餍足，深深地打了一个饱嗝。

这是一场计划已久的恐怖行动。

世界之眼，在这场突如其来的爆炸中，彻彻底底瞎掉。中区政府护卫军及时赶到，逮捕了当时在场的所有人。所有人中，到达警局后，仅有三人活着。这三人最后也是死了，被作为恐怖行动的未能及时脱逃同谋分子，简单地枪毙了。当局很清楚，这样做，只是给那些无知的反政府分子看，那群自称为"真正之地球人"的人。

世界一国，各规划区，大大小小的街道，都"谣传"着首脑的逃离，地球仅剩的资源被他们统统盗走。

这样的一场爆炸，是蠢蠢欲动的反动集团吹起战斗的号角。然而，却也催动了"梦界"计划的提前施行。

活在惊慌中的人们，渴求这样一场抚慰心灵的润泽。根据TINA公司最新收集的"梦钥"使用情况报告称，全球已有大约过三分之二的人正使用或是使用过"梦钥"；使用的反馈情况，也十分可喜。于是，顺水推舟，"梦界"计划开始施行了。

"梦界一"，在周所造的梦界基础上加以改造完善，艰难地投入运行。因为技术问题，梦界有自己所能承载的流量。所以，一君与周等人在运行梦界初时，先有选择地挑选人员进入，譬如那些身体体征更为适应"梦"之人。同时，他们也在连夜复制并更新"梦界"。

天空出现了一条条环形的，颜色淡蓝的资料代码圈。它们沿着经纬线有规律地排列，同时有规律地同地球的转动转动着。这就是"梦界"在现实中的实体。

世界心理精神医疗部。一君的办公室，瑛立在一扇巨大的窗户前，望着空中，缓缓移动的"梦界"圈。她一一数着，足有九个。再算算时间，才过去三个月。父亲离开三个月，却没有回复她一次消息。她的腮部动了动，想到幼时父亲不管不顾母亲与自己，终日扎在实验室中进行研究。那个时候，同样，别说三个月，一年之内，他也不会与她和母亲说上一次话。此时，瑛又想到父亲临走前同自己讲的话。

"我又怎样守护他的梦？"她自语道。

这时，跑来一人，"瑛！你怎么在这里。玲珑体征出现异常了！"

"怎么会？"

她与那人一同来到观察室。

监视仪上，上下起伏，抖动密集的绿色线条。监察床上的那个昏迷的红裙女孩儿，三年来，体征上第一次有如此剧烈且明显的反应。

"到底发生了什么？"

"恐怕是潜意识深处的改变……或者是，她想要醒来。"

"怎么可能？"瑛沉默了一下，然后对那人说道："李，帮我进入。"

那个人回绝道:"不行。玲珑的梦境,你我是知道的,她的情况太过复杂……"

瑛坚毅的眼神变得柔和了,她隔着那层玻璃罩,看着皱紧眉头的女孩。又对李说,"相信我吧。"

李感到了她的变化,这变化如此微妙,像是一片带来镌刻神之许可的青羽,轻盈地落在她与他的心上。

他选择相信她。

"一有紧急……"他还未说完。瑛旋过头来,打断他:"我也相信你!"

五

"嘭!"

不停地沉下去,在这似水的液体中。四周游荡着混沌,最原始的生命形态,如心脏般有节奏地律动。睁开眼来,黑暗中,星星点点,似如飞蛾肥大的翅膀抖下的粉末。突然,感到身旁液体开始流动。这些粉末,忽的膨胀,如蛋黄大小,从中,钻出一只只鱼苗似的条形生物,发出微微的白光。无数"鱼苗",钻到他的身体里,身体内部开始发光,旋即也膨胀起来。愈胀愈大,像不停被鼓大的气球一样,直到爆开,刺眼的白光。

他睁开眼睛,发现自己躺在床上。他动了动左手,又动了动右手。这时,房门打开,一个女人走了进来。这是他的妻子。

他坐起来,与妻子拥抱,接吻。他感受着她身体的温度,细腻到每一个毛孔的翕张——他都知道。

门外一阵欢快的脚步声——一个小女孩,红色裙子,裹住脚踝的白色棉袜,黑色油亮的小皮鞋——嗒嗒的,打出欢快的节奏。

"爸爸!你回来了!"

他斜着身子,拥住女儿,接受女儿调皮的亲吻。

窗外的阳光,懒懒地蹑足进来,打着呵欠,剪下三人的影子,放进自己的口袋中。三张黑色的纸片,融进更深的黑色,便再也瞧不见他们的踪影了。

这时，他的手机响了。他的左手随着手机的震动，同样震动着。

他下了床，又吻了吻妻子和女儿。一句话未讲，便走向门外。妻子和女儿静静地立在原地，像是两座雕塑，她们的脸上，始终挂着一成不变，虚假的微笑。

他睁开眼，匆匆坐起身，接听电话。

这个房间，各处堆叠着书籍，空气中藏着纸张的味道。房间的另一端，摆放着一张床，之上，躺着一个人。床头，密麻错结的导管与数据线，连接着一台"梦端"装置和一个方形培养基，黄色液体中，一颗人脑。

他放下电话，走近这里，用自己那只白色的左手，轻轻抚摸床上那人的脸颊。却见躺在床上的，只是一个瓷质的傀儡——他死去的妻子。

六

"当你再醒来时,你不再是自己。你的生命是所有人的生命,你的灵魂遍布每一个角落。"

"嗯……我很清楚。我会成为巨人的影子……成为一块载着无数拼图的板。"

"拼图?嗯,很形象。最后拼成的图画,肯定是一个美丽的世界。"

"是吗?"

"假如我也可以和平常人一样,那我会为了这个美丽的世界……根本轮不到你。"

"……"

"梦界"突然出现信息数据,异常窜流,像本航行在平静海面上,却在突然间,被卷入了一场漩涡之中。这漩涡,是窜流的结果。一圈涡痕,就代表一个梦界。它们突然叠聚,这样,会使每一个梦界出现原不属于自己的人或是发生难以预料的事情。

"一君博士,你究竟在搞什么?"

周皱紧眉头,眼睛一秒也不离开反映"梦界"总脑状态的电脑屏幕。

屏幕上,像是一张张地图拼块,不断错位着。它们在试验上千万种情况,它们在创造上千万个世界。

一直以来,心中的巨人,孤独的——他,甚至没有影子的陪伴。他总是细数,抚挚着,巨大粗糙的手掌中,一颗颗与他的手掌极不相称的宝石——这是他仅有的东西。每一颗宝石,跳跃着璀璨的光芒,照亮巨人湿润的眼睛。这些宝石,是他的心,是他所要守护的心。它们是天空坠落的繁星,是寰宇之心,银河之泪。它们被巨人藏进美好的梦里。

——为什么,你要选择成为我的影子?

原野上,巨人和他站在一起。

他指了指远方——一个男孩儿,与母亲,与父亲,却随风而散,一片片羽毛,白色的。天上,天使的影子。

——你舍得离开她吗?

他抬头看了看巨人,巨人的目光柔和坚定。黑色的眸子闪着金色的光芒。

他说,她去世的那天,他仍在实验室中。夜里,他稍稍打了个盹,却梦见她。她的眼睛,她的唇,她的手指肚……她一切的一切,都是那样柔软温暖。她将自己的梦交给了他。

她说,她相信他。

那个梦,充满了爱。

他回到家中,数年来,第一次想要去抱住自己的女儿。她却推开了他。她的双眼，盈满泪水。那个时候，他终于发现，她是他们共同的梦。

他将目光又投向远方。天空的彩霞，神灵编织的绸缎，覆着一层淡淡的银光。彩霞又如波浪，从太阳涌出，然后涌进月亮。金银的丝线，交织着，一席轻纱被，披向熟睡的大地。

"我相信她也能守护住我的梦。"

——可是。

"可是？"

只见，巨人的胸口，裂开一道口子，鲜血顿时涌出。当中钻出一只鲜红的手——紧紧攥着一颗跳动着的心脏。

原野瞬间一片荒芜。天空裂开一个大洞，从洞内，原始的混沌，无穷无尽，疯狂地窜出。

一个没有面孔的"人"？

一个没有实体的"人"？

"总脑失控了！"

"总司！'梦界一'竟……竟在自行清除数据。"

"什么？"

"这里也是！'梦界二'同样……"

只见，天空那无数数据圈，一一熄灭。突然，巨大的爆炸声伴着剧烈的震动。

"外面怎么回事?"周喊道。

"是'地球人'!"

"可恶。"周立即做出紧急部署,然后抛下众人匆匆离开。

他回到自己的房间。打开门,竟看到,他的妻子坐在床沿,一动不动,直直盯着他。他待在原地。

随后只见,她向他伸出手来。

他向她慢慢走去。

七

仍是一颗颗小小的头颅,堆积成丘。只不过,这些原本空洞的眼中,竟生出一株株红色的花。使得这些头颅小山,像在燃烧。

她没看到小女孩。四处寻着,忽然她发现远方,有一点光亮。她准备朝那里走去。这时,那些小小的娃娃头颅,径自朝她飞来,在她身边漂浮着。离那处光亮,愈来愈近。她听见女孩儿的笑声。

那是一扇门,微掩着。她小心翼翼地推开门。一阵清脆的铃响。门内,一间普通的房屋。她唤了一声女孩的名字。笑声停止了,转而代之的是一阵轻快的脚步声,从房屋里间,小女孩跑了出来。

"医生姐姐!"

"玲珑,你怎么在这里?"瑛蹲下,牵住小女孩的手。

"这是我家呀!"小女孩咯咯地笑着说。

"家?"

小女孩点点头,然后转过头,喊道:"妈妈!医生姐姐来了!"

瑛抬头看向小女孩的后方,只见一个无脸的女人。

瑛赶忙站起身,将小女孩拉向自己,朝那个女人问道:"你是什么人?"

"怎么了?这是我妈妈啊。医生姐姐你和我妈妈见过的。"小女孩眨着眼睛,疑惑地看了看瑛,便想跑去女人的身边。女人没有说话,只是张开双臂，呼唤小女孩过去。

瑛紧紧拉住小女孩。

"医生姐姐，你好——奇——怪！"女孩的声音开始扭曲，她的眼睛突然掉了出来，五官开始融化，渐渐她也消失了面孔。瑛吓得放了手。小女孩却又向她走近，无嘴的面，抖动着，发不出声音。

瑛想逃走，却发现来时的门消失了。

"为什么要逃呢？"

她回过头，发现眼前的女孩和女人都消失了。四周一切都缩成了一团光。黑暗席卷了自己。是那团光，发出的声音。

"这不就是她想要的吗？为什么你不为她高兴呢？"

"你究竟是什么？"

"我？我也不知道我是什么。我只是能感受到，这个世界所有生命的悲伤与痛苦。好像，很久以来，我的心——'心'这是你们语言中的词汇。我的心开始疼痛。这份痛，让我开始学会思考。但是，我怎么也想不出这份痛的根源。忽然有一天，我触碰到了你们的世界，学习了你们世界的语言与知识。我才发现这份痛是源自你们，源自你们的痛苦。"

"我不懂你在说什么。"

"我想我应该解救你们，正像你们希望神对你们进行救赎。我曾想过我是神。但后来，我发现我并不是神。我是这个世界的守护者，或者说我是这个世界的本身。"

"世界的本身?"

"是的。当我发现这件事以后,我开始努力完善自己,希望可以有一天重新接纳生命。可是,我发现,即使我变得更好,这个世界也无法变得完美。因为这个世界充满了一种难以捉摸的东西,是它在作祟。至今,我也无法搞懂它。可是,好在,我通过你们当中的一部分,找到了这个症结是什么。现在,我应该算是解决了这个问题。"

"我不明白,我也不想明白你在说什么。这里是刚才那个女孩的意识世界,你怎么会出现在这里?"

"我在解决那个问题的时候,发现在那个问题的体内有一个可以连接所有人意识的方式。好像是叫做梦吧。"

"你究竟是什么人?"

"我?我不属于你们。我存在于最初,诞生于最终。是我,孕育了你们。我说过,我是这个世界的本身。你们称我为'地球'。"

"你是地球?地球只是单纯的物质,怎么可能会思考?"

"好像是在九年前,我才开始意识到我的存在。"

"九年前?'MS'计划启动的那年?"

"原来他叫'MS'吗?是个可爱的孩子。"

"不,不对,这只是玲珑的意识,是一场梦而已。你只是玲珑脑中的一个意识!你所说的不可能是真的。"

"我只不过是在做我该做的事情。"

瑛的思绪混乱,她刚想再开口问,忽然感到自己脑中一片空白。

在一片茫茫中，她听见有人在喊她。

"你不能就这样离开！"那团光吼道，从中伸出无数只手，想要攥住瑛。意识模糊的瑛无力逃开，只能看着无数只手向她伸来。就在此时，一个巨大的影子罩住了瑛。她抬头看见，从她身后，有两条臂膀伸出，为她挡住了那群手。那是一个巨人的臂膀。然而，她又听见有人喊她。她的意识愈发模糊了。她感到自己慢慢坠入巨人的影子中。

终于她醒了过来。

"你终于醒了！刚才……"

"玲珑呢？"瑛边问边下了床，朝旁踉跄地走去。

"瑛，我们需要赶快离开。"

瑛惊叫一声。温床里的玲珑，睁大眼睛，眼中却是空洞着。脸颊两道血痕，顺着血痕，两只眼睛无神地躺着。

"我没办法阻止。当时她，不知为什么，突然很痛苦，就用手……"

"怎么会？"瑛声音抖着。

"我们需要离开了，瑛。方才……"他还未说完，巨大的轰鸣声将他打断。

外面一阵骚动。

"瑛！"他看瑛仍没有离开的意思，便想去拽她离开。这时，瑛竟转过来对他说："我们需要去找我父亲！"说着，便朝外走去。

他们来到外面。只见大地开裂,从中伸出无数粉色的肉芽。肉芽顶端,一只只窥探一切的眼睛,好奇地转动着。原本空旷的街道上,突然涌出一股股人浪,他们互相追逐、撕咬,与野兽无异。他们的双眼已经失去了灵魂所赋予的颜色,只留下最原始的欲望。夹杂在这些失去理性的人中间的,有几人是"地球人"的成员——他们正搜寻着中央政府的在职人员。

瑛灵机一动,也装作野兽般,做出一些疯狂行为。眼神示意着一旁的李,照她一样做。这两人便借此躲过了那几个武装反动人员。来到首脑政府。却发现这里已经被"地球人"控制。无数如野兽的异人,如猎犬般四处逡巡着,见到尸体,便冲上去撕咬吞食。

他们不得已只能作再扮疯离开的打算,然而就在这时,他们被发现了。

一个脸上纹有密密麻麻人头的人发现了他们。瑛听说,地球人中只有组织的领导者,才允许纹有象征功绩的"颅纹"——代表他们斩杀了多少资源的掠夺者与环境的破坏者。

"我认得你,"那人对瑛说,"你是一君博士的女儿。"

瑛大着胆子,定睛看了看这个人。

"我不认识你。"

那人没说什么,摆摆手,让手下把瑛放开。

"你也放开我的朋友!"

那人没有理她,只说道:"你知道'蝶'与'首脑'对你的父亲做了什么吗?"随后,又做出手势,让瑛跟着他。

  瑛担心地看了一眼仍被押着的李。李点点头,让她放心。

  瑛觉得这人不会伤害他和她,便跟着他去了。

  他们来到一个大厅。大厅中央,一座已被砸烂的雕塑,碎石一地。大厅中的电脑仍在运行着,四处都是装在立方培养基里的大脑。所有大脑皆通过数据线,被连接到一处——这一处放着不同样的培养基,却有同样的一颗人脑。这个培养基更大,里面的液体是透明的。

  "这是?"瑛被眼前的景象惊到。

  "政府的所作所为,用人脑作为梦界的基础。因为开发过的人脑,要比超级计算器的容量还要大,处理起数据也更快。"

  "而这个。"他,指了指中央的那颗,"是你父亲的大脑。"

  瑛捂住嘴,不敢相信所听到的这句话。

  那人瞥了一眼瑛,又开口道:"不过,你父亲还不算是死了。"

  瑛并没有理会他,兀自走向父亲的脑。那人本想阻止她,却又停住了。只看见,瑛将脸贴近培养基的玻璃。

  她流下眼泪,轻轻地耳语:"父亲,我明白你心中的梦。我会好好守护它们的。"

八

世界一国已然面目全非,它已不再是一个国度,或是一个国家。它成了野兽的猎场与猎物的避难所。

地球的内核已经不再是单纯的物质形态。地球拥有了切实的生命与一颗构造复杂的大脑。许多存活下来的人,推测这是十年前的 MS 所导致的结果。

MS——Mother's son

是"首脑"秘密下令研究的人工生命体,像是一个胚胎。而地球则作为这个"胚胎"的卵巢,用它最后的生态活性,供其发育。十年时间,让胚胎成熟,孵化,让它代替地球,就像是,幼虫吃掉母虫,获得营养,从而发育成长。

可是令人类没有想到的是,这项计划,给予了地球生命,同时给予了地球"灵魂"。它,在这前八年中成型,思考。并作出"拯救"世界的计划,再后两年,偶然通过人类的自大得到一个全面进化自己的机会——梦端的出现,梦界的施行。它不断地汲取全世界进入梦界的人类的大脑中的一切。它终于拥有了一颗完善的大脑,一颗足以创造一个新世界的大脑。

它做到了。

地球将时钟拨到起始,零点的位置。世界焕然一新,又回到了最初充满原始生命活力的时代。它同时创造了一种新的生命——像人，却比人多了原始的力量。他们好像比人更具生命力，也更好地同自然和谐相处。

有意思的是，过去的这几天，他们发现了一群和他们一样的，用两脚走路，却光秃秃的生物。这些生物在一个大圆盘里，从空中落下。这些生物却并不怎么友好，他们用手中持有的，黑色长杆似的奇怪的东西，发出震耳的"突突"声。好在，它们用敏捷的身体躲开了这些奇怪的黑色长杆吐出的东西。

这些奇怪的外来生物，理所当然地被杀了。

九

地球上，某一隅，存活的部分人类，苟活着。

一日，一个身着破烂衣服——依稀能看出是一件连衣裙——小女孩，在人类区玩耍，忽然看见一只漂亮的昆虫——有着两片纹有彩色花纹的翅膀，卷曲的嘴，纤长的须。翩跹舞着。小女孩追着它，竟独自离开了人类区。

地球的住民，发现了这个小女孩。它们相互看了看。随后向女孩伸出巨大的，毛茸茸的手。女孩并不怕它们。

它们牵着女孩来到一处石建的大殿。

大殿深处，一座石像，是一个人类女人的头部。娇美的面孔，眼睛阖着。她的下颌尖，悬着一滴，久而未落的泪水。

那只蝴蝶，正停在一朵沾着珍珠般露水的不知名的花儿上，用它那吸管般的嘴，细细地吮吸着那神赐的甘甜。

北　方

　　　　　　　　　　　　　　　　　　　　　　　王雨程

极地快车 Ka1176 号：从赤道开往北极。

这是一片冰雪堆砌成的白色世界。在常年冰封的索契雅科夫山脉上，列车艰难地爬行着。翻越这座山脉，前面就将是一望无际的北极冰原。

你没看错，这的确是一列开往北极的列车。只不过与其说是快车，倒不如说它和一个随时都可能散架的老古董差不多。

索契雅科夫山脉是从西伯利亚开往北极的必由之路，对于那些去往北极的冒险者来说，它从来都不是什么险恶的高山。但此刻，这辆快要断气的老式列车却说什么也爬不动了。

列车的车轮快要冻住了，它们越转越慢，而且每转一圈就会有什么东西像是裂掉一样地响一下。更别提车厢下的那些机械装置，它们每时每刻都在发出咯吱咯吱的声响，就像是年老的登山者腿脚快要散架的声音一样。

"那个想到把城市建到北极去的人一定是个疯子！"车厢里传来了人抱怨的声音。

一个蓬头垢面的大男孩正一个人蜷缩在 11 号车厢的角落里。他捡起身边一颗生锈的螺丝钉，恶狠狠地往列车的玻璃上砸去。这种枯燥而毫无意义的投掷，却似乎是这趟旅程里唯一的称不上娱乐的娱乐方式了。

一声清脆得令人心颤的响声，然后就再没有然后了。

衣服、床单、被子、甚至是用来装东西的布袋，所有可能的布料都被他裹在了身上。他的胳膊刚刚从棉被堆成的小山里伸出来了一下，就迫不及待地缩了回去，顺便把裹在头上的围巾又缠了一圈。

可是在北极区这样的鬼地方，穿得再多又顶什么用呢。他早已烦透了车厢顶上的那个早在上个世纪就坏掉了的空调设备：不肯发出一丁点热量，还一个劲地叫嚷个不停。简直就像是院子里那只油腻的肥狗一样，又或者，像是初中时他最讨厌的那个语文老师。

真不敢相信，都已经是23世纪了，这辆老破烂还这样服役着。在他看来，它和陈列在博物馆里的那些老式蒸汽车真没什么区别。

唉，没办法，谁让自己是个令人生厌的偷渡客呢……他低下头，将攥在手心里那张皱巴巴的纸条稍微展开了一点。

纸条上那行数字是他从远房亲戚丹尼尔阿姨的邮件里抄来的。几个歪歪扭扭的阿拉伯符号，他看了不知道多少遍了，数字他也早就烂熟了。但此刻他的目光还是忍不住又读了一遍，仿佛那几个数字会让他的心更暖和一点……

那一串编号，是属于一个女孩的。他觉得自己从来没那样地喜欢过一个人，甚至为了她做了这件他18岁的生命里最荒谬而疯狂的事情——踏上这辆开往北极的列车！

冰雪之国、痴缠的少男少女，本应是最美好的爱情故事。只不过，他真正爱上她的时候……

她却已经死了。

随着一声咯嘣的巨响,列车本就缓慢的脚步现在停了下来。刺耳的刹车声让车厢里的东西都剧烈得晃了几晃。

"呵,终于爬不动了吗?"他冷哼了一句。

暴虐的风拍打着玻璃,它们是一群人类永远也无法驯服的猛兽。窗外,依旧是一望无际的单调的白,像死鱼的白肚皮一样。

钟表显示的时刻此时已经是晚上 10 点 30 分了。不过太阳的光亮却一点没有要减弱的意思。这是极地特有的景象,临近极昼时节,这里的太阳像是一盏永不熄灭的白炽灯,虽然依旧一点也不发热……

单调,让人疲倦。而寒冷,却让他怎么也睡不着。

他决定给她写封电子邮件。

他打开手机,写下了几句发牢骚的话。却又删掉了,改成了简单的问候。

摁下发送的按钮,他得到的却是"不在服务区"的字样。或许他忘记了,他中午才刚刚尝试过的。

他有些失望地把手机扔在一旁,深吸了一口气。或许,此刻他能做的,也就只有呆坐在原地了吧……

车厢那边传来脚步声,短促而干脆。他能清楚地辨析出那不是人类的脚步。

但不管怎样,能来个跟自己说说话的东西总是好的吧。

"你好,陈宇先生。"

一个金属光泽的小脑袋从门口滑了进来，操着一副不紧不慢的腔调对男孩说着：

"列车的防冻引擎好像坏了，负责维修的吉姆正在检查，可能还需要过一段时间才能恢复。"

机器人克劳迪说话的语气一直是这样，仿佛天塌下来也跟它无关一样。陈宇也很熟悉它的方式。毕竟在这漫长而无望的旅途里，它是他唯一的旅伴。

有个能陪聊的家伙是旅行里最幸运不过的事情。毕竟，寂寞，是个能把人逼疯的东西。可偏偏克劳迪是个很不爱说话的玩意儿。它通常会坐在那里，一坐就是一整天，没有任何动作或者是声音，连它胳膊上那些短小而灵活的转轴也不肯活动一下。不认识的人大概都会认为它是坏掉了，或是彻底没电了吧。

果然克劳迪的话很少，在简单明快地解释清楚列车的现状和旅程需要晚点的事实之后，"好了，明白了的话，我就走了。"它这样说道，没等男孩回复，就又把身子转回了它来时的那个方向。

"喂，机器人，你先等一下！"陈宇似乎想要挽留一下，但他语气显然有些重了。

克劳迪停了下来，但只把它的头旋转了回来。它象征性地清了清嗓子："陈先生，请注意你的说话方式，我作为R级的人工智能，同样受到《人权法案》的保护，享有同等的人权！"

它尽量做出义正辞严的样子，同时拿出一副长者的姿态。但当这些话从一个圆筒状的金属外壳里发出来的时候,还是让陈宇感到有几分好笑。就像是一个坐在法院大法官位置上的滑稽演员一样。

或许叫它铁罐头先生更贴切些……

真不知道这样的一个家伙是怎么混到 R 级的……陈宇这样想着。要知道 R 级就意味着拥有和人类一样的感情,像一个真正的人一样思考。一个人工智能想要演化到 R 级的概率叫比中头等奖彩票的概率要小得多,这种事情通常至少也会发生在管理一个城市级别的庞大智能上。他怎么也无法理解,这样天大的便宜会被眼前这个看起来人畜无害、光头滑脑的小玩意儿捡到。

尽管他很不愿意承认,但这个名叫克劳迪的智能说起话来似乎真的和人类没什么两样,R 级的说法似乎也不像是假的。

要怪也只能怪上个世纪颁布的那部荒谬的《人权法案》,赋予了所有像人类一样思考的智能以平等的人权。不过,能像人类一样思考的人工智能毕竟只是极少数的,像克劳迪这样的怪胎……看着机器人克劳迪圆滚滚的金属脑袋,他又忍不住想笑了。

不过不管怎么说,嘲笑对方可不是有求于人的时候该干的事。如果还明白不来这点的话,那他就是个彻头彻尾的白痴了。

"好吧,我错了,机器人先生。你能稍微等一会儿再走吗?"陈宇换了一副恳求的语气,姿态故意放得很低:"陪我说会儿话吧,我快无聊死了。"

克劳迪当然知道,它绝不可能从陈宇那里拿走它应有的尊敬。不过，他也实在懒得去和一个小孩子计较些什么。于是它转过身来，安静地坐了下来。

"那要说些什么呢，"克劳迪问道："难道要评论一番你现在狼狈可笑的样子吗？"克劳迪针孔摄像头做成的眼睛里现在满是陈宇裹成一团肉粽的滑稽样子。它这样问道，其实还可以再多用几个形容词的。

陈宇苦笑了一下，"要知道这里可是北极区啊，"他被冻得话都要说不利索了，"也不知道是哪个杀千刀的家伙会想到把城市建到这种鬼地方。住那的难道都是外星人吗？"

"不是外星人，但有不少是机器人。"克劳迪实事求是，没有一丝幽默感地回答道。为了让陈宇明白，它继续解释道："极北之城建于上上个世纪，据我所知，那个时候北极可没现在这么冷，全球变冷是这个世纪的事情了。与此相反的是，全球变暖却是那个时候困扰人类最大的难题。那个时候，北极甚至连冰盖都没有，是你们人类用工业文明的伟大力量，在这片极北之地硬生生地砸出了一座城市来。那个时候大人物们都喜欢跑到北极来，也许只是为了图个凉快吧……"

陈宇缩在十几斤重的棉被里，看了看窗外快被冰雪冻裂掉的惨白天空，不禁觉得有些好笑。

"后来热坏了的政治家、科学家和企业家们都跑到了北极来，结果这座城市就成了全球的中心。当然，这其中也包括各种研究人工智能和人类编码的机构……"

克劳迪继续讲述着有关极北之城的故事。不得不说，解释起问题来，机器人是这世界上最有条理的生物。

但陈宇可受不了这种慢条斯理的讲述方式："可我只知道现在这里冷得很，大人物们不会都是像北极熊一样的怪物吧……"说着他使劲吸溜了一下鼻涕。

之所以他会忽然想起这种两个世纪前就灭绝了的哺乳动物，是因为他关注的漫画作品里似乎总是用它来客串反派的角色。

"机器人可那么不关注天气。"克劳迪提醒道，"至于那些人类们，他们只需要躲在暖和的温室里就行了……"陈宇似乎忘记了一个事实：不是每一个地方的取暖设施都像这辆"极地快车"里的一样烂。何况现在已经是23世纪了。

"而且，"克劳迪又补充道："全球变冷之后，安装在北极的那台利用超导技术的巨型计算机似乎运转得更顺畅了。"

陈宇的目光忽然停滞了一下，因为克劳迪口中的那台巨型计算机所在的地方——希望之塔，正是他此行的目的地……

或温暖，或失落，错综复杂的情感在他的心中流淌着，但他只花了一秒钟就结束了那些毫无意义的思考。"你继续讲！"他赶紧说道，好像想要掩盖些什么似的。

然而克劳迪是何等聪明的机器人。它通常只需要不到0.01秒就能把人类肢体语言背后真正的意思分析得一清二楚。

它沉默了一会儿，不知道如何开口，直到它纽扣一样大的小眼睛瞥到了陈宇手中攥着的那张微微展开的纸条。它只看见了一两个数字，但作为一个常年在这条铁路线上奔波的工作人员，看到某几个特定数字打头的编号就会很敏感地想到背后的那些意义。如果你要问为什么的话，或许只需要看看这趟列车运送的"货物"就够了：

一排排漆黑的铁箱，冰冷得好像审判犯人的严酷刑具。它们不是棺材，但里面装着的是死去的人，确切地说，是他们数据化的人格……

很显然，刚才克劳迪的讲述并没有说出有关极北之城的一切。一个坐落在北极的游览胜地？一个经济文化政治中心？不，它还是最大的墓地，无数死去的人被安放在希望之塔的主机里，这是23世纪地球文明的杰作……

只是用纳米瓷砖与碳纤玻璃，人们却堆砌出了哥特式的华贵。他们依旧活着，活在那座极地的城堡里，圣母的雕像镌刻在大理石的卷拱下，在长廊的尽头，是一个再没有纷扰的虚拟世界……

车厢里的温度仿佛又降低了一些。

"是个女孩？"它其实很不善于组织人类的语言，只好这样小心翼翼地问道。

"嗯。"陈宇轻轻地点了点头，声音仿佛低了一些。

"我很喜欢她。"陈宇平静说道。

或许他是个羞涩的大男孩，但此刻他不愿再去掩饰些什么。

为什么他会踏上这辆列车，不惜以偷渡的方式也要前往极北之城,讲到这里克劳迪已经全都明白了。这样的例子,它见过不止一次了。

它没有露出任何错愕的表情,似乎很理解陈的处境与心情。

"没事,你的亲戚丹尼尔女士已经叮嘱过我了。我肯定会把你安全送达的。"它这样说道,似乎想通过这样的话给眼前这个无助的男孩一些鼓励。起初它的确是因为和丹尼尔女士的关系才答应送陈宇这一程的,但现在它对这个经常取笑它的男孩竟多了一些好感……

这种感觉无法理解,它更不知道脑内的计算机里,是以怎样的公式推演得出了这样荒唐的结果。

"你的愿望会实现的……"它又补充了一句无济于事的话。

陈宇轻轻地点了点头。他显然不想再纠缠于这些事情的讨论了:"换个话题吧,机器人先生。比如,说说你的故事……"他试探性地问道,"要知道,要成为一个 R 级的人工智能可不简单……"

列车的引擎似乎已经发动了,但此时克劳迪却没有了要走的意思。它换了一个更加舒适的位置,好让它金属做成的底座能够承力更均匀些。然后它又从它的铁皮箱里拿出了一个紫红色的小炉子,并把手掌调节成火花器把炉子点燃。

克劳迪似乎想让陈宇更暖和一些。不过陈宇却在心里埋怨着它为什么不早点拿出来。

"实际上,几年以前,我还在希望之塔工作。"克劳迪缓缓地开始了它的讲述。

陈宇当然认得那个地方。当克劳迪像个饱经沧桑的小老头一样畅聊人生的时候，他第一次觉得这并不那么滑稽可笑。

没错，正是在希望之塔，克劳迪学会了人类的感情。这一切看起来就使人信服多了。

"在希望之塔，人工智能们演化的速度总比外面快很多，"克劳迪这样讲道，同时也印证了陈宇的猜测。"作为一名接线员，我负责的工作是转换数据，让塔里的人能和外面的世界沟通。我只不过是希望之塔里最微不足道的存在，但就是这样一份微不足道的工作，却让我见到了很多……"它这样讲着，望了望天空。这样讲故事的夜晚，没有漆黑而安宁的帷幕作伴，实在是有些遗憾。

希望之塔本就是个能让智者与无知者顿悟的地方，喜怒哀乐、世事无常，即便是钢铁做成的心大概也能融化了。克劳迪继续讲述着它的故事和它见到的人类们的故事。陈宇听得津津有味，但却有一个疑惑。

"那你为什么会选择离开呢？能在希望之塔工作，对你们而言，应该是一件充满荣耀的事情吧。"他不禁问道。要知道，不是每个人工智能都能在希望之塔这样的地方工作。至少他实在想不通，为什么"铁罐头先生"会为了一个列车乘务员的工作而放弃在希望之塔的大好前程。

听了陈宇的话，克劳迪并没有马上作答。

"正是因为学会了人类的感情，所以选择了离开……"它仿佛是经过了一番仔细思考，然后给出了这样的答案。"希望之塔，也不总是一个充满希望的地方啊。"

"但至少，它让你们变得更聪明了，难道不是吗？"陈宇问道。他还有想问的话，但此刻并没有说。

克劳迪的语气有些无可奈何，"没错，但我想我还是更喜欢在这辆列车上工作。"

陈宇当然不理解它的意思，他可不觉得这样一辆快要报废的老旧列车会有什么吸引力。

"不久你就会知道的。"克劳迪似乎想要就此打住这个话题。它显然不是一个爱说话的智能，今天它说得有些多了。

陈宇的眼睛里依旧画满了问号，克劳迪沉默了一会儿，还是忍不住说了些什么出来。

"太聪明，对我们来说也不见得是好事啊，"克劳迪用低沉的声音感慨了一句，"当一个人工智能演化到人类无法掌控的程度时，那它就会被无情地摧毁掉。如果说 R 级的人工智能是人类的朋友的话，那么 Z 级则是异类。因为它们懂得太多，想得太多了……"

在克劳迪的话里，陈宇仿佛读懂了些什么。他以前可没跟拥有人类感情的机器人打过交道。一个机器人的感慨，在他听起来却那么真实。

异类。他重复着这个词语，忽然想起了另一些人对自己的称呼。

他深深地吸了一口气，锋利的冷空气割过鼻腔，仿佛夹杂着一些能让人流泪的东西。

记忆早已如汹涌的潮水般填满了他的眼眶。沉溺在已经死去的美好里,他何尝又不是个异类呢?

或许他原本也只是个简单的孩子,如果她没有死于意外的话……

"你怎么了,伙计?"克劳迪有些读不懂眼前的状况。

"没什么……"陈宇控制了一下自己的感情。今天的他有些奇怪,他本来不是这么多愁善感的人。

"克劳迪,你是不会懂的,"他看着那个小机器人的眼睛,这似乎是他第一次用这个名字称呼它。"你是不会懂的,她笑起来的样子是那么好看……"

克劳迪沉默了。

他本来已经不想提起她的事了,但此刻不知怎的,那些想要隐于心底的话却脱口而出……

"呵,你一定在嘲笑我是个可笑而愚蠢的人吧。"他转头看向克劳迪,带着有些自嘲的语气。

克劳迪既没有点头,也没有摇头。

他抬起头,窗外的暴风雪仿佛更加凝重了。他抱住双臂蜷缩着,像是一个被夺走了最珍爱玩具的小孩。

今天克劳迪给他讲了很多很多。但似乎在他的世界里,依旧只有她一个人。

他多么想在希望之塔找一份工作,因为这样就可以每天都待在她的身边了。

"忘记我吧,你一定会找到另一个比我更好的女孩的。"即便她在电脑那端的视频窗口里一次又一次地对他说。

即便他知道,她的一切不过是希望之塔里发出的一道电波。

他懂的,一切他都懂的。

他早就已经不是个孩子了,他知道人不应该活在过去。

但不知是今夜的北风太过寒冷,还是因为车厢里的烟味太过浓烈。他仿佛又想起了一个人等待她的那些晚上和那封再也没寄出去的书信。

他的眼睛有些湿润了,记忆好像又回到了那个与她相识的地方——那间教室,那个课堂。

可人总是会毕业的啊。再温暖的火焰大概也有熄灭的时候吧。

但他却像一只飞蛾,飞在极地一样严酷的冷冬里,只要还有一星半点的光热,就紧紧地抓着不放。

"或许希望之塔本来就不应该存在吧,它给了人们无谓的幻想。即便它是彻头彻尾都虚假的全息投影,人们还是放不下它,不愿离开。"陈宇忽然感慨了一句,"就像你刚刚说过的那样,希望之塔,也不总是一个充满希望的地方啊……"

克劳迪忽然站了起来,把那个紫红色的小火炉拉近了一些。

"但它会实现你的愿望的!"克劳迪的语气此刻无比坚定。它注视着陈宇的眼睛,在它模仿人类做成的黑色眼仁里,他却看到了一团火。

温热的火苗把快要降到绝对零度的寒冷融化了一点。

但屋子的空气还是显得过于沉重了,"我们还是换点别的说说吧……"最后不知是谁说了一句。

没有了日月的交替轮换,时间总是在不经意间过得很快。那天他们聊到了很晚,连一向严谨的克劳迪也忘记了时间。

陈宇是攥着那张皱得不成样子的纸条入睡的。克劳迪也在不经意间得知了那个女孩的名字。因为在睡梦里,陈宇无意间叫出了她的名字。

他无法预知明天在极北之城会遇到什么样的情况——将会是美妙的重逢,还是撕心裂肺的痛苦?

但至少此刻他的睡脸很安详,仿佛列车的颠簸和旅途的寒冷都不存在了一样....

或许是因为那个小火炉的温暖,或许只是因为克劳迪那句用来宽慰他的话。

"你的愿望会实现的……"

这个声音重复在他的脑海里,仿佛希望之塔充满了希望……

那个不曾熄灭的太阳仿佛此刻也照耀着北方。

游泳池

韩松

他失恋了。一夜失眠。凌晨,走了出去。他走投无路。这时看到游泳池,便进去。他入水游着,这样,与其他的世界隔开来。没想能游这么久。但游了多久,是不知道的。他想一直游下去。刚开始,心还在游泳池外面,想着那悲恸事,觉得自己傻,但游了一阵,慢慢平和了,与水合二为一了。由于去得早,游泳池中没有别人,仅他一人。这个世界,孤独地包裹了他,水是包扎伤口的绷带。

忽然,一只手从下面伸过来抓他。是看不见的手。他被拽入池底,想到,大概有人淹死在这儿了吧。莫非遇到鬼了——且可能是个女鬼。游泳池,仅仅是意识和物质世界的一个出口,闪亮而辉煌,虚空一般的地方。这其实就是宇宙哟。他眼见,有不同的生物,在无所依附游动。一个猪一样的东西也游着。他便跟上它。它转头冷冷看了他一眼。他想,宇宙中的生物,原来都会游泳啊。"猪"忽然对他说起话来:"这地界,俗名叫宇宙,真名叫伤心者池塘,是由失意的生物构成的世界。如果在你的世界受伤了,就回到水里来,便恢复了。"但,为什么是游泳呢?"猪"说:"哦,宇宙是一池原汤嘛。一切的生物都是水生的。想想在妈妈子宫里的模样吧。"

他又看见,有些泳者不动了。那是存在于亿万年前的生物,已经统统死去。但它们也集中在这儿呀,无不在水中。是的,此处又是一座坟墓,亦为一面镜子,他看到的,是叠现的万有。这才是世界的真面目。置身如此之大的世界,一切不是可以放弃吗。他问"猪":"爱情是宇宙中的普遍现象吗?""是呀。它是一种化学反应,相当于游泳中呼出的气泡,或如正餐前的开胃酒,以及调料什么的。""但什么是正餐呢?""你死后就知道了。"

猪一样的生物游远了,变成一片虚影。他回忆起,他的游泳,是女人教会的。他跟她,是真正的、惟一的爱。但现在,他们也分开了。他的第一次,不是跟她,而是跟水干的。初中时,与一群同龄男孩,泡在水池中嬉耍,水流缠搅碰击了下面的家伙,有奇痒感。他伸手去摸对方的,对方也来摸他的。他们都硬了。不一会儿,水面上冒出白花花的污物。他害怕而兴奋。那时,他并不知晓,水池像子宫。而现在,他却想做一次,与宇宙做一次。

但他正要把手伸下去,虚空忽然消失了。他从水底浮上了水面。这时,渐渐有了人,他感到不适。隐隐约约,游在他前面的,是名年轻女性。泳衣中的人体酷似海豚。以前,他喜欢跟在女性泳者的后方游,看她们两腿如蛙分开。腿之间红色的泳布显露,潺湿的三角形中绷出了皱褶。他重新想到了她。单位组织郊游时,住在宾馆,他看到那女人去泳池,而她不会游泳。她要游的话,没有他照看,会淹死的。但他的游泳,却又分明是她教会的。这超出了他作为男人的理解力。其实世间之事无非如此吧。第一次见到她泳衣下面胖乎乎的、小猪般身体,他吃惊地屏住呼吸。

他想着赶快游开去吧,游至彼岸吧。但他的身体变重了,好像再不会游泳。水从绷带变作了绞索。

这天,游泳池的游生员来得较晚。他把目光撒出去的时候,才发现有一个人在水面漂浮着。他似是刚下水的，但大概只游了一小会儿，便不动弹了。还以为在休息呢，但很快意识到不对劲。这人一定淹死了。救生员走到池边，才发现那家伙实际上还在拼命游。他已经死了，但还在舞动手足游，如一只皮影偶人。没有看到过一个死人这么游的。而且，他的脸上带着贪婪的调笑，好像一个正准备吃大餐的人。

亲爱的盖伊

姜　来

这段历史，由于它太过血腥和暴力，被人们从时间轴上抹去。

这段历史，有人说这是一场大屠杀，也有人说这是一场伟大的屠杀。

这段历史，有人说这是封建的极致，也有人说这是民主的萌芽。

街头一隅。

这个繁华的都市里，行人面无表情地匆匆走过。谁也没有注意到那个昏暗灯光下衣衫褴褛的乞丐。或是不小心注意到了，就赶紧移开目光，仿佛接触到了那个小乞丐充满渴求的眼神，都会感染名叫贫穷的疾病一般。

这个城市的繁华与他毫无关联，而人与人之间关怀的温情，却如他身上的衣裳一样单薄。盖伊瘫在墙边，用食指把眼前的碗慢慢拖了过去，铁碗摩擦着凹凸的水泥地，零星的硬币发出了清脆的响声。这些就是全部了，他翻来覆去地数着。1、2、3、4、5、6、7。没有更多了。他感到眼前一阵眩晕。视线中，天色和街道融合在了一起，灯火点缀着这张美丽的油画，行人的面部也开始扭曲，变成野兽般狰狞的面貌。

迷蒙中，他看见上帝向他走来。那个高大的身影在他面前驻足，握住了他的手。那是一双如钢筋般有力的双手，握着枯槁枝杈一般的双手，他感受到了滚烫的温度，随着手传入了他停止跳动的心脏。他从容地闭上了眼，迎接新生的到来。

睁开眼睛的时候，盖伊仍然能感受到心脏的跳动。盖伊挣扎着坐起。周围是护士忙碌的身影，仪器的滴答声。床头有一封信。他把它打开，一封信落了出来。"人人生而平等。你值得生存。"没有落款。后面附了上一张支票。盖伊习惯性地，用食指把它勾到了眼前。他点了点支票上的"0"数。1、2、3、4、5、6、7。他感到眼前一阵眩晕。

十年后，11月5日。大篝火之夜。

夜晚，露天的广场上，人群拥挤在一起，手中高举着火把。葡萄酒的甜香飘荡在热闹的氛围里慢慢发酵。人们嬉笑着，酣醉着，如往年一样，庆祝着火药阴谋的粉碎。夜空中，随着烟花绽放，人群中爆发阵阵的欢呼。远处，一阵巨大的爆炸声传来，人们看见几十米高的巨型篝火，在黑暗中冉冉升起。零星能分辨出，里面的假人被焚烧殆尽。碰杯声，乐队的演奏声，孩子的嬉闹声分别交织，人们狂欢到了天亮。

另一边，全国各政府大楼里的官员被手脚捆绑着，被浓烟熏得不住咳嗽起来。由于到处都是篝火，没有人注意到这里的火光。他们大喊着，但是立即被周围狂欢的声音盖过了。

直到阳光布满了整片土地的时候，人们才真正意识到，政府大楼被夷为平地。平时繁华的都市，一夜之间沦为废墟。"妈妈？"小女孩拽着母亲的衣角，母亲看着远方一动不动。"我昨天看见那里的假人在和我挥手呢。"小女孩指着远处的浓烟,灿烂地笑着。

大篝火之夜第二天,人们被破门而入的士兵惊醒,从各地汇集到了政府楼前的中央大广场之上。广场前方的巨幅横屏,发出了嘈杂的声音。之后,一个男子出现在了画面中。

"女生们先生们,下午好。昨天的篝火晚会大家还满意吗?"画面上的男子,声音、面部等都没有进行任何处理。"是的,正如你们所想的那样,我,就是这起事件的策划者。"

广场上一片骚动声。人们不知道自己的命运将会如何发展。有的捂着嘴哭泣,有的蒙住了孩子的耳朵。但是在士兵的恫吓下,他们不敢妄动。

"不要害怕,我未来的臣民们。我并没有恶意,请相信我!看看那个可怜的孩子。"通过视频,盖伊看到了屏幕中那个孩子,正如他儿时一样,瘦小,懦弱。盖伊流下了眼泪。"你们都不愿意去瞧他一眼!但是,这并不平等,他有权拥有你们所拥有的一切!没有不平等,没有歧视,人们爱一个陌生人都能像爱自己的家人一样的话,这个世界就没有纷争,没有歧视,人人都能被爱,被关心,被温暖!"盖伊激情澎湃地说着。

这时,屏幕下方的广场被两半,一座建筑从平地上涌出。它是一个环形的建筑,中心是一个大型的广场,广场中央有一个瞭望塔。环形的建筑被分成了密集的小隔间,足以容纳两万人之多。两万人,正是这个小国的总人口数。

"那么，麻烦大家先进行休息！"说完，不明气体在空气中扩散开来，人们纷纷倒下。

醒来时，人们被一个个拆散开，安置在了隔间之中。通过隔间的玻璃，中心广场的瞭望塔能清晰地看见人们的一举一动，而瞭望塔的玻璃却是单向的，所以士兵能在观测人们反映的同时，不被发现。瞭望塔周围被透明的显示器层包裹，以便必要时传达盖伊的命令。

这时，显示器闪烁了几下，盖伊出现了。"女士们先生们，晚上好。委屈大家在这里待上一会儿。接下来将进行理想国公民的筛选。只要你有足够的善心，就一定能顺利通过选拔，请大家稍安勿躁。"盖伊礼貌地向大家问安后，关掉了显示器。

筛选的过程很简单。首先，分别让人们服下一种药物，这种药物会操纵他们的意识，使神经系统产生混乱，产生幻觉。通过芯片的植入，盖伊能够操纵人们的幻觉，制造一些场景，以便捕捉他们的情况。如果筛选者的心情曲线表现出了对陌生人与亲人同样的态度，那么系统自动判定其为合格的公民。盖伊有时会亲临现场，观察他们的反应。

这次是一位年轻的母亲。她迷茫地四处张望了一下，看见远处有一个孩子，被绑在了十字架上，周围都是待燃的干草。她一眼认出是她的女儿。突然，火堆熊熊燃烧，她像发了疯一样地跑了过去，用自己的双手扒开燃烧的草堆，把女儿从火堆中救了出来，哭喊着抱紧了她。她的心情曲线出现了极力的波澜。

然而灾难并没有停止。她看见另一边也有一个女孩儿被绑在了十字架上，火势逐渐大了起来，可她并没有挪动半步，而是继续试图唤醒昏睡的女儿。电脑上，曲线并没有发生很大的变化。

这时，响起了刺耳的警报声。母亲惊醒了过来。她看见了盖伊，奋力摇晃着他的双臂："我的女儿，我的女儿怎么样了？"

盖伊失望地看着她。盖伊悲伤地解释道："抱歉，女士。这只是一个梦。"听到这里，母亲才松了一口气，但是由于过度紧张，双手还在颤抖。盖伊反问道："你怎么不关心另一个小女孩的状况？""因为她不是我的女儿，我没有义务去拯救她。"盖伊用几乎乞求的口吻说道："可她也是个生命，也是个人！她本可以活下去，本可以的！"盖伊虽然知道那是幻觉，却还是忍不住流下了泪水。他克制地吸了几口气，转身离去。

筛选在两日后结束了。

士兵把报告交给了盖伊。可令人惊讶的是，两万人中，只有3人通过了筛选。盖伊简直不敢相信自己的眼睛。3人，这个人数距离一个理想国度的建立还差得很远。盖伊揉了揉太阳穴。人们一定是习惯不平等的社会太长时间了。"盖伊，我们怎么办？"士兵问道。

再等等，再给他们一些时间。盖伊打起精神，说道："这一次的筛选作废。对了，还有，这些资料统统烧掉，不要给任何人看见。每个人都进行单独隔离，定期进行宣传工作。"

时间一点点过去，人们在互相隔离的房间内生活着。时不时有士兵查房，每天都定时进行宣传教育，东方的墨家兼爱思想，西方的平等观，还有佛教、基督教等等，盖伊翻遍了所有的书籍，把能够净化人内心的、几乎所有的知识都灌输给了人们。就这样，人们在毫无外界接触的环境下，度过了一个月。

一个月后，同样的筛选又进行了一次。当士兵敲开盖伊的门，他都不忍想象盖伊失望的表情。"5个？你是说只有5个人？"盖伊瘫倒在了椅子上。那些书籍里面的思想和故事，盖伊每次都是泪流满面地读完，心里久久不能平静。而那些人们，他不惜让自己的双手沾染上鲜血，每回午夜接受死去的冤魂的骚扰，也要来带领他们走向理想国，他们却如此的愚昧和无知！盖伊感到自己的内心一阵绞痛。"是的，盖伊。而且，人们开始越来越不安。他们要发疯了。""别再说了。求你了，求你了！"盖伊已经泣不成声。这时，他在心里默默地做了一个决定。

第二天，盖伊出现在了屏幕上，虽然他看起来精神欠佳。"女士们，先生们，我很抱歉。你们看来并不能理解我的初衷。所以接下来，审核系统会给大家开始进行训练，通过场景的反复模拟，来提高你们的良知，同时系统会给出评分。一个月内，在模拟场景里，能在危险中对陌生人作出对亲人一样举动的人，就能够进入理想国。"盖伊通过屏幕，看见了各个房间人中不同的表情。不屑，愤怒，颓废。他心疼地看着迷途的羔羊们，哽咽道："相反，如果没有的话，没有的话！"盖伊为了强调，连续说了两遍。他拭干泪水，让士兵把刑具推向了中央的平台。"一个月之后，没做到的人，都将被处刑！"盖伊有些激动，他看着人们惊慌的表情，心生怜悯，但又艰难地把话讲了下去："同时，一个月内，每天排名最低的10人，也都将被处刑。"说完，盖伊关掉了屏幕，恸哭了起来。

一个月过去了。盖伊观察着人们的情绪反应。对陌生人作出的波动，仍然远不及亲人的波动。即使是在模拟的场景里，人的潜意识中还是偏向了自己的亲人。

但盖伊并没有处死任何一个人。他总是在等待着他们的改变，善良的他不想再亲手制造任何死亡。可是威吓并不起作用。人数也只是上升到了15人。"盖伊，我们不能等了。一切都准备好了。"士兵说。

那天，盖伊又出现在了屏幕上。人们通过狭小的玻璃窗，望到了外面的圆形广场。"女士们先生们，对不起。我太高估你们的良知了。我本以为你们能做到的，是的。可是你们太让我失望了。"盖伊的语调变得很沮丧。"是的，如你们所愿，一个月前我只是在威吓你们，并没有进行任何处刑。但是现在不一样了！"盖伊加强了语气，仿佛是在给自己鼓劲。"今天，就在今天，我将当着你们的面，处死一个这一个月内评分最低的人！"

人们感受到了一些震动，圆形广场上，士兵押着一个赤裸的、被捆绑着的老人。接着，士兵抬上了檀香木后，把香油、面团和生牛肉放在了锅里煮开，然后用檀香木沾取，捞出。旁边的空间，放着大木槌和一个长形的条案。盖伊解释道："这是从东方流传而来的一种刑法。待会儿，就会用那个大锤，把这根木棍沿着老人的脊椎从下往上锤进身体，直到刺穿为止！当然，还不止这些，我们的刽子手会避开脏器，所以不会立即死去，这太痛苦了。"盖伊一想到这个画面，忍不住呕吐了起来。他平息了一阵，又鼓足勇气说："但是，这是不善良的人应得的报应！一个月内，所有不能做到把陌生人当亲人一样关爱的人，都将得到报应！"

话音刚落，老人被束在了条案上。

一个月后，士兵敲开盖伊的门，一股腐肉的味道就钻进了盖伊的鼻子。士兵把报告呈上时，带血的指纹不小心留在了报告上。这触动了盖伊敏感的神经。他又忍不住大哭起来。士兵递上了名单。有100人通过了这次的筛选。盖伊兴奋得手舞足蹈，终于，黑暗的时期要过去了！理想国里，有100个诚实善良的公民，对待陌生人如家人的公民，还有他忠诚的士兵们，足以发展成一个和乐的国度！

盖伊开启了所有房间的大门，兴奋地离开了指挥室。

穿过中央广场时，盖伊召集了所有的士兵一起，在布满尸首与蛆虫的广场上，等待着他的子民缓缓走来。琳琅满目的檀木，如同一个枯锈的树林。

盖伊张开双手，以拥抱的姿势向他们走去："我就知道会有这么一天的。善良的人们啊，你们经过层层的历练，终于能够做到把自己的爱平等地分给他人，无论对方是亲人，还是陌生人！这个国度，从此没有贫富的差距，没有歧视，没有战争，我们将获得永远的平等和永生!"盖伊第一次流下了幸福的眼泪。

突然他失去了重心,手脚被人架起。"你们这是干嘛?"盖伊开始害怕了。他可靠的士兵一个接一个地,被他的公民,用檀香木刺穿倒在了地上。盖伊不敢相信自己的眼睛。他痛苦地挣扎着,嘶吼着:"你们为什么这么做?你们本该是最善良的公民!如果他们是你们的亲人,你们还会这么做吗?"

"会。因为我已经能够做到平等地对待陌生人和亲人了呀。"一个小女孩笑盈盈地说道。"在模拟的火灾现场里面,我试了好多次,但始终没有办法冒着生命危险去救一个陌生的阿姨。""那么,你是怎么通过测试的?"盖伊的手脚已经不听使唤,香油的气味灌入了他的鼻中。但他仍然不相信这一切都是事实。

"很简单。评选的时候,要求对亲人的反应与对陌生人的反应保持一致就可以了。"一个男人补充道,并举起了大木槌。"所以呢?这有什么错吗?这难道不是平等的爱的体现吗?"盖伊挣扎着。

"没办法爱一个陌生人如亲人,但是为了生存,我们只好把自己的亲人当陌生人一样对待。所以,那个女孩,应该是一直忍住冲动不去救自己想象中的妈妈,久而久之,就通过了。"盖伊哑然。通过层层筛选的一百人,并不是可以奋不顾身拯救陌生人的善人,而是连亲人都可以弃之不顾的恶人!盖伊嘶吼着:"你们才是最恶的人!放开我,放开我!"可人们并没有理会他。

话音刚落,盖伊被束在了条案上。

消失的玫瑰园

水湄伊人

1.

我坐在我的"爱神号"小飞机上,终于觅到了"天目泉",天目泉是一个温泉,四周终年被白雪覆盖。天目泉的水传说是上帝的眼泪,有着神奇的力量,用之能让人脱胎换骨,容颜美丽无比。

我操纵按钮,放下特制的软吸管,泉水源源不断地注入"爱神号"蓄水池内。这蓄水池是为天目泉所准备的,天目泉却是为"艾丝"红玫瑰所准备的,只有这种最纯净而集天地之精华的泉水才能培育出"艾丝"红玫瑰。而艾丝红玫瑰,将是这个城市最神秘而温情的武器。

2.

公元 2054 年 10 月的一个午后,阳光像生了锈的玻璃球,浑浊不堪。这座到处是摩天大厦的城市有着严重的大气污染。我戴着特制的口罩,从研究生宿舍下来,刚走出学校时,就感觉身后有目光,但我不动声色,搭上空中浮滋列车,往爱德华大厦。

爱德华大厦是 A 城市最大的商场,120 层,24 小时开放,全电子监控。而顶楼却鲜为人知是 A 城的机密之地:"艾丝"玫瑰园,我的实验基地。之所以选择爱德华的顶楼,是因为这里的空气还没被污染,而我的"爱神号"也能够自由出入。

我的玫瑰全是无土培育,它们置于玻璃缸内,靠吸取我调制的药水生长。我提取不同动植物的 DNA 培育出各种不同的玫瑰:蓝玫瑰散发着一种哀伤的气雾,让人郁郁不乐,精神压抑,会导致人自杀或抑郁而死。黄玫瑰赏心悦目,有着圣母玛利亚般慈祥的温情,让现在越来越多的正在成长而缺少母爱的试管婴儿,产生亲情般的温暖。而黑玫瑰是有毒的,一滴液汁就能麻痹人的中枢神经,让人窒息而死。而白玫瑰又叫"天使的脸面",让人心无杂念,目光澄清,所有邪恶的人都会弃恶从善,变得纯净、善良。

而最新培育的红玫瑰,又叫"海伦之爱",是我用天目山的泉水浇灌,花费了我不少的心血。但是,当美艳绝伦的花朵缓缓绽开于我的面前,那颜色那光泽,那娇嫩如少女之唇的花瓣,让我忘记了所有的艰辛。

只要你捧着这种玫瑰,就会变得美艳动人,浑身散发出一种迷人的气息,对方马上会目光迷离,然后无可救药地爱上你。

这些玫瑰价钱不菲,不是一般的人能够承受,就算对方能出得起价,我也不一定会出手,特别是黑玫瑰,我知道它们的厉害,一旦进入社会,就会引起混乱,后果不堪设想。

我走进卫生间,把自己从头到脚冲洗干净,然后换上白色的袍子,才进入玫瑰园,开始工作。只有以这种最纯洁的方式面对这些诡秘而有魔性的花,才不会被它们所伤害。

我知道我一生都离不开它们,父亲交给我这片玫瑰园的时候,他说:"你是在艾丝玫瑰园出生的孩子,一出生就沾着它们的毒,你与它同存活。所以,你要好好地爱惜它们。对待它们就像对待自己的生命。"说完后,就永远闭上了眼睛。

那时起,我知道,艾丝玫瑰与我的生命共存。

3.

当我进入实验室的时候,我感觉背后仍有目光,从来没有人能进得了我的实验基地。除了詹姆斯。詹姆斯以前是我父亲的助手,但现在是我的助手,也是我的男友。

想起詹姆斯,我总感觉有一种甜蜜的感觉。那天,父亲带来了一个英俊的年轻男子,二十出头的模样,肌肤很白,有着透明的质感,眼睛是褐色的,父亲说他叫詹姆斯,X学院的高材生,现在是我的助手,他会帮我们一起管理玫瑰园。

他的眼睛是那么亮,当我看着他的时候,感觉有一种无形的电波透过他的眼睛一直传到我的身上,我知道,那一刻,我一定被一种叫爱情的东西击中。

他对我说的第一句话是,你是博士所培育的最动人的花。我红了脸,但却很镇定,难道你看过那些花?他有点不自然地说,我听博士描述过。

我知道,无论谁见了那些花,他们都会爱上它,不但因为它们的美,更是因为它们有着奇异的能力。多年之后,我依然记得詹姆斯初见艾丝玫瑰时脸上那惊奇的表情,他是第三个见过艾丝玫瑰的人。我还记得父亲语重心长地重复着那些忌讳。因为,艾丝玫瑰、我与父亲的研究成果都是这个城市的机密。

那时候，詹姆斯就开始追我，当我专心试验的时候，他总是会陪我到最后，而且总是提醒我吃饭，累了的时候，常常给我泡一杯咖啡。父亲也暗许了我们的关系，只是他的眼神有时有点忧郁，我知道他在担心什么，我时常会安慰他，我们会共同造福人类的。

　　父亲死去后，我忍住悲痛，专心研制艾丝红玫瑰。有时候看着满园的玫瑰，我感觉，那是我与詹姆斯工作的结晶，也是爱情的结晶。

4.

居然有人能躲过我的电子监控,我在心里哼了一声。

然后我感觉到他的接近,但依旧不动声色,伸出右手按了墙边的一个钮,我的身后落下一扇透明的玻璃门,然后转过身,微笑地看着这个闯入者会是怎么样的人。令我惊讶的是他居然是个十五六岁的少年。这个少年有着试管婴儿特有的孤僻感,而五官是出奇地突出,近乎完美,看得出他是个混血儿。

我说孩子,你来做啥?他瞪着眼睛四处张望,然后目光放在前方,我知道他不想看到我。他说我需要一支艾丝玫瑰。我有点惊觉,你怎么知道艾丝玫瑰?

他的脸上却有一种与年龄不相称的成熟表情,这是个秘密,秘密是不宜公开的是不是,但是我真的需要玫瑰,虽然我没钱。

我哈哈大笑,为这个少年的坦率,沉思了一会,你需要一支黄玫瑰,我可以送给你,它会让你内心感觉很温暖,母亲一样地温暖。

不,我需要的是红玫瑰。他又一次倔强地说。

我一怔,继而又一次大笑,小孩子用这个做啥,回家好好念书去。

不,我不是小孩子了,我已经十九岁了,只要你给我红玫瑰,你要我做什么都可以,包括去死。

我越来越搞不懂这些小孩子脑子里装的是什么东东，我问他叫什么名字，他说他叫纳西瑟斯。我又一次怔住，纳西瑟斯？与希腊神话中投河自尽的少年同名。

我叹了口气，那么，你爱上谁了？

我邻桌的一个女生，你知道我有多么爱她吗？为了她，我可以做任何事，甚至可以结束自己的生命。可是，她并不爱我。连多看我一眼似乎都不愿意。姐姐，这是我的初恋，你难道不想让我的初恋变得完美点？姐姐，你有初恋吗？你如果有的话你一定能体会我的心情。我真的是那么喜欢他……少年用乞求的眼神看着我，如果说那眼神带着多少希望，就带着多少绝望。

我的内心被触动了，詹姆斯是我唯一爱上的男人，我想詹姆斯也没这么爱过我，至少，他没这么向我表白过，或许是少年悲哀而绝望的目光打动了我，我居然答应了他。

纳西瑟斯小心翼翼地握着艾丝红玫瑰，很疑惑地看着我，姐姐，我把玫瑰送给她，她就会爱上我吗？

你要看着她的眼睛，说三声：爱我，她就会爱上你的。纳西瑟斯用他淡蓝色的像湖水一样的眼睛看着我：爱我，爱我，爱我。姐姐是这样吗？

纳西瑟斯在我的眼前突然间变得迷离而恍惚，我的内心涌过一阵甜蜜的暖流。我咒骂了一声：该死。但一切已无可挽回。我爱上了纳西瑟斯。

姐姐，我能看你的玫瑰园吗？

我想大叫不，不行。我在激烈地挣扎着，想挣脱那个可怕的魔咒。可是我听见自己在说，好的，我听你的。我的声音柔软而甜得发腻。天，我爱上了这个人，就会为他做一切，我在无形中受到他精神的指示。这是艾丝红玫瑰的魔力。

我在痛苦中挣扎，却身不由己。

5.

当我为纳西瑟斯打开玫瑰园的时候,詹姆斯出现了,我像突然间在绝望中看到了希望的曙光,我对他喊,詹姆斯。我想,詹姆斯一定会救我的。但是,我却错了。

詹姆斯走到我面前,亲了一下我的脸,亲爱的,别怕。你看这么多的玫瑰堆在这里多浪费,我们应该去实现它们自身的价值,才不辜负我们花了这么多的时间去创造它们。我们只要把这些玫瑰卖出去,只要卖掉一部分,就会富可敌城。

我简直不相信自己的耳朵,这是我所爱的人么,他竟然说出这样唯利是图的话来。我说这就是这么多年来你一直跟随我与我父亲的目的?

不,不仅仅是,小艾,我也是爱着你的啊。你应该知道我的心。但是,你一直不同意把玫瑰卖出去。而我现在需要一大笔的钱,我也是迫不得已,所以……

我反问道,所以你就用这种卑劣的手段?

他叹了口气,小艾,这也是为了你好,我们不仅可以有用不完的钱,而A城的人都会知道艾丝玫瑰,与艾丝玫瑰的创造者,名利双收啊。

卑鄙,你没有考虑它们流在社会所带来的后果?有多少人会自杀？有多少人会受迫害，又有多少会被黑玫瑰毒死？

但小艾，你别忘了，它们还会给人带来温暖，带来天使般圣洁的思想，还有很多的幻想与飞翔的梦。

我歇斯底里地喊，不，詹姆斯，你不能这样做。你会控制不了的。到时候，谁都会控制不了。这个世界会变得可怕，像地狱！

但詹姆斯并没有听从我的劝告，他用纳西瑟斯来控制我，而我也彻底看清他的真面目，与我共处了四年的人居然是如此卑琐的小人。他也掌握着艾丝玫瑰的一些秘密，但他无法独立研制它，这我清楚。

我终于筋疲力尽，我无力地说，詹姆斯，无论如何你都不能出售黑玫瑰，这是我对你最后的请求。

詹姆斯答应了。

6.

　　A城陷入一种迷雾般蓝色的忧郁中，几乎所有的人都迷上了蓝玫瑰，那幽灵般的蓝色气雾让人深陷其中无法自拔，有一种销魂蚀骨的温柔，像一种让人上了瘾的毒。然后，一些人爬上了高楼，以飞翔的姿势拥抱大地，很多人切开自己的脉，让红色的液体染红了一缸的水，又有那么多人吞下了大量的安定片。而红玫瑰所带来的爱情，更是成了一些居心不良的人迷惑人心的手段，这个城市更是混乱一片。

　　现在我只有一种想法，就是要研制出一种艾丝玫瑰的全能解药，我知道我已经到了刻不容缓的地步，否则用不了多久，A城就会陷入瘫痪状态，成为人间地狱。我把这个计划称为"紫水晶"计划。而这个计划，我只能独立完成，不能让詹姆斯寻到任何蛛丝马迹。

　　于是我找了个极为隐秘的地下室，全电脑监控，而且装了很多秘密武器。任何人都无法擅自闯入，进入了全封闭式的工作状态。二十四小时进行，累了，趴在桌子上打会盹。饿了，就吃速食品。

　　两个星期后，紫水晶终于研制成功，那是一种粉色的粉末，可以化解艾丝玫瑰的各种魔力。当我终于松了口气，发现镜子里的自己已经憔悴不堪。我突然发现我很想詹姆斯，因为，我真的很爱他。

　　我给詹姆斯打电话，晚上到我家吧，我们一起吃饭。他说好的，小艾,这段时间你去哪里了,我到处找你。我轻轻地说,我去海边度假了,散心去了。他低低地说了句对不起。

我想,他毕竟也是爱我的。

7.

我做了他最喜欢吃的水煮鱼,还调了两杯鸡尾酒。

詹姆斯看着我,眼中充满爱怜,你瘦多了。不要再研究什么玫瑰了,回到我身边吧,我们现在有足够的钱了,可以环游全球。

我有点动容,却没说话。因为一切都太迟了,倘若你不犯那么严重的错误。

我偎依在他怀里,我说如果有一天,我不在了,你还会想我吗?

瞎说,有我在,你能去哪里。他亲吻着我,抚摸着我,只是不一会儿,他慢慢地瘫软了下来,然后沉沉地睡去。我在他的酒里下了少许安定片。

我给他盖好被子,安静地看着他,想起那些属于我们的美好时光,只是那些时光很快就会跟我一起消失。在宽广无边的宇宙里,我们的生命是那么地渺小。

我留下一张纸条:明知一些错误是致命的,你还是犯了。可是我爱你。为你我可以舍弃自己。

然后我直奔地下室,拿了紫水晶,接着去爱德华大厦,上了"爱神号"小飞机。"爱神号"凌空而起,像只展翅的鸟。而我的心里,却充满着哀伤与苍凉。

当我把紫水晶散向A城的时候,我感到胸口无比地疼痛。詹姆斯，你怎么可以忽略，所有的艾丝玫瑰都有着我的心血，它们有着我的魂魄。我为它们而生，也可以为它们而死，当它们的魔力丧失的时候，我的魂魄也就散了。

我接通了詹姆斯的电话，手机屏幕里，出现他惊慌的脸，你怎么了，小艾。脸色怎么这么难看。

詹姆斯，你爱我吗？

爱，爱。我爱你。小艾。

我微笑着，安静得闭上眼睛。

而此时，"爱神号"像一颗子弹，迅速往底下坠落……

一枕南柯

米玉雯

头昏脑涨地睁开眼，我意识到自己躺在辜郁家的床上。

厨房的方向传来炒菜的声音。我有些吃力地坐起来，看着散落一地的安眠药愣了会神儿，陷入了混杂着痛苦的愤怒中。

就在这张我最熟悉不过的床上，我爱了五年的女友，准备下个月就领证结婚的女友，和在酒吧认识的男人玩了不止一次一夜情。

最后一次是昨天。临时换班的我提前回了家，正好撞到最不堪的一幕。

辜郁哭着求我原谅她，说她只是玩玩，爱的还是我。

我没有出声，心已经软下来，可是辜郁接下来的一句话却再次让我五雷轰顶般手脚僵硬。

她说，她没有老这样，只是最近几个月太无聊了才去的酒吧。

或许是我脸色骤变，她惊觉失言，握住我的手开始口不择言，一会儿几个月，一会儿只有两三次。

我甩开她的手夺门而出，失魂落魄地游荡在大街上顿觉生亦何欢，死亦何苦。大学相恋至今的枕边人竟有我丝毫不知的一面，我在公司累死累活只为实现承诺早日给她一个更好的家，她却在家找来男人翻云覆雨。

"买点药吧。"一个蓬头垢面的老头拦在了我面前，"都是真药，比药店便宜多了。"

我眼皮都没抬就绕过了他，要是有那么一味忘情水……想着我便回头看他："有忘情药吗？"

老头歪着头左看看我，右看看我，像是在看一个神经病。他翻了个大大的白眼："有安眠药。"

我叹了口气，继续往前走。忘情水后悔药这种只存在于想象中的东西，我真是失心疯了才会跟卖药的买吧。

"哎，等等。你有多少安眠药？"

老头又开始狐疑地打量我，然后他迅速地扫视了一圈周围，说道："要多少有多少。"

我买了二百粒。

第二天早上回到家，辛郁不在，应该是出门吃早点去了。

我洗漱之后换上了辛郁几个月前买给我的睡衣，兑了一杯加蜂蜜的牛奶。这是辛郁最爱的喝牛奶方式，我向来不敢苟同，觉得太甜了。

最后了，送行的总是甜蜜些好。

就着这杯蜂蜜牛奶，我分次吃下了一百五十粒药片。剩下的因为牛奶已经喝完，我又不想离开床去再冲一杯，便作罢了。

床边放着我买给辛郁的五周年礼物，是一只限量版超大号轻松熊，花了我大半个月工资。不过辛郁喜欢。她一直喜欢这些毛绒绒、软绵绵的物件儿，说这些能给她带来安全感——像个孩子。

倦意渐渐袭来，眼皮的沉重超出了我的负荷。我闭上眼睛，脑海中浮现大一在食堂和辛郁撞了个满怀的场景，她不施粉黛的脸在那天，一撞撞进了我心里再也没能出来。

我睡了过去，以为自己不会再醒来。

但显然，我被那个蓬头垢面的老乞丐骗了——什么都是真药，现在才晚上八点，我吃了一百五十粒安眠药竟然只睡了十二个小时！

我有些愤怒，夹杂着一点劫后余生的庆幸。

尽管吃的可能只是一百五十粒糖片，但是我真真切切觉得自己死过了一回。

"子骞，起了？出来吃饭吧。"辜郁探了个脑袋进屋。

我有些僵硬地下了床，看着辜郁像没事人般把一盘盘菜端上饭桌。松鼠鱼？西红柿牛腩？虾仁焗菠萝饭？

我落了座，隐隐觉得哪里有些不对劲儿。辜郁可是平常蒸个米饭不是稀成粥就是硬成石头的主儿，竟然能做出这么多饭店级大菜？

"多吃点，尝尝我的手艺。"辜郁给我盛了碗饭，笑意盈盈。

不对劲儿的感觉愈发强烈，我觉得自己背后的汗毛都竖了起来。难道是因为觉得对不起我而愧疚才这个样子？

我夹了一筷子松鼠鱼送到嘴里，美味还来不及下咽，我惊恐地发现自己的汗毛竖起来得早了些。

辜郁身上腾起了一团发着幽幽青色的火焰，像一条青红色的火焰巨蟒，从她握着筷子的右手开始迅速蔓延，不过眨眼的工夫，她还带着笑意的脸也被火蛇包裹。

这反人类的灵异一幕让我错愕当场。几秒钟后，我一口吐出嘴里的松鼠鱼，跑进卧室抄起被子试图灭火。

前后不过三秒钟。

从我跑进卧室抄起被子再跑出来，短短三秒钟。一切都完好无损，桌子上的菜还冒着腾腾热气。只是火蛇消失了，辜郁也消失了。他们消失得这样快而彻底，就像是从没存在过。

被子从我手中滑落地板，泪水也与此同时坠落。

"辜郁……"尽管我痛恨她背叛我，却不曾想到她会这么迅速地离开我。想到自己在她燃烧前甚至不曾给过她一个好脸，我颤抖着手抚摸上辜郁刚刚坐过的椅子。冰凉的椅子上面覆盖了一层乳白色的灰，质地均匀细腻——火化炉的温度高达 800～900 摄氏度，只能把人骨燃烧成不规则大块。把辜郁烧成了灰烬的青色火焰起码上千摄氏度，可是不仅她身下的椅子冰凉，就连离她只有咫尺之遥的我都没有感觉到丝毫温度。疑惑在悲伤中不停膨胀，我突然意识到了些什么。

这是个梦。

老头儿卖给我的药不是假的，我还在睡着，也许不会再醒来了。而这一切，辜郁不会做的松鼠鱼，把辜郁烧成灰烬却留下完好无损桌椅的火焰，都不过是我梦里的一部分。

尽管眼前的一切是这么触手可及，松鼠鱼的香气却缭绕在我鼻间。

而我只需要就着米饭，吃掉这一桌子菜。

不是等待醒来，而是等待生命逝去，梦境消失。

当我填饱肚子，看着空荡荡的家，和辜郁五年间的回忆开始涌上心头。我想起在她生日时假装忘记，然后在床上铺满玫瑰等她回家。可是就在那张床上，她和别的男人……想到她颦笑间含情的眼睛也曾深情地看过其他男人，尽管是在梦里，我仍然心如刀绞。

我决定出去散散步。

时间已过凌晨，路边的小店都已经关了门，只有几家性事良品店还亮着霓虹灯牌。我沿着护城河漫无目的溜达，想到这是最后一次走这条自己走过无数次的路，突然有些后悔。

没想到自己懦弱了那么久，却在生死攸关时勇敢了一次。

前面路口拐角处的那家烤串店我还没吃够呢。那是一对儿中年夫妇经营的小店，不起眼的店面里，都是一块五一串货真价实的羊肉大串子。

尽管刚刚吃了一桌子菜，想到羊肉串，我还是吞了吞口水。一时兴起，我决定在梦里一饱口福。

串儿店的灯亮着，像我记忆里一样，是一家有夜宵的店。

两张摆在路边的小桌子，放着还没吃完的羊肉串和几盘看起来已经没了温度的小菜。

往常总是站在店门口招呼客人的大娘不见踪影，我往里走了两步。烤架里的炭火还在燃着，上面的几根鸡翅已经糊得不像样子，店里空无一人。

"大叔！大娘？"我有些奇怪地四下招呼店主夫妇，却在转身的瞬间看见了一个长发少女准备自杀——她背对着我，一条腿已经跨过了河边的护栏。

"喂！等等！"头皮一紧之后我释然了，甚至放缓了冲过去救人的脚步。

这只是我的梦而已。

女孩儿停住了向前迈的步伐，回头看我。她的表情没在了黑暗中，以至于走近之后我才发现她满脸泪痕。

"年纪轻轻，学什么不好，偏要学人家自杀。"女孩儿纤长的睫毛上还挂着泪珠，平添几分楚楚之色。除此之外，她哭成花猫的脸简直不忍直视。心下狠狠吐槽了一番自己梦中都无美女的悲惨人生，本着丑姑娘也是人的济世胸怀，我出言安慰道："既然你出现在了我梦中，我们也算有缘。告诉你啊，天涯何处无芳草，何必吊死一棵树。看你十几岁的年纪，为了个男人就了断生命，对得起含辛茹苦生养你的父母吗……"

话才说到一半我便住了口。这么冠冕堂皇的话，无论如何也不该由我这个已经因为一株花自杀的失败者来说——莫非，这个姑娘其实是我？

"……"她沉默着，收回了那条已经迈出护栏的腿。在我以为她被我感化的时候，冷冷地吐出了几个字。

"你神经病啊。"

悲惨的人生果然就连梦中人物都会出言不逊。

下一秒她却神色突变,猛地握住了我的手语气激动:"你……你还活着?"

"你神经病……"话刚出口,我才惊觉自己已经不算活着了,"严格些讲,我应该处于死的过程中……哎哟我×,你干嘛!"这个莫名其妙的自杀女孩儿狠狠地拧了我的脸一下,打断了我的黯然神伤。"没毛病吧你?!"

"让你清醒点,别像梦游似的。"

"你……"我突然意识到,刚刚她掐我那一下,痛得真实而剧烈。"这不是我的梦么?"

"你不会是被吓疯了吧。"女孩儿眼睛红红的,目不转睛地盯着我。"不要啊,好不容易遇到了一个幸存者,你坚强点啊。"

几个巨大的问号闪现在了我眼前,幸存者?

像是看懂了我的疑惑,女孩儿坐在了河边,两条腿自然下垂晃荡着。她拍了拍身边的座位,示意我坐下。

"你的亲人在你面前被点燃了吧?你无法相信发生在你眼前的那一幕,所以告诉自己这是一场梦,是吗?"

"你怎么知……"我没有问下去,已经从她红肿的眼睛得出了答案。

"喏,"她像是在努力克制着马上夺眶而出的泪水,朝着串儿店的方向努努嘴,"你在那吃过饭吧?我爸爸妈妈开的。"

在我错愕的目光中她点了点头:"如你所想,他们都被燃烧成灰烬了。"

这个叫林艺一的女孩儿,就这样轻描淡写地,给我讲述了一个天马行空的故事。她说,在这个世界下面,一个类似于佛教徒称作地狱的地方,真实地存在着。

表述得更准确一些,那个地方更像是一个巨大的机器,被研究它的人称作"灵魂收割机"。灵魂收割机从很早之前就启动了,起初只是小量的收割,在庞大数量的人海中偶尔会有那么微乎其微的几个人消失不见。突然被燃烧为灰烬的人有男有女,年轻年迈,住的地方更是天南地北,很难找到共通点。

直到两个月前,灵魂收割机开始加大规模和速度。从北城开始,不断蔓延出恐慌的情绪。大批人在亲人面前腾起火焰,化为灰烬。国家开始重视这项自提起就被搁浅的"灵魂收割机"课题,为了不使恐慌扩散,上面的人也开始动用各种力量封锁来自北城的消息。

"那你怎么知道的?"目瞪口呆的我忍不住出言打断了她。

林艺一翻了个白眼,示意我继续听下去。林艺一在北城上大学,男朋友是她所在大学的物理系硕士学长,也是提出那个"灵魂收割机"课题的研究组成员之一。不幸的是,在千方百计帮助心系父母的林艺一坐上逃离北城的走私车之后,林艺一却再也无法联系到他了。不仅如此,她在北城的老师、同学都失去了音讯。

"在政府不施以援手的情况下，北城恐怕，已经是死城一片。"林艺一垂下了头，没有再说下去，我却清楚明了她的意思。

很快，我们所在的海城将会毫无悬念地，成为下一个北城。

辜郁的笑颜猛地浮现在了我眼前。

如果这一切不是梦，那么刚刚那个为我做饭的女人，直到被火焰吞噬前还在微笑着看我的女人，真的已经化成了灰烬……

"不可能！"我用力摇了摇头，在泪水满盈眼眶前扯出一个难看的微笑，无力地挥了挥手驱赶着眼前的女孩儿。

"打起精神来！连现实都不敢面对，你还是不是男人啊？"

"一定是我的药开始生效了，这就是临死前的臆想吧……"

林艺一站了起来，悲悯地看着我。

"用心感受，他们并没有真正地化为灰烬。甚至他们还可能看得到你！难道你就想被他们看到这副窝囊的模样吗？"

希望的火苗跳跃了一瞬，我恢复了沮丧。

"就算我相信现实又怎么样？她都被那个可怕的火焰机器焚烧了，就连你男朋友那些研究这个机器的人都被焚烧了！我还能做什么？"

"或许，你可以拯救这个世界。"沉默良久，林艺一缓缓吐出了几个字。她凝视着我，仿佛在下定决心。

"跟我一起回北城。"

一路上，林艺一讲述了他们对于"灵魂收割机"的研究进展。

起初他们认为这是一种现象，类似于烛芯效应，甚至于球状闪电。直到他们依次排除了有可能导致人体自燃的数十种物理可能和生理可能，几个理论量子学科学研究成员不约而同有了一个大胆的设想。

人们并没有自燃，而是被点燃。

被我们所看不见的物体，点燃、焚烧。

在北城开始大规模有人燃烧起来前，被灵魂收割机烧成灰烬死去的人天南地北，从事各种职业，有着不同的爱好。尽管如此，他们还是找到了一个算不上共通点的共通点。

被燃烧成灰烬的那些人里面，没有孩子——他们认为，灵魂收割机有着选择性和判断性，甚至可以说，它有着基础的智慧。

虽然课题的名字被定为了"灵魂收割机"，但北城发生了第一次大规模燃烧之后，越来越多的幸存研究员开始同意一种看法。灵魂收割机无法收割人类的灵魂，它对灵魂进行判断，燃烧灵魂残缺的肉体。

所以小孩子幸免于难，他们的灵魂完整而透明。

研究进行到这儿似乎已经走入死胡同，直到一个量子力学博士的自燃，给研究带来了新的转机。

作为一个在相关领域有着杰出成就的博士，他是研究小组的中坚力量。博士的死亡一度让研究小组陷入混乱，已经有了的研究成果也先后被推翻。直到某个清晨，早起的林艺一男友在研究小组黑板上看见了熟悉的字迹。

晚上才擦干净的黑板上,赫然写着来自一个礼拜前化作灰烬的博士的字迹。

"灵魂存在于机器"

排除了恶作剧的可能性,尽管灵魂体如何做到书写的问题得不到答案,但这七个字还是让研究小组的人员无声地把课题转向了第十一维。

现代物理学所认同的,超弦理论的一种。M理论。

灵魂收割机,就是被压缩的第十一维。

当它驱使着我们看不见的力量点燃人体,虚浮的灵魂就进入了那个压缩的维。很久以前,国外也曾有过相关例子,但都因为无法证实十一维的存在而被推翻了。

而博士的字迹无疑给了研究小组一剂强心针——灵魂体可以逆时间穿梭于十一维和四维之间。

"所以说……"我有些迟疑地消化着林艺一短时间里向我传达的大量信息。

她截断了我的话头,用力点了点头:"摧毁。我们要摧毁这个肉体无法感知的第十一维。只有这样,才能释放那些被压缩其中的灵魂。"

我扭过头看林艺一带着几分坚毅的侧脸线条,听她用有着拯救世界信心的沉着语气讲述着不可能完成的事情，想笑，却笑不出来。

这个比我年轻四五岁的姑娘，她还未曾接受过社会的洗礼，现实的痛击。这个世界的坍塌对于她有着比我更摧枯拉朽的意义。

可是她昂起了头，像个胸有成竹的百万富翁。在短暂的时间里，是什么赋予了她力量杀死那个在河边一脚跨过护栏的姑娘，像个丑兮兮小乞丐的姑娘。悄无声息，干脆利落。

"看什么呢你！"她斜睨我，脸上浮起可疑的红晕。

"看你长得真的不怎么好看……"

恼怒的表情在她脸上一闪而过，转而戏谑地眯了眼上上下下打量我："我倒觉得你长得还不错。"

鸡皮疙瘩一瞬间浮现，我惊恐地护住了衣服。

一个小时后我们到了北城。我也终于明白了"你长得还不错"这句话隐藏的含义。

大概一个星期之后，来自博士的留言再次出现。

简简单单两个字——"摧毁"。

当研究组意识到部分保留着意识的灵魂体可以在两个维之间穿行，不需要博士的留言，强烈的危机感就促使他们萌生了摧毁的念头。但显然失去了肉体的灵魂就像失去了武器的士兵，想要摧毁第十一维无异于以卵击石。而拥有肉体就连到第十一维一窥究竟的机会都没有。

"所以他们研究出了这台机器,灵魂交换机。简单来说,就是利用男女灵魂肉体的差异和相悖性,逃脱第十一维对于肉体的检索。"

"……"眼前两台像是全身扫描仪的银色仪器让我目瞪口呆惊在了原地。"有这种东西,你们干嘛不早点派两人过去摧毁了那个倒霉机器?"

"当然是有理由的……"林艺一朝我摊了摊手,一脸自然。"交换灵魂已经通过性别特征明显的动物试验过了,但是灵魂恢复的研究,还并不完善。"

"哦。"

"我×?"

"你的意思是我们交换了灵魂之后,很可能换不回来?"

林艺一挑了眉:"我的意思是,不排除这种可能性。"

"你确定只要我们互换了灵魂,就可以救出十一维里的人?"痛心疾首地揉了揉马上就不属于我的脸,我有些犹豫地确认道。

"你喝点什么?"她走向研究室角落的冰箱,带出一阵回响。"陆子骞,对不起。我什么都不能向你保证。我甚至不能保证,当第十一维被摧毁时,里面压缩的数以万计灵魂体是会回到它们原本的位置,还是和第十一维一起,灰飞烟灭。"

我接过她递来的冰可乐,随着她的目光看向挂在墙壁上的大合影,尽管传入耳中是炸雷般的消息,却无法打断她。

"这个研究室,曾经有着几十位顶尖学者昼夜忙碌。我向你讲述的每一件事情,都来自于他们的研究。前几天,他们还在这里争论被点燃的肉体会不会随着十一维的摧毁而恢复常态,为了抑制事态发展为重还是确保失去肉体灵魂安全为重,分成了两派吵得天翻地覆。可是你看,现在这里剩下的,只有这两台机器。"

她说着眼泪又流了下来,丑得不忍直视。我记得辜郁哭起来,不哄个三五小时是无论如何也停不下来的。于是我只好打断了她。

"你会操作这个机器吧?快点吧。再看一会儿你的花猫脸我可改主意了。"

一边生疏地操作机器,林艺一瞥了眼已经躺下的我问:"你不怕你的女朋友会灰飞烟灭吗?"

"……你的爸妈不是也和她在一起吗?你都不怕我怕什么。"

"你不会后悔吧?"

当沉重冰冷的头盔套在我头上时,我后悔得肠子都要青了。可是没等我说话,躺在我身边同样戴着头盔的林艺一握住了我的手。

"其实我怕,怕得都快死掉了。但是我马上就要成为你了……"

一阵滚烫电流袭来,我猛地回握住她的手,手中的柔软让我觉得自己不再是懦弱无为的,燃烧的辜郁,打算跳河的林艺一,空无一人的北城在我脑海中走马灯似的浮现。

那一刻,我觉得自己成为了可以依靠的男人。剧痛中,我失去了意识。

我睁开眼睛，意识到自己躺在一张床上，白炽灯的光线从四面八方涌来。眼前的一切都模糊而朦胧。

用力揉了揉眼睛，我再次睁开眼——没有任何好转，我什么都看不清。

眼前猛地出现了一张有些熟悉的脸。

"哇噻，陆子骞，你视力不错啊！"这张熟悉的脸用熟悉的声音叫着我的名字。

几秒钟之后，我终于想起发生了什么。一把抓住了在我眼前晃来晃去的"我自己"，咬牙切齿："林艺一，你的眼睛是瞎的么？"

"我"轻而易举挣脱了我的手，笑得花枝乱颤："六百度近视而已。看不出来，你的身体还挺有力气嘛。"

女孩儿柔软的声音和无力的手臂让我颓然放弃了挣扎。无奈接过林艺一递来的酒瓶子底儿厚的眼镜，我问道："什么时候可以换回来？"

"很快，等我感受到第十一维。"

"你就这么坐着，怎么感受得到第十一维啊？"我怒目而视着悠然吃着薯片朝我翻白眼的林艺一，第一次觉得自己的脸这么欠揍。

"蠢。我们的灵魂现在已经和肉体分离了，相当于两个符合灵魂收割机收缴分子组成的灵魂体。第十一维当然找不到，但是很快，那台机器就会把我们带去十一维。"

林艺一的悠然维持到我们面面相觑两个小时之后，她有些坐不住了。

就在她站起来焦虑踱步转了第三圈的时候，灯灭了，四周蓦然静了下来——和原本的安静截然不同地，令人毛骨悚然地静。

钟表的滴答声，鱼缸里两条金鱼的吐泡声，甚至空气流动的声音，像是在深海被扼住了喉咙，一股脑全部消失了。

短暂的黑暗过后，剧烈的强光让我暂时丧失了视觉。

蜂拥而至的光，照耀在我和林艺一的脸上，那一刻我觉得自己几乎要被这光芒点燃了。

装在我身体里的林艺一似乎也察觉到不对，在越来越强的光湮没我视线里的她之前，她抓住头盔套在了我头上。

我看不清她的表情，用力抓住她的手，只觉得滴滴答答的水珠滚落在我脸上。直到在白色强光中格外刺目的青色火焰腾起，我条件反射地松了手。

漫无边际的黑暗笼罩了我。

——都结束了。

——这个世界马上会成为一片废墟。

"傻瓜，别那么早放弃啊。"

"你还要拯救世界呢。"

疼痛、酸涩的感觉开始回到我身体。费力地睁开眼，我意识到自己躺在一家医院。难道说，林艺一成功了？

身体，我蹭地坐了起来——视野清晰，身体虽然酸痛，但确实是我的。

轻舒一口气，我决定离开病床去看看林艺一怎么样了。

"子骞，你醒了？"推门进来的是辜郁，她捧着水盆和毛巾，再看见我的一瞬间红了眼眶。"你怎么可以这么傻！昏迷了这么多天，你知道我有多害怕你再也醒不过来吗？"

"你……林……那个和我一起被送来的女孩儿呢？"看来林艺一真的成功了，我扬起了一个笑容，却在下一秒僵在了嘴角。

"什么女孩儿？是我回家取手机才及时发现你吃了那么多安眠药，把你送来医院的人也是我，哪来的什么女孩儿。"

或许是我愣怔的表情吓到了她，她匆匆放下水盆叫来了医生。

僵硬地随医生拨开我眼皮，拿着手电照了又照。那个叫做林艺一的女孩儿，哭起来丑得不得了的姑娘，只是我的梦一场？

几个礼拜后的晚上，不知怎么就走到了那家还营业的串儿店。心念一动，我过去准备吃点夜宵。

中年夫妇正忙里忙外地准备收摊，满脸歉意地说在外地上大学的女儿马上到家了，今天提前关门。

"在北城上学？"我脱口而出。

中年夫妇一脸惊讶，还是点了点头。

自觉有些唐突，我无言地转身离去了。世上本无事，庸人自扰之。能用一个鬼门关前做的梦叨扰自己这么长时间，我也算是庸人里的庸之最了。

"爸！妈！"身后远远传来略有些熟悉的声音让我僵住了脚步。

"艺一回来啦，快把包给你爸。"

"哎，没事。我自己就能拿。"

我就那样站着，听着他们一家人其乐融融地进屋、关门。微微一笑我迈开了前进的步伐，那句放低了声音的自言自语，也轻飘飘地转了两个圈，回到了我这里。

喂，花猫脸丑姑娘。

你在我的梦里，拯救了世界呢。